Remy Gubler

Der Steinmann

Ein Alpenkrimi

novum pro

www.novumverlag.com

Bibliografische Information
der Deutschen Nationalbibliothek:

Die Deutsche Nationalbibliothek
verzeichnet diese Publikation in
der Deutschen Nationalbibliografie.
Detaillierte bibliografische Daten
sind im Internet über
http://www.d-nb.de abrufbar.

Alle Rechte der Verbreitung,
auch durch Film, Funk und Fernsehen,
fotomechanische Wiedergabe,
Tonträger, elektronische Datenträger
und auszugsweisen Nachdruck,
sind vorbehalten.

© 2016 novum Verlag

ISBN 978-3-99048-558-3
Lektorat: Volker Wieckhorst
Umschlagfoto: Remy Gubler
Umschlaggestaltung, Layout & Satz:
novum Verlag

Gedruckt in der Europäischen Union
auf umweltfreundlichem, chlor- und
säurefrei gebleichtem Papier.

www.novumverlag.com

Prolog

Regula starrt kurz auf das Kuvert, das ihr der Italiener, wenn er einer ist, sie wechseln schließlich keine Worte, in die Hand drückt. Es wirkt unauffällig, wiegt aber schwer, die Adresse fehlt, sie kennt sie schon. Trotzdem fühlt es sich weich an. Es ist wohl gepolstert und der Inhalt muss aus Metall sein. Sicher enthält es verbotene Ware, sonst wäre es mit der Post verschickt worden.

Der Mann entfernt sich grußlos, die Transaktion hat nur kurz gedauert. Hier, in diesem Gewühl, ist sie wohl unbemerkt geblieben. Er hat ja nicht mal angehalten, die Menschen links und rechts beugen sich immer noch über die Marktstände und feilschen. Sie reagieren nicht auf das, was gerade passiert. Sie dreht sich ab, wie um sich seitwärts durch das Gedränge zu schieben, und lässt den Umschlag unauffällig in ihre Handtasche gleiten. Was ist wohl drin? Niemand hat sie aufgeklärt, nur die Kennzeichen des Boten sind ihr genau beschrieben worden, sie vermutet aber Gefährliches oder Abhörelektronik, eine Waffe vielleicht sogar.

Sie biegt in eine Nebengasse ein, um zum Parkplatz zu gelangen. Hinter ihr erklingen Schritte. Sie sieht sich nicht um, lauscht aber wachsam. Auf dem engen und gewundenen Sträßchen kommt ihr niemand entgegen, nur dieses harte Klacken der Schuhe, das verklingt nicht. Im Rückspiegel eines abgestellten Motorrads kann sie einen kurzen Blick auf den Verfolger werfen. Ihr Herz schlägt schneller, sie fühlt Schweiß auf der Haut. Ihr folgt definitiv nicht der Überbringer, nur liefert ihr der flüchtige Blick wenig, bloß das Rot des Hemdes fällt ihr auf, sie weiß aber nicht, ob es einem Freund, Feind oder Unbeteiligten gehört.

Unbehelligt erreicht sie die belebtere Straße und sieht vor sich den Parkplatz. Bevor sie die Fahrbahnen überquert, um zu ihrem Wagen zu eilen, lässt sie den Blick um sich schweifen. So, als würde sie eine Lücke im Verkehr suchen. Einer in rotem Hemd ist nicht zu übersehen, kehrt ihr aber den Rücken zu, und auch die Farbnuance stimmt nicht. Doch sie zweifelt, wegen dem hier viel helleren Licht. Bevor der Typ in ihre Richtung schaut, huscht sie über die Straße und verschwindet zwischen den geparkten Automobilen.

Während sie aus der Stadt hinausmanövriert, kann sie es nicht lassen, immer wieder den Rückspiegel zu konsultieren, und bald fällt ihr ein blauer Toyota auf, nur drei Wagen hinter ihr. Er lässt sich nicht abschütteln und folgt ihr auch über den Alpenpass. Sie verspürt den irren Impuls, die geballte Kraft ihres Motors einzusetzen, redet sich aber ein, damit nur ihre Verstrickung zu verraten.

Nach der Passhöhe verliert sie den Wagen aus den Augen, er taucht nicht mehr auf. Unsicherheit befällt sie, doch dann entscheidet sie sich, dem Plan zu folgen. In St. Moritz steckt sie die empfangene Ware wie verlangt in ein Schließfach, der Code stimmt, dann fährt sie müde heim.

Am Morgen loggt sie in ihren Computer und dann in ihren Account ein. Die 7000 Franken sind über Nacht gutgeschrieben worden. Merkwürdig, der Empfänger muss sie überwacht, die Ware sofort geprüft und unmittelbar danach die Zahlung ausgelöst haben. Die Spannung lässt nach. Sie kann sie nicht abstreiten, diese Liebe zum Geld. Sie klickt weiter, zur risikoreichen und doch so lukrativen Transaktion, deren Auftraggeber sie zu diesem Botengang überredet hat. Wenn sie sich verschätzt, kann das ihm Millionen kosten, wenn nicht, ein Vielfaches davon bringen. Und sie selbst hängt mit dem größeren Teil ihres Kapitals mit drin.

Sie arbeitet fiebrig, erteilt Auftrag um Auftrag in dieser geschachtelten Konstruktion, bringt den Prozess zum Laufen. Sie fühlt, sie hat die Sache im Griff, sie wird massiven Gewinn einstreichen!

1

Wer von Cazis aus Richtung Rhein spaziert, findet am Weg unter einem wilden Kirschbaum eine Sitzbank. Wer dann von dort aus die Augen über die Felsabbrüche des Domleschg schweifen lässt, dem zeigt sich, wenn sie oder er den phantásischen Blick besitzt, der Steinmann. Das runde Gesicht, die grobe Nase und ein Auge zeichnen sich im Felsen ab, das andere muss man erahnen.

Und vielleicht, wenn Sie Glück haben, sehen Sie dort Maria, Caflisch mit Nachnamen. Aber nicht jeden Tag, denn sie arbeitet als Verkäuferin für ein Modegeschäft in Thusis. Wenn Umstände und Wetter es zulassen, dann pendelt sie nicht mit dem Zug, sondern benutzt das Fahrrad. Und viel lieber als auf der Hauptstraße radelt sie über Nebenwege, obwohl das einen Umweg bedeutet. Da sie Bäume liebt, hält sie beim Kirschbaum regelmäßig an und betrachtet die Landschaft.

Gestatten Sie mir an dieser Stelle, sie etwas näher zu beschreiben. Sie ist neunundvierzig Jahre alt, groß gewachsen, schlank, mit Haaren, die einmal prächtig blond gewesen sind, nun aber zunehmend ins Silber tendieren. Da ihr Gesicht jene herbe Schönheit blonder Frauen besitzt, die dem Alter lange widersteht, sieht mancher in ihr eine nordische Königinnengestalt, wie sie eigentlich gar nicht in die Gegend passt. Unterstrichen wird dieser Eindruck noch durch die aufrechte Haltung und eine Bestimmtheit der Bewegungen, sicher, ja, elegant.

An dem Tag nun, da diese Geschichte beginnt, sieht sie den Steinmann. Kommen Sie mir nun nicht mit der Behauptung, sie sei für einen Moment, müde von der Arbeit, eingeduselt. So ist es nicht, denn diesmal ist es Sonntag. Sie sitzt da, entspannt, wach, allenfalls ziehen einige Gedanken durch sie hindurch. Und da erscheint ihr, als Teil der Felswände über dem Domleschg, zwischen Almens und Scharans, hoch oben, das Gesicht.

Das muss ja an und für sich nicht als Wunder angesehen werden. Gesteinsformationen, Wolken, Blättergewirr, Wasserwellen bilden ja, wie jeder weiß, oft solche Formen. Wahrhaft seltsam ist hingegen, dass das Gesicht, der Steinmann, ihr zublinzelt. Es gibt ihr einen Schock. Es verändert ihre innere Welt. Ich will es nicht verschweigen, Maria liest, wie viele, esoterische Bücher, wichtiger noch, sie glaubt an mehr als die platte Realität, an Sinn und Ziel des menschlichen Daseins, und denkt immer wieder darüber nach. Doch jetzt erlebt sie, dass all das Lesen nichts ist angesichts eines eigenen unzweifelhaften Erlebens.

Wie seltsam, so etwas zu sehen. Sie bildet sich das ja nicht ein, sie ist sich klar bewusst und hat nichts dergleichen herbeigewünscht.

Sie guckt hoch. Da sind Felsen, ein bisschen wie ein Gesicht, aber nur die Gesteinsformation, wie immer. Sie horcht in sich hinein. Sie fühlt, dass da etwas ist. Ein Steinmann, wie sonst könnte sie ihn denn nennen? Was hat das Erlebnis nur zu sagen?

Sie bekommt keine Antwort. Sie steht auf, schwingt sich in den Sattel und fährt heimwärts.

Regula Ambach bleibt stehen und schaut zurück auf die nachtdunkle Wiese hinter ihr. Bis nach Almens sieht sie nicht. Ihr fehlt die nötige Ausbildung, sonst wäre sie zehn Meter weiter in den Wald hineingegangen und dann umgekehrt, um in Deckung zwischen den Bäumen zurückzuhuschen. So drückt sie sich nur zur Seite, in der irrigen Meinung, das sei ein ausreichender Schutz. Sie sucht das Gelände bis zur Bodenwelle hin ab, es ist nichts zu erkennen. Vor allem die Gestalt nicht, die sich im Moment ihres Zögerns blitzschnell niederkauert und nun, keine hundert Meter hinter ihr, eine Nummer ins Handy tippt, einige hastige Worte raunt, die Verbindung kappt und das Gerät lautlos einsteckt. Und dann ruhig wartet, bis die Frau unter den Bäumen sich erneut umdreht und verschwindet. Der Mann folgt ihr nicht.

Seinen Anruf nimmt ein Autofahrer entgegen, dabei seinen Wagen virtuos und einhändig von Fürstenaubruck nach Scharans hinauf steuernd. Die schweizerische Gesetzgebung bezüglich diesbezüglicher Tätigkeiten am Steuer scheint ihn wenig zu kümmern. Er schaltet das Funktelefon aus, gerade rechtzeitig, um den Smart herumzureißen und rechts Richtung des Behindertenheimes hinaufzudirigieren.

Er tastet nach dem Gewehr, seinem Revolver an Reichweite überlegen. Wie gut, dass er es schon gestern entwendet und noch in der Nacht im Wald einige Schüsse abgegeben hat, um sich an die Waffe zu gewöhnen. Dieser schnelle Entscheid verwischt sicher ihre Spuren. Ansonsten stuft er die Aktion als Fehlschlag ein. Das Versteck dieses Gian enthielt nur Plunder, kein belastendes Material. Nicht einmal Briefe von dieser Regula und auch keine anderen Hinweise einer Verbindung zu ihr.

Von Zeit zu Zeit bleibt sie stehen und lauscht. Sie atmet jetzt schwer, Ängste plagen sie. Sie hasst es, sich das einzugestehen, aber Furcht bedrückt sie. Wäre sie nur schon mit Gian zusammen! Auch wenn er kaum viel Schutz bietet, sie würde sich doch besser fühlen. Denn da stimmt Verschiedenes nicht, schon seit dem ersten Anruf.

„Prepare you!" Das hat ihr die Stimme in orientalisch eingefärbtem Englisch befohlen.

„Bring it to the Two when asked. Prepare you to go to Italy, Tirana, you know. Be careful, there is danger."

Kurz darauf kam die Anweisung zu warten, der Empfänger könne noch nicht kommen. Sie war ja nur Aushilfe, aber dieses Hin und Her dünkte sie bedrohlich. Es musste Feinde geben, und die könnten ihnen inzwischen auf die Spur kommen.

Gestern dann endlich: „The Two is carefully moving to Tirana, bring it tomorrow."

Sie hat jedes Mal die Nummer auf ihrem Mobiltelefon kontrolliert, es ist die richtige gewesen. Also hat sie gehandelt und die nötigen Vorbereitungen getroffen.

Und heute der letzte Anruf, auf die Almenser Nummer Marthas. „He is ready; he cannot wait any longer. Bring it to the Two. Bring it carefully to Tirana! Early!"

Höchst dringlich, aber sonst hat es wie immer geklungen, orientalisch gefärbt wie gewohnt, die Schlüsselworte „the Two",

"Tirana" und "carefully" sind da gewesen, nur die Nummer des Anrufers hat sich auf diesem alten Apparat nicht überprüfen lassen. Sie steht still und runzelt die Stirn. Sie zweifelt plötzlich. Stimmen klingen nicht immer gleich, doch die Ähnlichkeit hat sie überzeugt. Aber ist es wirklich die richtige Stimme gewesen? Oder redete da ein anderer, ein Feind, und der treibt sie jetzt in den Wald hinein? Denn erst jetzt wird ihr schlagartig klar: Der Kontaktmann sollte sie nicht über das Festnetz anrufen. Hatte er keine Verbindung zu ihrem Handy bekommen? Aber sonst klappte es doch immer.

Sie hat keine Wahl, nur den Auftrag, sie geht weiter. Sie muss die Verträge aus dem Versteck holen und dann Gian treffen, der auf sie wartet und sie weiter befördern wird. Sie wünscht, sie hätte ihn an den Ort hinbestellt, doch das wäre falsch gewesen. Dort, wo die Papiere sind, darf nichts Auffälliges passieren. Die dritte Kuh, dieses Stichwort fällt ihr ein. Sie fühlt sich besser und lächelt ein wenig. Wer errät da den dritten Baum?

Er fährt nicht nach links zum Behindertenheim, sondern geradeaus hoch, konzentriert, damit er nicht die Brücke vor dem Steinbruch verpasst. Er sieht sie rechtzeitig, die Holzkonstruktion rattert unter ihm, dann rollt er die Naturstraße entlang auf Scharans zu. Wahrscheinlich wird er gesehen, die Scheinwerfer seines Autos beleuchten kurz das erste Haus. Dort angekommen biegt er rechts ab, gegen den Wald hinauf. Er ist in Eile, aber er gibt eisern kein Gas. Er erreicht den Parkplatz. Er kalkuliert. Er ist spät. Also rollt er weiter, niedertourig, bis zum Wendeplatz. Trotz des leichten Nieselregens schaltet er das Licht aus. Die Scheibenwischer lässt er laufen. Hin und wieder rauschen Pflanzen an der rechten Autoseite. Der Kehrplatz! Er stoppt, zieht rasch den Zündschlüssel ab, holt das Gewehr aus dem Koffer und packt das Nachtsichtgerät aus, rennt um die Biegung und steigt links vom Weg hinab ins Gebüsch hinein.

Rechtzeitig. Es dauert nur einige Minuten, bis die Gestalt erscheint. Er konsultiert das Infrarotbild, das die Züge viel deutlicher zeigt, die warmen Lippen und die Partie um die Augen hell, die kühlere Nase ein dunkler Strich. Er versteht sich auf das Lesen solcher Bilder, es ist sie. Mit fließenden Bewegungen legt er den Apparat auf den Boden, hebt die Waffe und drückt ab.

„Ein Problem weniger in der Welt", das ist alles, was er denkt. „Aber nur, wenn sie fündig werden", ermahnt er sich innerlich.

Sie sprechen kein Wort. Der Schütze fischt den gestohlenen Schlüssel aus seiner Tasche, öffnet vorsichtig die Tür. Sie quietscht nur leise, die beiden huschen hinein. Sein Begleiter deckt mit der Hand seine Taschenlampe ab und knipst sie an. Das Licht reicht gerade, um Hindernisse zu sehen und drei Türen. Er deutet auf die hinten links, sie gehen zusammen, im Gleichschritt, und halten synchron an, als der alte Boden knarrt. Sehr vorsichtig tasten sie sich weiter bis zum Fuß der Treppe, die da hochführt, und schauen hinauf. Es bleibt ganz still im Haus. Also schleichen sie vorwärts, der Mörder drückt probehalber die Falle hinunter. Nicht geschlossen! Er nimmt das für ein schlechtes Zeichen. Sie treten ein.

Einiges an Licht sickert durch die beiden Fenster des Eckzimmers. Sie ziehen die Vorhänge, hoffend, niemand beobachte sie dabei. Dann beginnen sie mit der Suche, eine Art gespenstiger Tanz, denn sie belauern sich zugleich, damit ja der andere die Dokumente nicht ungesehen an sich nimmt. Die Lichtstäbe ihrer Lampen reißen immer wieder Details aus dem Dunklen. Aber nie das Gesuchte. Nach einer halben Stunde geben sie auf. Was sie wollen, das ist nicht da.

Im Flur leuchtet der eine nochmals umher, der andere schüttelt den Kopf. Den Rest des Hauses zu durchsuchen würde erfordern, sich dieser Lendi zu bemächtigen und sie am Schluss gar töten zu müssen. Nutzlos und gefährlich. So unbeachtet, wie sie kamen, verschwinden sie wieder, jeder mit seinem Wagen. Auf der Rheinbrücke bei der Station Rodels-Realta hält der eine kurz an und wirft die Tatwaffe in den Fluss. So, dass sie unter der Brücke liegen bleibt.

In Chur parken sie an verschiedenen Orten und in einiger Distanz zum Objekt; sie treffen sich unweit davon. Der Mörder versucht mit den geraubten Schlüsseln die Haustür zu öffnen, zum

Glück geht schon der zweite, und sie fallen trotz des ärgerlichen automatischen Lichts nicht auf. Sie huschen hinein und eilen hinauf zur Wohnung, sie lässt sich wie die Eingangstür problemlos öffnen. Doch sie haben so wenig Erfolg wie zuvor, darum dringen sie in das Büro ein, hier mit dem vierten Schlüssel, in dem sie einige Unterlagen von mäßigem Interesse finden. „Willst du sie fotografieren", fragt der Massige.

„Ich finde, wir sollten sie teilen", meint der Komplize.

„Geht nicht, ich muss die wichtigeren Unterlagen mitnehmen und drüben abliefern."

„Und ich brauche das Zeug hier, als Grundlage für weitere Ermittlungen."

„Darum kannst du sie fotografieren."

„Schlechte Qualität."

„Ich nehme, was ich wirklich brauche und lasse dir den Rest. Von meinem fotografierst du, was du willst."

Sie sortieren aus, der Schlanke knipst, was er will und nimmt, was übrig bleibt. Dann verlassen sie Büro und Wohnung, immer hinter sich abschließend, eilen das Treppenhaus hinunter und verschwinden. Der Komplize verlangt die Schlüssel: „Vielleicht gehe ich nochmals hinein, je nachdem, was ich in diesen Papieren für Hinweise finde."

Der Angesprochene zuckt mit den Achseln, er gedachte, sie in den Koffer zu packen, obwohl er sie kaum nochmals brauchen wird.

2

Heinz Bärlocher joggt. Seit der Kündigung und dem anschließenden Umzug tut er das, immer früh am Morgen, nach einer Schale Müsli. Das hilft ihm, so glaubt er zumindest. Und es gibt ihm den Energieschub, den er braucht. Der Rest des Tages ist ausgefüllt, da sind die Bewerbungen, die er schreiben muss, Texte, die er verfasst und an alle nur denkbaren Adressaten verschickt. Oft vergebens, aber manchmal gibt es etwas Geld und, wichtiger noch, Genugtuung. Dann die Besuche beim RAV, die Dame dort ist wenigstens nett, nur machen Gerüchte die Runde, das gefalle denen weiter oben nicht und sie würde bald durch eine giftige Fachkraft ersetzt.

Er pflegt beim aktuellen politischen Klima keine Illusionen, für Arbeitslose ist sie ein Glücksfall. Er kann nur hoffen, dass sie bleibt. Auch wenn sie optisch nicht seinem Geschmack entspricht. Er zieht es schlanker vor, die typische Figur der Bündner Frauen. Und die hat diese Meier nicht.

Das Wetter ist nicht übel diesen Montag, der Himmel leicht überzogen, es hat ein wenig geregnet in der Nacht, feuchte Stellen verraten das, aber zu Pfützen reicht es nicht. Die Erde duftet. Er zieht locker am Schuppen linker Hand vorbei, wirft einen letzten Blick auf die Aussicht, sie ist eindrücklich hier oben, es gibt Tage, an denen er da stehen bleibt und über das Tal schaut. Die Schönheit der Landschaft tröstet ihn ein wenig in seiner misslichen Situation. Dann taucht er in den Wald ein, trabt am Trockenbach mit dem Holzfang vorbei und erreicht den Waldgarten, so nennt er ihn in Gedanken. Am Boden sind frische Radspuren.

Frische Radspuren? Er hält an, bückt sich. Ja! Und zwar doppelt, wie er an einer günstigen Stelle sieht. Jemand ist bis zum Kehrplatz gefahren und wieder zurück. Merkwürdig, steckt da eine Geschichte dahinter? Vielleicht sogar Journalistenfutter. Man soll ja die Hoffnung nie aufgeben. Er hält sich nun genau in der Mitte des Weges und läuft schneller.

Er stoppt. Vor ihm, am Ende der langen Geraden, da liegt ein Bündel auf dem Boden, wie ein Haufen Kleider. Woher aber soll der auf dem Höhenweg von Scharans nach Almens kommen? Er rennt los.

Sein Atem reicht nach dem Joggen nicht mehr für einen Spurt. Er kommt ins Keuchen und fällt wieder in den Trab zurück, die letzten Meter, er raucht halt zu viel. Er erkennt nun einen qualitativ hochwertigen Trainingsanzug und einen Körper darin. Nichts bewegt sich. Vom Gesicht ist nur wenig zu sehen, blutleere Haut, schon eingefallen. Natürlich weiß er, wie er sich zu verhalten hat. Ebenso natürlich, als Profi hat er eine seiner Digitalkameras mit sich. Mit Handys zu fotografieren, das hasst er. Er weiß, die Chance auf etwas zu stoßen, ist klein, aber diesmal kann er einen Volltreffer landen. Ziemlich sicher zumindest, denn die Frau ist tot.

Er knipst. Dann geht er vorsichtig näher und schießt weitere Bilder. Die Tote, die Umgebung, die blutbesudelte Hand auf der Brust, alles. Dabei gibt er sich Mühe, keine Spuren zu verwischen. Er tippt auf Mord. Er sieht die Schlagzeile vor sich. Riesengroß. Der „Blick", das Boulevardblatt, das ist wahrscheinlich das Beste. Dann schaltet es in ihm und er erkennt sie plötzlich, sie muss es sein, die aus Almens, wie heißt sie schon wieder? Ambach, ja, so lautet ihr Name.

117 Polizei. Knacken, Dame vom Büro, Weiterleitung, Summton, eine Männer- und wenigstens keine Computerstimme von der Art:
- Für Sprachwahl drücken Sie die Taste 1
- Bei Verkehrsübertretungen drücken Sie die Taste 2
- Bei Diebstahl drücken Sie die Taste 3
- Bei Einbruch drücken Sie die Taste 4
- Bei Gewalt drücken Sie die Taste 5
- Bei Mord drücken Sie die Taste 6
- Wenn Sie gerade ermordet werden, drücken Sie die Taste 9

Der Angerufene nennt sich Caviezel, unterbricht seine kurze Träumerei und stellt kompetente Fragen. Heinz antwortet und berichtet. Und es dünkt ihn selbst seltsam, erwähnt Gian Tschupp aus Scharans als Verdächtigen. Die Verbindung wird gelöst. Er schaut sich die Leiche nochmals an. Der Trainingsanzug sitzt schief, als hätte jemand daran gezogen. Ah, das muss er unbewusst wahrgenommen haben. Lustmord! Passt zu diesem Kerl. Vielleicht hat sie ihn abgewiesen. So eine sowieso.

Er fischt sein Notizbuch aus der Tasche und schreibt die Fakten hinein. Folgendes nimmt er immer mit: ein Notizbuch und zwei Kugelschreiber. Einer könnte ja leerlaufen.

3

Das Telefon klingelt, die Hand bewegt sich, als würde der beige Apparat sie fernsteuern. Es ist nicht das neuste Modell, hier in Thusis auf der Polizeistation, aber tauglich, sogar mit Nummernanzeige und üblichem Schnickschnack. Mit mäßigem Interesse scannt das Gehirn die Möglichkeiten, meist sind es am Ende triviale Geschichten, aber man kann ja nie wissen.

Und nun, liebe Lesende, schalte ich den Ermittler im Originalton zu. Die für Sie unhörbaren Antworten dieser Art von Telefongespräche werden Sie sich spielend vorstellen können!

„Kriminalpolizei, Kantonspolizei Thusis, Reto Caviezel, Wachtmeister!"
„Eine Tote! Würden Sie bitte Ihren Namen nennen?"
„Heinz Bärlocher, wie man es sagt, würde ich meinen."
Er notiert den Namen und fragt weiter. „Wo liegt die Leiche?"
„Oberer Weg, können Sie genauer sagen wo?"
„Waldgarten, heißt nicht so, aber ich weiß, was Sie meinen."
„Gerade dahinter. Das ist ziemlich in der Mitte, gegen Scharans oder Almens hin? Neben oder auf dem Weg?"
„Darauf, gut! Was könnte passiert sein?"
„Sie hat geblutet, aha! Ist jemand dort?"
„Sie sind also der Erste. Können Sie vor Ort bleiben und verhindern, dass irgendjemand die Leiche berührt, ja überhaupt den Platz des Verbrechens betritt?"
„Natürlich, so gut es geht, das ist klar. Ich schicke sofort eine Streife los."
„Sie kennen sie?"
„Ah, nicht gut, eine Ambach, aus Almens."
„Gian Tschupp denken Sie, danke für den Tipp, darüber werde ich mich gerne mit Ihnen unterhalten."
„Ist Ihnen sonst noch etwas Wichtiges aufgefallen?"

„Interessant, Reifenspuren, schmal oder breit?"
„Kleiner Radstand, also eher ein Kleinwagen. Sehr gut, aber jetzt muss ich die Sache melden und eine Streife losschicken."

Er legt auf, telefoniert nach Chur und bekommt vom Polizeikommandanten, Erich Arpagaus, postwendend den Auftrag, den Fall in die Hand zu nehmen.

Er schnappt das Funkgerät, wählt Kanal drei und erwischt René im Streifenwagen: „Also hör mal, da gibt es eine Leiche, von Jagdunfall bis Mord ist alles möglich. Fahre sofort Richtung Scharans, wie lange brauchst du?"
„Drei Minuten, super. Nimm den Weg Richtung Heim, halte aber nicht dort, der Tatort befindet sich am oberen Weg nach Almens."
„Ja über das Fahrverbot hinaus, bis etwa zur Hälfte nach Almens."
„Es wartet einer dort, Bärlocher heißt er, zudem liegt das Opfer auf dem Weg."
Dann ruft er die Zentrale in Chur an: „Ja. Sieht nach Mord aus, vielleicht erst vor Kurzem passiert. Wir haben eine kleine Chance, den oder die Täter zu erwischen. Autobahneinfahrten der A13 ins Visier nehmen, das Übliche, nach einer halben Stunde kann die Übung abgebrochen werden, dann macht es keinen Sinn mehr."
„Genau, die Streifen sollen verdächtige Wagen kontrollieren, müsste Dreckspritzer aufweisen, vielleicht eine Waffe im Fond. Hat schmale Reifen und ist wohl ein Kleinwagen."
„Sicher, wenn einer fliehen will, ist das ein Anzeichen. Aber niemand soll unnötig den Helden spielen, die könnten schießen, es gilt vor allem, die Augen offen zu halten."

Vielleicht bekommt er den einen oder anderen brauchbaren Hinweis.

Er hat Glück und erwischt die Postenchefin. „Hallo Moni, gut, dass ich gerade dich am Draht habe. Lass bitte den Antrag für eine Autopsie ausfüllen, ich diktiere dir!"

„Ja, junge Frau auf dem Waldweg zwischen Scharans und Almens gefunden, ziemlich genau in der Mitte, sieht nach Gewalttat aus, wahrscheinlich Mord. Hast du das?"

„Der Finder meint das und hat wohl recht."

„Sicheres weiß ich sonst noch nicht, aber das reicht. Fülle den Rest wie gewohnt aus, ist ja nur Bürokratie. Ach ja, suche nach einer Ambach in Almens."

„Hallo Bruno, gut, dass ich dich erwische. Anscheinend Mord, komm mit der ganzen Ausrüstung für Nahaufnahmen!"

„Auf dem Waldweg zwischen Scharans und Almens, ich werde bereits dort sein."

Dann greift Reto nach dem Fallerfassungsformular, das der Bruderer entworfen hat (zumindest für einige, für andere nicht. Wie heißt es doch: „Alle Schweine sind gleich, aber einige sind gleicher!"). Er seufzt und beginnt, die pingeligen Fragen zu beantworten. Meist mit noch nicht bekannt, das geht rasch. Der Typ kann ja dann nachfragen. Beim Namen des Opfers schreibt er „Vermutung des Zeugen" hin. Zögernd lässt er einen letzten Blick darüber gleiten, aber es fällt ihm nichts ein, was er noch hinschreiben könnte.

Er eilt ins Sekretariat hinüber, eigentlich ein Abteil des Schalterbüros, in dem eine Sekretärin und eine Hilfskraft abwechslungsweise diesen bedienen und sich sonst nützlich machen: „Ist der Antrag bereit?"

Er ist, er unterzeichnet ihn. „Schickt ihn fort und faxt diesen Wisch Arpagaus und auch dem Staatsanwalt. Wir müssen sie ja auf dem Laufenden halten. Ach ja, dass ich es nicht vergesse: Vermisstenmeldungen aus der Gegend sind an mich und die Postenchefin weiterzuleiten. Ich denke, falls die Tote nicht diese Ambach ist, dann ist sie von irgendwo hier. Übrigens, habt ihr ihre Adresse?"

„Es gibt keine Ambach in Almens, auch nicht in Rodels oder Pratval."

„Gibt es nicht? Dann hat der Zeuge sie falsch erkannt. Oder auch, sie ist nur gelegentlich dort. Forscht nach!"

Er eilt zum Dienstwagen, während er plant. Zuerst Tatort und Leiche besichtigen. Dann zurück und alle Informationen überprüfen. Gegebenenfalls weitere Befehle erteilen. Gian Tschupp verhören. Das Fragezeichen muss ausgeräumt werden, aber der Bursche könnte erschreckt reagieren. Er zuckt äußerlich die Achseln, innerlich tastet er sich behutsam vor, besser vorsichtig herumfragen, seinen Vater vernehmen, so tun, als suche man Hinweise.

Er fährt schnell, aber nicht am Limit, so, dass er den Kopf auf der Straße haben muss, wie er das für nennt. Kreisel, Sils, St. Agathe, hinten hinauf bis zum Waldweg, dann Richtung Kehrplatz. Kurz davor hält schon ein Polizeiwagen, er schließt auf, schiebt den Gang ins P, stellt den Motor ab und zieht den Schlüssel aus dem Zündschloss, er macht es immer so. Merkwürdig, dass er gerade jetzt so bewusst an seine Routine denken muss.

René begrüßt ihn und verlagert dabei ungeduldig das Gewicht von einem Fuß auf den anderen: „Eigentlich habe ich Streife, kann ich bald wieder los?"

Reto schnuppert unwillkürlich unauffällig, hin und wieder trinkt sein Freund unerlaubterweise, aber diesmal riecht er nichts. Also nickt er: „Problemlos, hier haben wir offensichtlich alles unter Kontrolle." Er nähert sich der Leiche nicht ganz, sieht, dass auch dieser Reporter das nicht getan hat. Schön, dass nicht ein Trottel den Fund gemacht hat: „Gute Arbeit, danke."

„Gern geschehen."

Die Bluse ist blutgetränkt. Aber der Fleck ist nicht groß, vom Einschuss also, in die Brust. Er beugt sich vor. Von Pulverspuren ist nichts zu sehen, also aus Distanz abgefeuert. Wohl in der Nacht, das Blut ist geronnen. Eine Schmeißfliege kreuzt sein Gesichtsfeld, die Leiche zieht sie an. Er schlägt ärgerlich mit der Hand nach ihr, sie summt davon. Schwach erkennbare Fußspuren. „Nichts gehört, beim Joggen?"

„Nichts."

„Das Blut war schon geronnen, als Sie ankamen?"

„Ja, ich habe Fotos."

„Genial! Die Fußspuren da, sind die von Ihnen?"

„Nein, so nahe ging ich nicht heran."

Schuss in der Nacht, mit neunzig Prozent Wahrscheinlichkeit, denkt er, hundert, wenn dieser Bärlocher nicht lügt. Passte nicht zu den Fotos, das Lügen.

„Mit Ambach sind Sie sicher? Man sieht wenig vom Gesicht." Die langen Haare decken es zum Teil ab, der linke Arm ist hochgeworfen und liegt an der Wange an, die Finger der rechten Hand berühren die Wunde, als hätte sie versucht, den Blutstrom noch zu hemmen.

„Ganz sicher bin ich nicht, ich habe sie nicht berührt. Warum?"

„Keine Ambach wohnt in Almens."

„Ich habe sie nur mal so nennen gehört, im Landgasthof dort. Und dass sie eine super Finanzfachfrau sei. Aber diese Bemerkung hat sie ignoriert."

„Dann ist sie eher nur hin und wieder dort, zu Besuch wohl. Könnte auch ein Jagdunfall gewesen sein."

Der Bärlocher zuckt mit den Achseln, sagt aber nichts. Ein Punkt für dich, denkt Reto. Ein Schuldiger nimmt in einer solchen Situation jedes rettende Argument sofort auf. Gian war es wohl auch nicht, der ist weit herum als schlechter Schütze bekannt. Er bekommt den Kopf nicht klar bei diesem Fall. Autopsie abwarten. Wegen des Gewehrs, welche Kugel, Distanz. Zudem, warum sollte der Tschupp Fahrspuren verursacht haben?

Er fröstelt plötzlich, obwohl es nicht kalt ist. Wäre ein schöner Herbsttag, eigentlich. Er blickt empor, der Himmel leuchtet blau zwischen Restwolken und Baumwipfeln. Ein Hauch von Wind kühlt sein Gesicht, er trägt den Geruch von Pilzen heran, und schwach, vergehend fast, den der Regenfeuchte.

Die bekannte Szene, das Blitzen der Fotoapparate, die rasche ärztliche Untersuchung vor Ort, die Probenahmen fürs Labor, im Wesentlichen empfindet Reto das als Störung. Er fragt nach dem Zeitpunkt. Kurz vor Mitternacht, wird ihm geantwortet. Dann verlässt er den Tatort. Gute sechzig Meter gegen Scharans findet er die Stelle, wo der Mörder sich hingekauert hat. Links neben dem Weg, tiefer, ins Gebüsch hineingeduckt. Er mustert die Spuren, an einer Stelle ist der Täter ausgerutscht und hat eine ziemliche Furche im Waldboden verursacht. Er schiebt die Zweige hin und her, entdeckt aber bloß noch einen unvollständigen Abdruck, so als wäre ein Kästchen oder Gerät abgestellt worden. Er klaubt ein Zweifrankenstück hervor, legt es hin und fotografiert das Detail mit seinem Handy. Hinter ihm herrscht fieberhafte Aktivität, doch er erhofft sich wenig davon. Er winkt Willy Schamaun, den Mann von der Spurensicherung, heran: „Da habe ich was, ich denke, er muss ein kräftiger Mann sein, mindestens achtzig Kilo."

„Sieht so aus", meint der andere und knipst die Fußabdrücke. „Kommt mit einer Schuhgröße von am ehesten vierundvierzig daher, vielleicht sogar fünfundvierzig, würde ich sagen."

Reto geht langsam zurück zur Stelle, wo die Leiche gelegen hat und schaut dorthin, wo das Opfer hergekommen sein muss. Es hat nun da, unvermeidlich, einige Spuren, und weiter weg ist nichts zu sehen. Er bewegt sich nun Schritt für Schritt Richtung Almens, bringt aber den innerlichen Film des Tatherganges nicht zustande. Zuletzt ruft er erneut Willy: „Es scheinen mir mehr Leute da herumgelaufen zu sein als nur das Opfer. Kannst du feststellen, ob der Mörder hier ging?"

„Komm!"

Bald werden sie fündig. Es sieht so aus, als habe der Mann den Wegrand speziell im Auge gehabt und sei der besseren Sicht wegen mal auch einen Schritt zur Seite getreten.

„Ich habe die Spuren beim Auto fotografiert." Willy greift nach seiner Kamera, blättert die Bilder durch und stoppt beim gewünschten. Das Profil der Sohle ist gut zu erkennen: „Leider ein ziemlich neuer Schuh und fast ohne Abnutzungen, irgendeinen spezifischen Schaden sehe ich nicht."

Sie suchen weiter: „Da waren zwei!", ruft der Spurensicherer plötzlich aufgeregt. „Da ist ein anderes Profil. Nur verschmiert, schade. Beim Auto waren die Abdrücke wegen des feuchteren Bodens klarer."

Reto überlegt und brummelt: „Anscheinend hat er was bei ihr gesucht und nicht gefunden. Dann hat er geschaut, ob sie das Ding, was immer es auch war, unterwegs versteckt hat. Und schließlich hat er jemanden getroffen."

„Ein Komplize? Sieht fast so aus. Er ist wohl stehen geblieben, am Rand, wo der Boden weicher ist." Er fotografiert die schwache Spur. „Taugt wohl zu nichts, aber was soll's, alles muss dokumentiert sein."

„Haben sie zusammen weitergesucht?"

„Schauen wir nach!", schlägt Willy vor. Doch obwohl sie ihre Taschenlampen eifrig leuchten lassen, entdeckten sie nur zwei Mal Eindrücke. „Das ist Nummer zwei auf dem Weg zum Treffpunkt. Ein klein wenig besser." Er drückt erneut den Auslöser. Von Nummer eins ist nichts mehr zu sehen.

„Der musste ja sowieso zu seinem Wagen zurück. Es sieht so aus, als wäre jeder wieder umgekehrt."

Also doch ein Komplize, überlegt Reto. Der eine hat wohl in Almens Regula belauert und vermutlich den Mörder aufgeboten. „Schuhgröße?"

„Etwa wie bei der Nummer eins, sicher nicht kleiner, und er hat lange Beine, so ein Storchenschritt."

„Also ein großer Kerl?"

„Ein Meter achtzig oder etwas mehr und kein Fettsack."

„Ach, ja, übrigens", fragt Reto, „könntest du den Weg bis Almens noch gründlich auf Spuren überprüfen? Die suchten etwas, in der Nacht. Halte also auch Ausschau, ob das Opfer etwas versteckt oder irgendwo ins Gebüsch geworfen hat."

„Heute geht das nicht, aber morgen könnte ich das machen. Doch müsste Arpagaus einverstanden sein."

Der Wachtmeister verspricht, die Zustimmung einzuholen und bekommt sie, noch bevor er abfährt. Es hat aufgeklart, im Wagen ist es schon ungemütlich warm, er schraubt die Lüftung hoch. Er schaut nochmals zum Tatort zurück. Vor seinem inneren Blick erscheint ihr Gesicht. Sie ist wohl begehrenswert gewesen, Männer haben ihr sicher nachgeguckt. Warum musste sie sterben?

4

Der echt originelle Dorfgasthof, er ist beinahe geschlossen worden. Reto zuckt die Achseln, bringt nichts, solches Hirnen. Die Bedienung kommt, er kennt sie, wählt, bestellt und fragt dann: „Die Ambach, ist sie hier?"

„Ich denke, bei ihrer Tante, gestern hat sie bei uns gegessen."
„Tatsächlich?"
„Ja, mit einem Mann."
„Aha, kennen Sie ihn?"
„Ich habe ihn schon einmal gesehen, mit ihr."
„Haben sie etwas zusammen?"
„Weiß nicht, aber kennen tun sie sich, so wie sie getan haben!"
„Ist er groß?"
„Mindestens ein Meter achtzig und etwas aufgeschwemmt."
„Danke."

Er hat seinen Grund, das Gespräch abzubrechen, und der sitzt schräg gegenüber, ein älterer Mann, der ihm bekannt vorkommt, wohl einheimisch also, eher klein, knorrig und zäh. Nicht, dass dem Gesicht viel abzulesen ist, aber dieses Lächeln, das vorhin darüberhuschte und das er mitbekommen hat, das war wissend. Er identifiziert sich: „Reto Caviezel, Kriminalpolizei."

„Aha!"
„Sie kennen die Ambach?"

Da kommt keine schnelle Antwort, er spürt ein innerliches Abwägen, aber keine Furcht, nur das Überlegen, ob Einmischen überhaupt angebracht sei: „Ja!"

„Könnte ich Ihre Personalien haben." Der Mann gibt sie ihm, kann sich aber nur mit einem Halbtaxabonnement ausweisen. „Also, wissen Sie etwas über die Ambach und diesen Mann?"

Wieder das Zögern, bevor er redet: „Sie hat ihn zu Besuch gehabt, für zwei Tage. Er heißt Hanspeter, so hat sie ihn genannt. Ziemlich groß, einige Jahre älter als sie, gut mit ihr bekannt."

„Wo wohnt sie?"

„Bei der Lendi, Martha Lendi, oberhalb der Kirche. Wo es dann weitergeht, Richtung Scharans, den oberen Weg."

„Und ist er noch in der Gegend?"

„Sein Auto war schon gestern wieder weg."

„Die Nummer?"

„Weiß ich nicht, eine Zürcher Nummer, eine Fünf vorne, sechsstellig, ein Audi, dunkel, Stationswagen."

„Besten Dank!"

Er geht zu seinem Tisch zurück und zückt sein Handy und gibt dem Sekretariat die Daten durch. Zusammen mit dem Vornamen sollte eine Identifikation nicht schwierig sein. Zudem verlangt er Auskünfte zu Martha Lendi. Dann notiert er während des Essens alles ins Notizbuch. Es ist klein, er hat für die Ermittlung ein neues aus dem Büro mitgenommen. Das macht er immer, wenn der Fall eine gewisse Bedeutung zu haben verspricht. Dann überdenkt er das am Tatort Gesehene. Die Spuren sprechen gegen Gian, sie schließen ihn aber nicht beweiskräftig als Täter aus, das notiert er.

Draußen bleibt er einen Moment stehen und schaut den Kindern zu, die da mit Kreide Himmel und Hölle auf den Asphalt gemalt haben und nun eifrig spielen. Für einen Augenblick wandern seine Gedanken zurück, und in ihm lebt die Erinnerung an seine eigene Kindheit auf, wie sie sich mit Begeisterung in Aktionen gestürzt haben – und an die leise Wehmut, als diese dann doch weniger glorios gewesen waren als das, was ihre Fantasie ihnen versprochen hatte.

Er reißt sich los, schlendert durch das Dorf, um noch etwas Luft zu schnappen, bevor er das nächste Ziel ansteuert, ein Haus mit kraftvollen Steinmauern, wohl eingefügt ins Dorf. Ihm öffnet eine ältliche, dünne, kleine Frau, die so unscheinbar aussieht, dass sie asexuell wirkt. „Sie sind Martha Lendi?"

„Ja."

„Ich bin Reto Caviezel, Kriminalpolizei."

Die Frau hat sich nicht in der Gewalt. Sie zuckt zusammen und erbleicht, soweit das bei ihrer ungesunden Hautfarbe überhaupt möglich ist. Er spürt Mitleid und ihm ist unwohl, wie immer in solchen Situationen: „Leider muss ich Ihnen eine schlechte Nachricht überbringen."

Ihr Atem stockt. „Regula", bringt sie schließlich hervor.

„Es tut mir leid, sie ist diese Nacht erschossen worden. Ich leite die Ermittlung." Der Schock ist ihr anzusehen, ihre Hände flattern, Antwort gibt sie keine, sodass er fortfahren muss: „Können wir uns nicht setzen?"

Sie führt ihn in die Stube und erkundigt sich mit automatischer Höflichkeit: „Kann ich Ihnen etwas anbieten, Kaffee?"

„Machen Sie bloß keine Umstände. Im Moment habe ich nur einige Fragen. Hatte Frau Ambach Besuch?"

Sie nickt: „Hanspeter, ihr Ex-Mann aus Wädenswil. Er wohnt jetzt an der Zugerstrasse, aber die Nummer weiß ich nicht."

„Kein Problem, das finden wir schon heraus. Wann war er da?"

„Vorgestern ist er gekommen, gestern ist er wieder weggefahren, gegen elf Uhr, er ist wohl spät aufgestanden. Er kommt nie mehr früh, seit er nicht mehr jagt."

„Wohnte er hier?"

„Nein!" Sie nennt ihm das Hotel, das für die weitere Geschichte uninteressant ist.

„Sind Sie mit Frau Ambach verwandt?"

„Über Urgroßeltern, vor allem aber befreundet."

„Und wann kam sie?"

„Sie ist seit vier Tagen hier, äh …"

Sie erhebt sich, sucht in einer Schublade im Schrank und bringt ihm eine Visitenkarte mit einer Geschäftsadresse. „Sie lebt auch dort, es gibt eine Tür, sie kann direkt in ihre Büros", erklärt sie.

„Was tat sie hier?"

„Wandern, sich erholen. Sonst gibt es da ja nichts zu tun."

„Keine Kontakte?"

„Ich weiß von nichts. Sie hat es streng, denke ich, hier wollte sie ausspannen."

„Nahm sie etwas mit, wenn sie ausging?"

„Ja, immer, eine Tüte, meist mit einer kleinen Decke drin, etwas zum Lesen, Krimis, in der letzten Zeit las sie viele, manchmal auch einen Imbiss."

„Aß sie auch auswärts?"

„Hin und wieder, überall hier herum. Sie wechselte ab."

„Allein?"

„Ja, außer es setzte sich ein Mann zu ihr. Sie ist schön, nämlich."

„Haben Sie irgendeine Veränderung bemerkt in den letzten Tagen?"

Sie zögert unauffällig, aber er übersieht es nicht. „Nein, eigentlich nicht, natürlich, man ist ja nicht immer gleich."

„Noch etwas. Hat sie Schlüssel hier, zu dieser Churer Wohnung?"

Sie erhebt sich: „Ich werde schauen."

„Nein, warten Sie bitte, ich komme mit."

Das Bett ist gemacht. „Haben Sie hier aufgeräumt?"

„Nein, das war schon so, als ich heute Morgen hineingeschaut habe. Sie ist sonst ordnungsliebend, ich muss ihr Zimmer nicht machen, sie will das selbst tun."

„Sonst?"

„Es sah unordentlich aus, irgendwie, ich habe die Decke etwas zurechtgerückt. Aber es hat mir Angst gemacht, so ist es normalerweise nicht, und sie informiert mich immer, wenn sie geht."

„Inwiefern unordentlich?"

„Verrutscht."

„Und Sie haben nicht gründlich Ordnung gemacht?"

„Nein, äh, wir treffen uns und machen etwas, ich wollte das Zimmer heute Nachmittag aufräumen."

Reto versteht sie so, dass sie diesen Morgen an irgendeiner Aktivität teilnahm. Bedeutet wohl wenig, erstaunlich ist bloß, dass sie ging, obwohl sie sich um Regula sorgte. Handelte es sich um eine Fluchtreaktion? Wollte sie dem Problem ausweichen? Er schüttelt diese inneren Überlegungen ab: „Gut, dass Sie den Rest unverändert ließen." Er fischt ein Paar Plastikhandschuhe aus einer seiner Taschen und streift sie über. „Wo sind nun jeweils die Schlüssel?"

„Dort im Nachttisch."

Er schreitet hin und öffnet. „Da ist nur ein Autoschlüssel." Er hebt ihn hoch: „Gehört er Frau Ambach?"

„Er sieht so aus", antwortet sie.

Reto schaut sich um. „Lassen Sie bitte das Zimmer so, wie es ist, wir müssen noch die Spuren sichern. Falls Sie die anderen Schlüssel noch finden, melden Sie das, jemand von uns wird sie dann abholen."

Er verabschiedet sich nachdenklich. Er öffnet die Wagentür, gestaute Wärme strömt ihm entgegen, also bleibt er draußen und schnappt sein Mobiltelefon: „Aha, du hast die Adresse? Lass die dortige Polizei überprüfen, ob dieser Ambach ein Alibi für die Nacht hat."
„Nein, ich denke nicht, dass er der Mörder ist. Aber kläre ab, ob er ein Jagdpatent hat und frage nach, ob er in einem Schützenverein ist. Außer Acht lassen dürfen wir ihn nicht."
„Und biete noch die Spurensicherung auf, das Zimmer der Regula hier in Almens muss durchsucht werden. Kannst du mir Bruno geben?"
„Ja, Martha Lendi, es muss eine Überwachung organisiert werden."
„Angelogen nicht, aber sie hat nicht alles ausgespuckt. Und lasse überprüfen, ob sie Deutsche ist."
„Warum? Sie hat Tüte und ordnungsliebend gesagt, sonst hätte ich nichts gemerkt, der Akzent ist kaum herauszuhören. Aber vielleicht hielt sie sich auch nur einige Zeit dort auf. Wer weiß, was sie da alles für Kontakte knüpfte, könnte ja wichtig sein."
„Und führt in Scharans Befragungen durch, ich komme auch, wenn ich hier fertig bin. Vergesst nicht, nach den Gewehren der Tschupps zu fragen, schließlich liegt gegen Gian eine Anschuldigung vor. Den möchte ich aber selbst verhören, mir traut er am ehesten."
„Und suche übermorgen nochmals den Weg ab, Willy macht das auch, einen Tag früher, aber vier Augen sehen nun mal mehr als zwei."

Dann meldet er die Ergebnisse mit einer SMS dem Staatsanwalt Bruderer. Eigentlich fiele ihm Schreiben ja leichter. Aber dieser Typ will immer so schnell wie möglich unterrichtet werden und hasst doch SMS. Zudem: Er kann so den schriftlichen Bericht noch ein wenig hinausschieben.

Auf dem Bildschirm erscheint das Verzeichnis der Gegenstände, die das Opfer bei sich trug, es ist kurz:
- Portemonnaie mit Post Card, Master Card Gold, Identitätskarte, Halbtaxabonnement, Krankenkassenkarte einer bekannten Kasse, Einkaufszettel, Patientenverfügung (keine Organentnahme) mit Angabe des zuständigen Treuhandbüros, hundertvierzig in Noten und weniger als zehn Franken Kleingeld.
- An der Hand einen Ring mit Smaragd, gute Qualität
- Eine Halskette mit Perlen (vermutlich Zucht, Näheres folgt)
- Hochwertiger Trainingsanzug
- Unterwäsche, Höschen, Büstenhalter. (Hätte man die Brüste wohl gerne in den Händen gehalten? Die Vorstellung streift ihn, er schüttelt sie ab.)
- Sportsocken
- Laufschuhe

Schlüssel, denkt Reto. Warum hat sie keine Schlüssel bei sich? Sicher gestohlen, durch den Mörder. Zumindest die zur Wohnung der Lendi muss sie bei sich gehabt haben, vielleicht auch die zu ihrer Wohnung in Chur.

Er stützt den Kopf in die Hände und zwingt sich zur Konzentration, denn ihn plagt unverhofft das Gefühl, etwas übersehen zu haben. Seine Gedanken flattern unkontrolliert herum, fast wie ein Schwarm aufgeschreckter Sperlinge. Dann ordnen sich die Prioritäten wieder, nur ein Käfer kriecht davon. Als Erstes schickt er eine Mail an die betreffenden Kollegen: „Achtung! Mörder hat vermutlich Schlüssel zur Wohnung der Lendi und zur Churer Wohnung."

Anschließend telefoniert er mit der Stadtverwaltung Chur und verlangt die Depotstelle für Testamente. Prompt antwortet ihm die Dame, sie seien die Depotstelle für Testamente und Erbverträge – um sich dann zu erkundigen, um was es gehe. Doch als er ihr das erklärt, ist sie unsicher, ob sie der Polizei eine Abschrift aushändigen darf. Reto seufzt in Gedanken, er würde bei Buderer betteln müssen. So verspricht er der Dame, sich um eine gerichtliche Verfügung zu bemühen und setzt eine höfliche Mail an den Staatsanwalt auf, in der er erläutert, dass unbedingt eine Kopie des Testamentes benötigt werde, da es ein Licht auf das Motiv des Mordes werfen könnte. Zumindest darauf wird der verlässlich reagieren, weil er ja so bald wie möglich einen Verdächtigen haben will.

5

Schon bevor er in die Hosentasche und nach dem Mobiltelefon greift, arbeitet Heinz' Gehirn auf Hochtouren. Seine Auslandsaufenthalte fallen ihm ein, Europa klar uninteressant, tote Hose, die Staaten unspektakulär, der Nahe Osten, nicht das große Abenteuer, aber immerhin. Doch dann findet er es unklug, von all dem zu erzählen, Georg, der Inlandredaktor, der kennt ja in etwa seine Laufbahn. Hörte sich an wie Betteln, besser ist es, wenn er nur auf das eingeht, was er anzubieten hat. Und während diese Überlegungen noch durch seinen Kopf schießen, steht auch schon die Verbindung.

„Hoi Georg, da ist Heinz!"
„Ja, gut, wirklich! Du, ich habe eine Story!"
„Um was es geht? Also um diesen Mord an der Finanzfachfrau, dieser Ambach."
„Sicher, da ist genug vorhanden."
„Natürlich, man muss die Sache aufpeppen, einen Knaller daraus machen."
Er beginnt auf und ab zu gehen: „Gar nichts von trocken, sie war eine schöne Frau."
„Ja, ich weiß, davon gibt es viele. Und dann dieser Dörfler, ziemlich abartig, kann ich dir sagen!"
„Ja, ich denke, da war etwas, ich habe Gerüchte gehört."
„Ja, ja, wo Rauch ist, da ist auch Feuer."
„Wir können da schon eine Story machen, aber ich will was davon."
„Ja, einen Vertrag benötige ich wegen dem RAV, zumindest einen befristeten."
„Zusichern. Natürlich nicht. Temporär auf Zeitbasis genügt, solange die Geschichte eben weitergeht. Aber mein Name muss ins Spiel, ich benötige ja irgendeinen Leistungsausweis. Ist Scheiße, wenn man einfach auf die Straße gestellt wird."

„Ja ich weiß, es war kein brutaler Rauswurf, hat mich aber schon durchgeschüttelt."
„Ob ich noch Dampf habe? Du, ich sage dir, diese Geschichte bringt mich richtig in Schwung!"

Sie machen ab, dass Georg die Story bis sechzehn Uhr am gleichen Tag bekommt. Denn der erklärt, er müsse sie noch prüfen, auch wenn er wisse, dass sie gut geschrieben sei, kein Geschwafel. Das gehe rasch, denn er wolle, dass der Artikel noch morgen rauskomme. Noch später sei Quatsch, denn dann sei die Sache zu kalt.

6

Die Runde betrachtet ihn, als sei er eine Kakerlake. Er starrt eisig zurück, er weiß, dass jedes Schwächezeichen schlecht sein würde. Schließlich eröffnet ein kleiner Typ, glatt rasiert, mit Glatze, er wäre in jedem billigen Film als Bürogummi durchgegangen, das Gespräch: „Du hast die Papiere nicht."
„Wenn ich sie gefunden hätte, hättet ihr sie jetzt."
„Und wie kannst du erklären, warum du sie nicht hast?"
„Du weißt das nicht?"
Der Kleine zuckt nicht, verzieht das Gesicht nicht, läuft nicht rot an, die Körperbeherrschung ist vollendet, das muss man ihm lassen. Ebenso wenig reagieren die anderen beiden, dieser hagere Typ mit militärischer Haltung und der übergewichtige Kleiderschrank, bei dem er lieber nicht herausfinden will, wie viel Kampfkraft sich da unter dem Fett verbirgt. Es ist der Kleine, der mit leiser Stimme weiterfährt: „Ich habe eine Frage gestellt."
Er hebt die rechte Hand und schaut seine Finger an. Dann biegt er den Zeigefinger hinunter: „Dieser Botschaftsangestellte hatte sie nicht." Dann greift er nach dem zweiten Finger und beugt auch ihn. „Dann sollten sie in Chur sein, bei dieser Regula. Aber da waren weder Regula noch die Papiere, zumindest sagte das Spiller und behauptete, der Bund wäre nicht zu übersehen gewesen." Er legt den Zeigefinger der Linken auf den Ringfinger der Rechten und knickt auch ihn. „Ihre Ausweichadresse in diesem Almens, die ist mir nicht mitgeteilt worden, ich erfuhr sie von Marcus. Er gab mir Instruktionen, die ich befolgte. Und schob genaue Informationen nach, wie ich sie abfangen sollte. Noch während ich hinauffuhr, erteilte er mir die letzten Anweisungen. Sie habe die Verträge, ich solle sie erschießen und sie ihr abnehmen. Das Erste habe ich getan, und was das Zweite angeht, abzunehmen gab es da nichts. Sie hatte nur alte Zeitungen bei sich." Damit

biegt er den kleinen Finger um und schaut seine Hand an. Nur noch der Daumen steht seitlich ab.

„Du hättest suchen müssen." Diesmal meldet sich der Militär zu Wort.

„Ich habe gesucht, zuerst in der Umgebung, ob sie sie wegwarf, als ich schoss. Ich sah zwar keine solche Bewegung, aber Mündungsfeuer blendet. Ich konnte die Möglichkeit nicht ganz ausschließen. Doch weder fand ich irgendwo etwas noch gab es eine Spur eines Wurfes. Dann bin ich den Weg gegangen, den sie gekommen ist, immer Ausschau haltend, bis ich Spiller traf. Er hat auch nichts entdeckt, hat er gesagt."

„Hat er gesagt", schnappt der Kleine, „dann hat er sie nicht."

„Das weißt du anscheinend genauer als ich."

Zum ersten Mal rührt sich der Kleiderschrank, nur ganz minimal. Er sitzt nun straffer da.

„Wir übermittelten dir alle Informationen so rasch wie möglich", murrt der Kleine.

„Und auf jede reagierte ich, auch so rasch wie möglich. Sogar ihr Zimmer durchsuchten wir noch in der Mordnacht. Nichts! Und dann zum zweiten Mal ihre Wohnung und ihr Büro in Chur, diesmal zusammen. Wieder nichts! Diese Papiere, die hatten Volumen, die hätte niemand so versteckt, dass sie uns entgehen konnten. Wenn wir Glück haben, lässt sich aus den geschäftlichen Unterlagen, die ich euch überreicht habe, etwas herauslesen."

„Es muss ein Leck geben", sinniert der Militär. „Diese Regula war sicher nicht als Botin vorgesehen. Die Verträge kamen zur Botschaft in Bern und dieser Attaché hätte sie während einer hochoffiziellen Reise wegschaffen müssen. Wir kennen zwei, einer von ihnen hätte es machen sollen, aber keiner hat sich geregt. Stattdessen hat sich ein dritter eingeschaltet und sie nach Chur gebracht. Dass der sie mit sich hatte, haben wir leider zu spät gemerkt. Als nächste Etappe vermuten wir Italien. Diese Frau fuhr gelegentlich dorthin."

„Spiller hätte uns nicht reingelegt", mischte der Kleine sich ein.

„Er ist Doppelbürger, USA und Israeli." Der Angeschuldigte gibt nur diese Information von sich.

„Trotzdem hätte er uns nicht reingelegt."

Niemand antwortet darauf. Die Implikation ist klar, Israel sollte zumindest eine Kopie enthalten, mit allen Folgen davon. Aber da der Fall nicht eingetreten ist, muss er hier auch nicht aufgerollt werden.

Der Militär lenkt schließlich das Gespräch auf produktivere Bahnen: „Jemand muss zurück. Es ist gut möglich, dass die Ware noch irgendwo in diesem Tal versteckt ist. Versuche sie zu finden und herauszukommen, ob jemand etwas weiß. Spiller wird helfen. Katastrophal, wenn sie in die falschen Hände geraten."

Er geht im Kopf die Möglichkeiten durch. Spiller, überlegt er, hat der falsch gespielt? Doch stattdessen sagt er: „Regulas Gastgeberin steht vom Ablauf her an erster Stelle, doch wir haben da gesucht und nichts gefunden, auch war die Ambach schlau genug, diese naheliegende Möglichkeit zu vermeiden. Dann ist da ihr Ex-Mann. Diese Verdächtigen leben ziemlich weit voneinander weg. Ich kann nicht beide im Auge behalten, und Spiller wird auch nicht nach diesem Wädenswil wollen." Er sieht, dass niemand auch nur im Geringsten weiß, wo das sein könnte: „Um die Gastgeberin kümmere ich mich, Lendi heißt sie, der andere ist der Exmann der Toten, Hanspeter Ambach."

„Sie trennten sich, weil er gegen ihren Übertritt zum Islam war. Also gab sie ihm die Ware nicht."

„Sonst kommt kaum jemand infrage, andere Kontakte von ihr sind entweder ungeeignet oder nur oberflächliche Bekannte. Es bleiben noch die Geschäftsbeziehungen in Chur. Sie könnte das Paket dort deponiert und zur Ablenkung diese Lendi besucht haben. Es ist die Liste, die ich euch schon zugestellt habe, und sie ist vielleicht wertvoller als alles andere. An einer dieser fünf Adressen könnte das Zeugs sein. Wenn wir Glück haben, verfolgt unser Marcus bereits eine Spur. Dann ist nur noch aus der Welt zu schaffen, was nicht hineingehört."

„So ist es."

„Zwei der Adressen sind ihre Banken, vielleicht hat sie bei einer ein Tresorfach. Das macht die Sache schwierig. Dort kommt niemand problemlos hinein, dazu braucht es Spezialisten."

„Das Tresorfach ist auszuschließen", meint der Kleine. „Doch wir haben noch Unterlagen, NSA sei Dank, insbesondere ein Profil Reto Caviezels, der dort ermittelt. Die sind noch zu bewerten und kommentieren."

Doch als er im Hotel darüber brütet, schläft er ganz einfach ein. Seine Träume aber sind wirr und greifen Bruchstücke gefährlicher Situationen auf.

7

Reto blickt auf die Uhr, sie zeigt neben der Zeit TU und erinnert ihn daran, dass er sich all die Monate, seit er sie gekauft hat, noch nie dazu aufgerafft hat, sie auf deutsches Datum umzustellen. Dann mustert er das moderne Gebäude, findet, es sähe schrecklich tüchtig aus, und brummt anerkennend: „Strategisch."

„Strategisch?", wiederholt die Polizeiassistentin neben ihm. Sie macht einen so fröhlich forschen und wissenden Eindruck, dass sich sein Widerwille regt; Sabrina Huber heißt sie auch noch und wirft ihm einen erstaunten Blick zu. Der wenigstens tut ihm wohl.

„Die Lage", erläutert er. „Die Kunden mit Auto können ins Parkhaus der Migros. Das fällt überhaupt nicht auf. Sie müssen nicht einmal zum Schein einkaufen. Sie können hinausspazieren, um die Ecke biegen und sind am Ziel. Beinahe so gut ist es für die, die mit der Bahn kommen, sei es mit der RhB von einem Nobelort oder mit der SBB von Zürich. Sie steigen aus und kommen und niemand fällt etwas auf. Übrigens, ist die Spurensicherung schon erfolgt?"

„Ja, Fotos, Fingerabdrücke und DNA."

„Sehr gut! Ah! Da kommt der Hauswart."

Der heißt Grdic und weiß vorerst mal von nichts. „Wirklich nichts?", bohrt Reto. „Nie ausländisch aussehende Kundschaft. Oder wollen Sie das nicht hier besprechen? Wir können Sie auch auf den Posten mitnehmen."

Zögernd gibt der Typ ein wenig nach: „Nein, nein! Das schon, aber nur wenige. Steht was von islamisch auf ihrem Schild. Da kommen halt solche. Aber das ist ganz natürlich. Da würd ich nichts drauf geben. Ist mir nicht aufgefallen, dass die gefährlich sind. Darum hab ich auch nichts gemeldet."

„Na gut. Sehen wir uns das mal an." Die Firmenanschrift befindet sich auf der linken Seite, die zweite von oben.

> **Regula Ambach**
> **Finanzberaterin**
> **Nachhaltige Anlagen**
> **Anlagen nach islamischem Recht**

„Gediegen, Bauhaus", erklärt die Huber, als sie das Ding genauer ins Auge fasst. Reto findet das irrelevant und antwortet nicht, also fährt sie leicht gereizt fort: „Ziemlich blöd, das mit dem islamischen Recht hinzuschreiben, wenn sie mit denen krumme Geschäfte macht."

„Ich würde mal meinen, das Schild hat sie vorher montiert. Die gefährlichen Drehs kamen später. Wegmachen wäre dann noch dümmer gewesen als bleiben lassen."

Vom Treppenhaus her führen separate Eingänge zu Wohnung und Büro, hier prangt eine kleine Ausgabe der Plakette von unten. Der Hauptschlüssel geht überraschenderweise nicht, Reto versucht es mit mehr Erfolg bei der privaten Tür. Er zückt seine Lupe, keines der Schlösser zeigt Spuren von Gewaltanwendung. Die Wohnung selber ist aufgeräumt, nach der Abreise für Kurzaufenthalt nicht überraschend, doch lassen einige Details (wie Kissen auf dem Sofa leicht verschoben) auf eine Durchsuchung schließen.

Schubladen zeigen noch deutlichere Spuren. Die Huber beschwört das sogar: „Da lebt eine ordentliche und gepflegte Frau. Aber diese Wäsche, die Stücke sind verrutscht, nicht auffällig, aber doch so, als hätte jemand zugegriffen und abgetastet, ob versteckte Ware darunter läge." Dann findet sie weitere Anzeichen, so beim Bett. „Aha, sehen Sie! Die Matratze ist angehoben worden." Sie greift in die Vorhänge: „Sollten eigentlich gerade fallen. Das Ganze ist in Eile gründlich durchsucht worden."

„Nicht von unseren Fachleuten?"

„Die DNA-Spezialisten? Nein, die haben sich mit den Türen, der Küche, Bad und Schreibtisch befasst. Küche und Bad wegen Referenzspuren dieser Regula; überhaupt, wenn die Eindringlinge beim Rest nichts Verwertbares hinterlassen haben, wie soll dann bei der Wäsche etwas zu finden sein? Das waren doch Profis."

„Es bleibt eine kleine Chance, dass einer sich Haut abgeschürft hat. Und Haare, vor allem am Boden."

„Das haben unsere Leute nicht vergessen."

In einem Schrank finden sie Dokumente, nur private wie Rechnungen, Korrespondenz. „Sie haben recht mit Ihrer Vermutung", murmelt Reto.

Die Assistentin nickt: „Auch die neuen Löcher sind verformt, jemand hat in großer Eile durchgeblättert." Aber sonst ist alles da, nicht nur die gestylten Möbel und die Garderobe, sondern auch moderne Bilder, gute Replikate, auch einige Originale, und vor allem teurer schlicht-klassischer Schmuck: „Die waren offensichtlich nicht auf Beute aus!" Im Büchergestell stehen je eine Reihe mit Kriminalromanen (mit Maigret vor allem), Spionageromanen und klassischer Literatur, dann, wesentlich umfangreicher, Fachliteratur zum Finanzwesen, daneben, nicht überraschend, ein Koran. Reto nimmt ihn aus dem Gestell und blättert. Die Spuren deuten auf ein mehr als gelegentliches Lesen hin. Weiter unten finden sie ein Schachspiel mitsamt einigen zugehörigen Büchern, Kreuzworträtsel, Sudokus. Schwierig, über die Hälfte ist gelöst, meist auf Anhieb, er sieht nur wenige Korrekturen, auch hat sie nicht radiert, sondern mit dem Kugelschreiber gearbeitet und außerhalb des Feldes Zahlen als Denkhilfe hingeschrieben.

Aus dem Wohnzimmer führt eine Tür direkt zum Büro, vermutlich nachträglich eingebaut, denn Reto sieht eine kaum wahrnehmbare Abweichung in der Farbtönung. „Das Schloss fehlt!"

„Der Fachmann wollte es im Labor unbeschädigt untersuchen. Es ist geöffnet worden, ohne dass irgendwelche Spuren von Gewalt zu erkennen waren", erläutert die Huber und fährt fort: „Kein Schlüssel geht zur Tür zwischen Wohnung und Büro. Auch die Alarmanlage ist außer Betrieb. Der Elektriker meinte, das sei vor einiger Zeit passiert. Stimmt zu unseren Unterlagen. Es gab zuerst zwei blinde Alarme, dann nichts mehr. Wahrscheinlich hat die Ambach die Anlage für diesen Durchgang deaktivieren lassen. Wir gehen dem noch nach."

Im Büro lagern viele Ordner mit Korrespondenz und andere Akten, sie vermissen aber Agenda und Kundenkartei. Dafür zeigen sich beim Durchblättern wiederum Spuren, die auf Entnahme von Dokumenten hinweisen. Es fehlt offensichtlich neueres Material, sie stellen Zeitlücken und Schäden am Papier fest. Als hätte jemand eilig ausgewählte Blätter mitgenommen.

„Also haben die Täter auch hier ausgeräumt", kommentiert Sabrina.

„So ist es. Da arbeiteten, ob ihre Mörder oder jemand anderes, Fachleute, die über Duplikate der Schlüssel verfügten. Aber ich tippe auf die Ersteren, und die wussten offensichtlich Bescheid, das deutet auf eine langfristige und sorgfältige Planung hin." Er denkt nach, zuckt dann die Achseln. „Ich sehe einfach nicht klar, aber das ist eine große Sache. Immerhin haben wir ihre Bankverbindungen, GKB, CS und Raiffeisen, die letzte Beziehung scheint aber privater Natur zu sein."

„Dazu ein Treuhandbüro und ein Notariat. Viel ist aber nicht da, sie hat vermutlich mit E-Banking gearbeitet."

„Das denke ich auch, aber mir ist nichts aufgefallen, was auf den islamischen Bereich hindeutet."

„Stimmt!"

„Vermutlich haben die Täter genau das mitlaufen lassen. Das hat sie natürlich interessiert. Könnten Sie sich übrigens bei den erwähnten Adressen erkundigen? Vielleicht ließ sie wichtige Dokumente dort aufbewahren, hatte möglicherweise ein Tresorfach."

Ihn plagt ein unangenehmes Gefühl. Diese erstklassige Organisation! Genau, das stört ihn. Da sind Professionelle hinter einer großen Sache her. Er überlegt, was wohl schlimmer ist: dass sie gefunden haben, was sie wollen und er sie los ist oder nicht und er sich mit ihnen herumschlagen muss, dafür vielleicht ärgeres Unheil verhindern kann. Er reißt sich zusammen. Die Tagträumereien nützen nichts.

In Fürstenaubruck wird er fündig. Der Wirt, er schleppt einen Wanst mit sich herum, hat fette Wangen und nuschelt ein bisschen, redet anscheinend nur zu gerne: „Fremde, also solche, die ich nicht kenne. Sie meinen diesen Deutschen? So ein kräftig gebauter Typ. Hat ganz nett ausgesehen, wie ein Onkel, ja, so könnte man sagen. Sprach etwas merkwürdig."

„Irgendein Kennzeichen?"

„Schwarzer Schnurrbart mit ersten grauen Haaren. Ja, beginnende Glatze." Der Wirt deutet auf seine Schläfen, Reto übersetzt das in Geheimratsecken.

„Wie schwer, wie groß?"

„Vielleicht einsachtzig, kaum mehr, fünfundachtzig Kilogramm, denke ich."

„Vielleicht ist er gar kein Deutscher?"

„Glaube ich nicht, ich habe ein wenig mit ihm geschwatzt, er kennt sich gut aus, muss ich sagen. Und nicht alle Deutschen reden ja gleich. Vielleicht war er ein Friese. Ich kenne Holländer, es tönte ein wenig so, aber doch nicht richtig. Doch sonst war das Deutsch, was er sprach."

„Wie hat er sich ausgewiesen?"

„Mit einem deutschen Pass, ich sage ja, er ist Deutscher, hat ihn gezeigt, als er den Meldezettel ausfüllte. Er hat einen komischen Namen, Walther, mit einem H, und das ist nicht der Vorname. Warten Sie mal." Er grapscht nach seinen Unterlagen, blättert. „Hier, Manfred Walther."

Reto guckt auf den Meldezettel, notiert sich die Passnummer und Ankunftsdatum: „Wann ist er abgereist?"

„Vorgestern, am Morgen, nicht allzu früh, etwa zehn Uhr. Ist ins Engadin, hat er gesagt."

„Sonst nichts?"

„Nichts."

„Mit dem Auto?"

„Ja, so ein Smart, vielleicht ein Mietwagen, mit einer Appenzeller Nummer."

Reto erinnert sich, gehört zu haben, dass Autoverleiher besonders günstig fahren, wenn sie die Nummern im Appenzell lösen. Unwichtig, er schiebt den Einfall weg. Aber das Datum ist auffällig, der Tag des Mordes, die mickrige Beschreibung widerspricht den Spuren nicht, auch das Auto haut hin. Er muss nachprüfen lassen, welcher Art die typische Bereifung ist. Der Kerl konnte ja auch nur zum Schein weggefahren sein. Er entschließt sich, weiter zu fragen: „Was hat er so unternommen, in den drei Tagen, die er hier war?"

„Nichts Besonderes, ist wenig rumgefahren. Er wanderte, denke ich, ging oft zum Fluss und blieb dann meist einige Zeit weg."

„Einige Zeit?"

„Eine Stunde, manchmal auch zwei, ganz genau weiß ich das ja nicht. Ich habe anderes zu tun, als die Gäste zu überwachen."

„Nicht länger?"

„Nein, außer einmal, da war er in Thusis, hat er gesagt. Wollte Geld holen, denke ich."

„Nie gefragt, was es da zu sehen gäbe?"

„Doch, am Anfang. Er hat aber nicht mal Prospekte mitgenommen. Vielleicht ist er mal irgendwohin gegangen, zum Hohen Rätien etwa, in die Viamala oder so was. Er blieb ja insgesamt nur zwei Tage."

„Übrigens, wie sah der Smart aus?"

„So ein dunkler, mit helleren grauen Teilen."

„Kontakte mit Ansässigen?"

„Nichts Besonderes. Hat immer gegrüßt, wurde auch gegrüßt, so sind die Leute nicht, hier, aber viel gesprochen hat niemand mit ihm. Nur der Arbenz. Aber der redet mit jedem, der ihm Alkoholisches bezahlt."

„Ist der von hier?"

„Ja, er wohnt an der Hauptstraße dreiunddreißig, Adrian Arbenz heißt er."

Reto setzt ihn innerlich auf die Liste. „Ist das Zimmer dieses Deutschen noch frei?"

„Nein, ich hatte Glück, gestern kam ein neuer Gast."

Das bedeutet gereinigt von der Frau des Wirtes und benutzt und … „Ist der Neue immer noch drinnen?"

„Nein, er musste heute früh weiter."

„Lassen Sie es bitte, wie es ist."

„Oh, leider schon in Ordnung gebracht, weil er früh weg ist. Aber es ist noch frei."

Reto zuckt innerlich die Achseln, den Raum kann er abschreiben: „Geben Sie mir bitte die Speisekarte, ich esse hier."

Das Handy vibriert, als er ins Auto einsteigen will. „Caviezel, Kriminalpolizei!"
„Ah, du bist es Moni, was gibt's?"
„Aha, der Ambach hat ein Alibi. Wasserdicht?"
„Sähe ganz so aus, meinen die. Dann können wir ihn wohl ausschließen. Aber da ist eine weitere Möglichkeit, ein Deutscher, ich gebe dir die Passnummer durch. Lass nachfragen, ob sie zu einem Manfred Walther gehört."
Er klaubt den Notizzettel hervor und liest die Nummer Ziffer für Ziffer ab. „Nein, es gibt keinen konkreten Beweis, er ist bloß am Tag des Mordes abgereist."
„Nein, noch nicht, ich habe eine Beschreibung, nicht viel wert zwar, aber immerhin. Ich werde ein Signalement verfassen, wenn ich zurück bin. Ich lasse es durch Bruderer genehmigen und an die Hotels und Landgasthöfe verteilen. Er hat dem Wirt gesagt, er fahre ins Engadin. Vielleicht stimmt das ja. Und gib denen von der Spurensicherung durch, das Auto könnte ein Smart gewesen sein."
„Gut, und dann muss nachgeforscht werden, woher dieser Walther kommt. Aber das eilt nicht, wenn ich im Büro bin, werde ich in Kloten anrufen."

Bevor er den Zündschlüssel dreht, schweifen seine Gedanken nochmals durch das Gespräch. Klar, alles ist ein wenig schwammig und gar nichts bewiesen. Aber dennoch deuten genug Indizien auf diesen Walther hin. Er darf ihn nicht aus den Augen verlieren.

8

Der Typ ist dekadent. Mario Bauer, so hat er sich vorgestellt, und er findet ihn abstoßend. Aber dieses Gefühl zeigt Achmed nicht. Geschäft ist schließlich Geschäft, und gerade für ihn ist es gut, wenn es das auch bleibt. Dann schrumpft sein Gegenüber beinahe in sich zusammen, als er ihm die üblichen Sicherheitsfragen (USA, Terror, Herkunft des Geldes) stellt. So, als dürfte er eigentlich nicht. Diese Christen! Aber vielleicht ist er nicht einmal das.

Er lässt sich nichts anmerken, verneint Risiken, erklärt, das Geld sei legal, aus dem Petrolgeschäft, deutet aber an, dass er wichtige Gründe habe, es anzulegen, bevor er seinen Plan erklärt: „Es geht um Touristik, ein ganz neues Projekt, fünfzig Millionen will meine Gruppe einschießen, natürlich erst, wenn die Bewilligungsverfahren abgewickelt sind."

„Da gibt es in der Schweiz verschiedene Möglichkeiten, unser Institut kann Ihnen Beratung vermitteln."

„Wir wissen schon, was wir wollen, es ist die Viamala-Schlucht. Da ist noch ungenutztes Potenzial."

„Ja, sicher, das trifft zu, aber insgesamt ist die Region ein bisschen unterentwickelt. Vielleicht sollten weitere Möglichkeiten in die Evaluation eingeschlossen werden."

„Bringt nichts, kostet nur, wenn ich das auf Ihre Art so direkt sagen darf."

„Dürfen Sie, Sie haben sich also die Sache schon überlegt?"

„Sicher, wir haben da ein Sprichwort. Wo viele Kamele weiden, da ist wenig zu holen."

„Aha! Sie möchten gezielt eine Nische nutzen!"

„Genau."

„Nun, auch dafür können wir wichtige Adressen liefern, zu Planungs- und Treuhandbüros, später dann auch zu Generalunternehmungen."

„Diese Dienste sind willkommen. Doch nach den WTO-Regeln muss ohnehin ausgeschrieben werden."

„Ja, das stimmt, was die großen Brocken angeht."

„Sie haben also die kleinen gemeint. Das ist gut, das spart vor allem Zeit. Es gibt da zumindest die juristische Abklärung und die Ausschreibung für einen Wettbewerb, vielleicht auch eine summarische Projektbeschreibung, so wie sie hier sein muss."

Mario nickt: „Gut, kostet natürlich, dürfen wir gerade ein Konto für Sie eröffnen?"

„Sicher, die hunderttausend habe ich bei mir." Er reicht ihm eine Visitenkarte. „Gehört dieser Firma, die können Ihnen bestätigen, dass es kein kriminelles Geld ist. Die Formulare für die Kontoeröffnung und was die Herkunft angeht können Sie vorbereiten lassen, ich unterschreibe für meine Seite."

„Normalerweise speisen wir im Arabesque, liegt noch ganz praktisch, und das Angebot entspricht Ihren Erfordernissen. Darf ich reservieren lassen?" Sein Kunde ist einverstanden und Banker veranlasst das Nötige.

Die Projektbesprechung bringt Bauer zu seiner eigenen Überraschung ins Schwitzen. Dieser Achmed ist sehr gut informiert. So hat er sogar Vorschläge, wie für die zahlenden Gäste Jagdtouren zu organisieren seien (Der Banker bezweifelt die Realisierbarkeit, doch vorerst lässt er sich davon nichts anmerken.). Dann verbreitert der Araber sich über die Chancen der Entwicklung, kennt die verkehrstechnisch gute Lage nahe der Route über den San Bernardino, ist über das Wanderparadies Bündnerland orientiert, nennt das Thermalbad und weiß sogar von kulturellen Kleinodien wie der Kirche von Zillis. Mario bekommt das Gefühl, mit abgesägten Hosen dazustehen.

Der Kunde lehnt sich derweil lässig zurück: „Wissen Sie, da ist doch wahrlich Potenzial vorhanden. Für viele Geschmäcker gibt es etwas, da lässt sich doch mehr machen, aber es braucht schon etwas Einmaliges, und das wäre diese Viamala, die ist der Angelpunkt. Eigentlich erstaunlich, wie das vernachlässigt wird."

„Manchmal sind diese Bergler schon nicht ganz flexibel", pflichtet Bauer ihm untertänig bei.

„Ach ja, Tropfsteinhöhlen. Gibt es da so etwas?"

„Nicht in der Region."

„Schade, ich dachte, das gäbe es gar nicht weit weg, hier in der Schweiz."

„Es gibt schon solche Höhlen in der Schweiz. Die Höllgrotten in Baar beispielsweise, auch andere, weniger gut erschlossene, doch für Höhlenfreaks ist gerade das ein Anziehungspunkt. Nur, die Distanz ist wirklich zu groß."

„Kann man diese Grotte kaufen?"

„Kaufen?"

„Ja, was sonst!"

Mario gerät ins Stottern: „Äh, ich, äh, das kann ich, ich meine, das geht wohl nicht. Aber wozu auch?"

„Wir brauchen diese Stalagmiten und Stalaktiten, wir müssen doch diesen Tunnel zur Viamala-Schlucht ausschmücken."

„Sie wollen … Äh! Unmöglich, das ist gesetzlich nicht möglich."

„Auch mit Geld nicht machbar? Das geht doch sonst immer in der Schweiz."

„Äh, das, das meine ich nicht. Die sind reich dort, wissen Sie, da geht das nicht." Mario schwitzt. Er denkt an seinen Boss, einen begeisterten Speläologen. Der würde ihn glatt kastrieren, wenn er dazu Ja sagte. Nur würde er das leider auch tun, wenn er einen solchen Auftrag vermasselte. „Äh, ich meine, diese Stala …, die bekommt man ja auch andernorts. Wenn sie erst einmal dort in Ihrem Tunnel stehen, sieht ihnen ja niemand an, woher sie kommen." Er spricht, als wüsste er nicht, welche Pronomen groß und welche klein zu schreiben sind.

„Solange sie nur gut aussehen. Ihr Job, Sie arbeiten Vorschläge aus, bis zum nächsten Treffen." Mario schwitzt immer noch. Wo zum Teufel soll er diesen Edelschrott herzaubern? Bevor er eine Entgegnung formulieren kann, fährt sein Kunde fort: „Mineralien brauchen wir auch, ich denke da an ein Labyrinth, wo wir die verstecken und wo die Gäste danach graben können."

„Aber Mineralien werden nicht so gewonnen."

„Spielt doch keine Rolle. Die Leute müssen das nur spannend finden. Ich muss Ihnen doch nicht beibringen, wie man denen das Geld aus der Tasche zieht. Sie sind von einer Bank, schließlich."

Bauer steckt die Häme weg und fragt stattdessen: „Soll die Finanzierung nach islamischen Regeln erfolgen?" Ein kleines Zögern sagt ihm, dass er einen Punkt gewonnen hat. Vielleicht hat dieser Achmed gar nicht daran gedacht, merkwürdig eigentlich.

Aber dann kommt die überzeugende Antwort: „Das ist noch unklar. Wir brauchen nicht nur Mohammedaner als Gäste. So spielt das Ressort auch eine Brückenfunktion zwischen den Religionen. Mit solchen Krediten kann also nur ein Teil finanziert werden. Es wird einen islamischen Flügel geben und ein solches Restaurant. Selbstverständlich baulich integriert, die Schweiz hat ja gute Architekten, die man dafür kaufen kann."

9

Reto schnappt sich die Protokolle und liest sie gestrichelt diagonal. Ausreichend, denn fast alles ist Tratsch. Die meisten glauben an Fremde, niemand will etwas damit zu tun haben, niemand hat etwas Verwertbares gesehen, außer der Frau, die am Ende des Dorfes wohnt. Er nimmt sich ihre Aussage nochmals vor. Ein Auto habe sie geblendet, sei vom Steinbruch her gekommen und habe dann nach oben abgedreht. Klein und dunkel sei es gewesen, eine merkwürdige Sache. Zeitpunkt kurz nach elf, die Kirchenglocken hätten geläutet, kurz zuvor.

Er überlegt. Passt zur Zeit des Mordes, passt zu diesem Walther, der fuhr ja einen dunklen Smart. Nicht aber zu Gian. Sonst ist natürlich alles möglich, dünn wie verwehender Rauch. Er notiert: dunkler Smart, Mietwagen, Appenzeller Nummer suchen lassen. Er zögert einen Moment und schreibt dann hin: Autovermietungen beim Flughafen Kloten, Rückgabe Montag früh. Er würde den Zettel Moni geben, die wird sich darum kümmern. Und notiert dazu die stichwortartige Personenbeschreibung. Soll er ein Phantombild erstellen lassen? Der Wirt taugt wohl nicht besonders als Zeuge.

Noch etwas Verwertbares fällt ihm auf. Vier Personen haben zugegeben, den Aufenthaltsort von Gians Gewehr zu kennen. Für einen Moment überlegt er, ob er dem alten Tschupp einheizen soll, verwirft aber die Idee. Die Fahrlässigkeit des Bauern kann er immer noch als Druckmittel verwenden. Sicher aber haben viele den Standort der Waffe gekannt, denn einige verheimlichen wohl in diesem Punkte ihr Wissen.

Dann wird ihm klar, was ihn stört. Das Gewehr deutet auf einen einheimischen Täter, auf jemanden, der bewusst die Schuld auf Gian schieben will. Andere Indizien deuten aber auf diesen Deutschen (wenn er das ist). Doch wie hat der es geschafft, in so kurzer Zeit zu dieser Tatwaffe zu kommen? Über diesen Arbenz, wenn das stimmt, was der Wirt erzählte. Wie aber machte er diesen schwachen Punkt aus? Unklar!

Des Burschen Augen zucken hin und her wie die eines verzweifelten Tieres, das einen Ausweg sucht.
„Also Gian, wo warst du am Sonntagabend?"
„Hab bei den Kühen gearbeitet."
„Und dann?"
„Ich ging schlafen."
„Aha!"
„Ich muss doch am Morgen immer früh raus, wegen dem Melken."
„Wann gingst du schlafen?"
„Nach zehn, vielleicht halb elf."
Ein lausiges Alibi, zumal er log, ihm nicht in die Augen sah. Reto seufzt betont: „Es gibt da eine Zeugenaussage, der Mörder sei beim Steinbruch hinaufgefahren!"
Gians Gesicht verzerrt sich und läuft rot an: „Ein verdammter Saulügner das, ich breche …" Er verstummt abrupt.
„Es sagt ja niemand, jemand von euch sei es gewesen."
„Aber du hast …"
„Ich habe nicht, es gibt nur eine Zeugenaussage wegen eines Autos, das da die Straße hochgefahren sein muss, dann über die Brücke beim Steinbruch und zuletzt hoch bis in den Wald hinein. Da habe ich gedacht, du hättest da vielleicht etwas beobachtet."
„Ich kümmere mich nicht um Autos, die da rauffahren. Und überhaupt, die gehen zum Heim."
„Nun ja, in diesem Fall war es eine Ausnahme, darum dachte ich, vielleicht sei dir etwas aufgefallen."
Gian schüttelt nur den Kopf.
„Wann warst du mit den Kühen fertig? Das war doch vor zehn?"
„Weiß nicht genau."
„Komm schon, irgendwas hast du sicher noch gemacht?"
„Hab noch Comics gelesen, mein ich."
Nun ja, überlegt Reto, Gian ist dafür bekannt, dass er nichts als das liest. Er macht sich Sorgen. Irgendetwas ist passiert, der

Verhörte verschweigt einiges. Doch er fühlt, dass er die Sperre nicht durchbrechen kann. Er seufzt nochmals: „Also, wenn dir noch was einfällt, ruf mich an. Wir wollen doch nicht, dass der Mörder dieser Frau ungeschoren davonkommt."

Der Tschupp zuckt zusammen. Doch, obwohl Reto sich absichtlich zögerlich entfernt, ihm Gelegenheit gebend, bevor er zur nächsten Adresse weiterfährt, hält der Bursche den Mund zusammengepresst und sagt kein einziges Wort.

Adrian Arbenz ist nicht daheim, er trifft ihn im Landgasthof. Das Gespräch ist wenig ergiebig, aus dem Gerede kann er aber doch herausfiltern, dass er mit diesem Ausländer gesprochen hat und Jagd und Gewehre ein Thema waren. Zuletzt gibt der Trinker zögernd zu, auch von den Tschupps geredet zu haben. Aber was er genau gesagt hat, daran kann oder will er sich nicht mehr erinnern. Die Beschreibung des Wirtes bestätigt er, doch scheint seine Erinnerung noch ungenauer zu sein. Vielleicht, denkt Reto, haben sich Teile davon im Alkohol aufgelöst.

Und dann bleibt ihm nichts anderes übrig, als das zu erledigen, was ihn anwidert. Er fährt ins Büro zurück, beginnt mit dem Bericht, kommt nur mühsam voran, geht früh zur Kaffeepause und bleibt ungewöhnlich lange, sieht, wie die Kollegen sich anschauen und zwingt sich wieder an den Computer. Zum Glück stört ihn niemand dabei, denn die Leute wissen, wie grantig er in solchen Situationen reagiert. Langsam kommt er in Fahrt, bleibt wieder stocken, lehnt sich zurück und starrt nach oben, als erhoffe er sich von dort eine Offenbarung, sieht aber nichts als die Decke, vergräbt sich, weil großartige Eingebungen ausbleiben, erneut im Bildschirm und tippt Fakten ein. Das hilft. Hin und wieder kommt eine Idee, er scrollt zurück, drapiert mageres Fleisch an die Knochen und hat nach vier Uhr endlich einen Text in der Hand, den er abschicken könnte.

Wäre da nicht der Bruderer mit seiner ekelhaften Angewohnheit, sich auf die kleinsten Fehler zu stürzen und sie einem genüsslich unter die Nase zu reiben. Also kippt er noch einen Kaffee und beginnt mit der Überarbeitung, obwohl das eigentlich Zeitverschwendung ist, weil weniger sein Bericht als vielmehr die ganze Angelegenheit noch sehr verworren ist. Zuletzt speichert er die Datei unter Verwendung eines Fäkalwortes und sendet sie dann per Mail an Arpagaus und an den Staatsanwalt. Wegen des zweiten unter Wiederholung des obigen Wortes, aber immer nur mündlich, wie jeder sich denken kann.

Reto lehnt sich zurück, atmet durch und denkt mit einem Teil des Gehirns darüber nach, was er wohl falsch geschrieben hat und ob er nicht deutlicher darauf hätte hinweisen sollen, dass die Spuren gegen Bärlochers Verdacht sprechen. Mit einem anderen überlegt er, was er als Nächstes anpacken soll. Schließlich rafft er sich zusammen, checkt wenigstens die Mails durch, die inzwischen eingetrudelt sind. Wichtiges ist nicht dabei, dafür läutet das Telefon. Die Ablenkung ist ihm höchst willkommen, doch als der Anrufer seinen Namen nicht nennt, wird er morsch. Nichts liebt er heißer als solch feige Säcke, die sich verstecken. Auf den obersten Post-it-Zettel schreibt er „anonymer S", und jeder/jede auf dem Posten weiß, was er damit auf Neudeutsch meint. Darunter den Namen der Veranstaltung (mit drei Schreibfehlern, weil der französisch ist), die in Lausanne stattgefunden haben soll. Als Letztes den Namen des Beschuldigten, René Piller. Den kennt er doch, fällt ihm ein.

Er legt auf, zuckt die Achseln, geht ins Internet und hackt das ihm am wichtigsten scheinende Stichwort ein (mit einem Schreibfehler). Unanständig schnell kommt der ganze Titel richtig geschrieben zurück. Zumindest so viel trifft also zu, der Anlass, an dem dieser Piller nicht gewesen sein soll, den gibt es.

Karl fällt ihm ein, der fährt doch auch diesen Postautokurs, dort in Lohn, er ruft ihn an: „Du, kannst du dich vielleicht erinnern, ob dieser Piller verreist ist, am Tag des Mordes?"
„Tatsächlich, Kurs 13:14, super, dass gerade du gefahren bist."
„Ja, nach Lausanne, klar, dass dir so ein Billett aufgefallen ist! Dann kann er ja nicht am gleichen Tag zurückgekommen sein."

Eine neue, schwache Spur. Er erhebt sich und begibt sich ins Büro der Postenchefin. „Du, Moni, könntest du morgen für mich eine Nachfrage durchführen? Da ist ein René Piller aus Lohn, und der hat angeblich behauptet, er nehme an einem Umweltkongress in Lausanne teil. Hat, wenn ich mich recht erinnere, einen französischen Akzent. Ein anonymer Anruf ist reingekommen, der behauptet, er sei nicht dort gewesen, das sei ein falsches Alibi."

Sie lacht ansteckend: „Ich soll also für dich Französisch parlieren?"

Wie angenehm, dass sie hier den Laden führt, schießt ihm durch den Kopf. „Genau, du bist super! Frage, ob unser Kunde auf der Teilnehmerliste ist und versuche herauszufinden, ob er wirklich dort war. Wenn sein Alibi falsch ist, kommt er auf die Liste der Verdächtigen, auch wenn ich im Moment noch gar keinen Sinn darin sehe."

Er kehrt ins Büro zurück und recherchiert im Internet. Piller agitierte sehr aktiv gegen Atomkraftwerke und wurde deswegen anscheinend sogar zweimal eingebuchtet. Allerdings nur über Nacht oder so und dann mangels Beweisen wieder freigelassen. Er klickt in die polizeiliche Datenbank ein und findet sogar drei Fälle, aber alles liegt einige Jahre zurück, und nichts davon ist ernsthaft. Er zweifelt, ein Aktivist ist ja nicht die Vorstufe eines Mörders, zumal er später diese Kreise verließ. Zudem ist er recht klein, passt nicht zu den Spuren. Aber er muss den Typ im Auge behalten.

Ihm fällt Kloten ein. Er hat ja eine gute Bekannte dort und Glück dazu, denn sie ist im Dienst. Er fragt und hört sie auf der Tastatur klappern. Bloß: Einen Manfred Walther findet sie in ihrem Computersystem nicht.

10

Hugo hat sich das Radeln angewöhnt. Meist fährt er von Oberrealta bis zur Viamala-Raststätte und dann wieder zurück. Er liebt das flotte Tempo auf diesen flachen Strecken, den schmalen Sträßchen mit ihrem geringen Verkehr, den Wind, der ihm um die Ohren bläst und den Duft des frühherbstlichen Landes. Die Raststätte schätzt er nicht besonders, sie ist ihm zu technisch und das Angebot kompensiert das nicht. Dennoch kehrt er dort ein, wenn er keine Lust hat weiterzufahren. Sonst hängt er ein Stück an und besucht meist ein Lokal in Thusis oder den Landgasthof in Fürstenaubruck.

Diesen Mittwochmorgen kehrt er im Café Gyger ein, und für die Rückfahrt benutzt er die Nebenstraße, die zum Bahnhof Rodels-Realta führt. Sie weist für ihn einen besonderen Anziehungspunkt auf. Bei der Kreuzung, wo ein Sträßchen links nach Cazis abzweigt, wächst ein wilder Kirschbaum, und unter dem steht eine Bank. Er liebt es, dort zu verweilen, nicht um zu rasten, nein, so alt und müde ist er noch nicht, sondern weil er gerne den Blick über die Gegend schweifen lässt. Es ist angenehm, dabei auch die Gedanken wandern zu lassen, oft zurück zu seiner früheren Arbeit oder zu seiner gescheiterten Ehe. Sorgsam passt er dabei jeweils auf, nicht der Bitterkeit zu verfallen.

Diesmal sitzt eine schöne Frau dort, blond, schlank, aber nicht eckig, groß, wie eine Königin der Elben. Es verursacht ein Beben in seinem Bauch, Wärme breitet sich aus und durchflutet ihn. Von Nahem, er weiß es, wird sie nicht mehr so attraktiv aussehen, das ist immer so. Aber hin muss er trotzdem.

Er lässt das Fahrrad ausrollen und bremst zuletzt ab, um nicht über das Ziel hinauszuschießen. Die Schönheit altert mit abnehmender Distanz, aber ihr innerer Kern bleibt. Sie ist um die fünfzig, zehn, vielleicht auch nur fünf Jahre jünger als er. Nicht mehr die Elbin, herber, eine nordische Fürstin wenn schon. Das Beben wiederholt sich, er nimmt es als gutes Zeichen.

„Gestatten Sie? Mein Name ist Hügli, Hugo Hügli, und gewöhnlich genieße ich hier die Aussicht."

Sie lächelt, und das bringt viel vom Elbischen zurück. „Ich heiße Caflisch, Maria Caflisch. Sie dürfen sich gerne setzen, die Bank ist für alle da. Ich kann mich nicht erinnern, Sie schon gesehen zu haben. Sind Sie von hier, arbeiten Sie dort?" Sie deutete Richtung Heilanstalt.

„Seit Kurzem wohne ich in Oberrealta, vorher war ich Professor für Philosophie und Logik."

„Und da wohnen Sie hier, wo arbeiten Sie dann?"

„Gar nicht mehr, man hat mich gefeuert. Das heißt, ich schreibe noch."

„Warum denn?"

Er zuckt die Achseln und bezieht die Frage auf die Entlassung: „Man wollte meine Weltsicht nicht wahrhaben."

„Das habe ich auch schon erlebt, aber in meinem Fall ist das kein Problem."

„Bei Ihrer Arbeit?"

„Ich bin Verkäuferin im Wilhelm. Denen ist es egal, was ich glaube, solange mich das nicht ablenkt und ich keine Kunden damit verärgere."

„So einfach hat man es an einer Uni nicht."

„Ich war nie an so einer, aber wird man da nicht bezahlt dafür, dass man neue Dinge herausfindet?"

Er antwortet wehmütig: „Schön wäre es!"

Die beiden schweigen einen Moment, dann beginnt sie unverhofft: „Mir schwant Böses."

Er kombiniert schnell: „Wegen des Mordes an dieser Frau?"

„Auch, das war der Anfang, denke ich, zumal sie bei einer Freundin von mir gewohnt hat."

„Verstehe!"

„Dann habe ich dieses chinesische Orakel geworfen, das I Ging. Es hat dreimal Unheil angezeigt, Ungutes, könnte man auch sagen."

Er fühlt einen Stich: „Daran glauben Sie?" Er kann den skeptischen Unterton in seiner Stimme nicht ganz unterdrücken.

„Nein, eigentlich nicht oder nur etwas."

„Das begreife ich nun nicht."

„Die meisten meinen, man könnte da einen Wurf machen, dann sehe man in die Zukunft. Ich denke nicht so. Es ist eher, wenn ich werfe, ja, es ist wie eine Übung, Konzentration, Ruhe, dann erfahre ich etwas über das, was ist."

„Psychologen würden sagen, Sie befragen so Ihr Unterbewusstsein oder Ihr Unbewusstes."

„Ich weiß, aber wie kann mein Unbewusstes mir etwas sagen?"

Die Antwort verblüfft ihn: „Das ist eigentlich eine sehr kluge Frage!"

„Ich denke, ich befrage eher das Feinstoffliche."

„Dieses Wort geht mir auf das Schädeldach. Äh, entschuldigen Sie. Aber wie wäre es mit Mentalsphäre?"

„Oder Astralsphäre. Ich wusste nicht, dass Sie das interessiert."

„Doch, schon, Sie werden sicher lachen, aber am Freitag halte ich in der Buchhandlung in Thusis einen Vortrag darüber."

„Interessant, oh, jetzt fällt es mir wieder ein, da hängt auch bei uns ein solcher Flyer. Ich schaue, dass ich kommen kann."

„Mich interessieren Gedanken, ich betrachte sie als lebende Wesen. Esoteriker tun das auch, meine ich."

„Und damit haben Sie dann Probleme bekommen, an der Uni?"

„Gut geraten."

„Ist nicht schwierig. Es gibt nicht viele Leute, mit denen Sie über so etwas sprechen können."

„Nun, Esoteriker bin ich nicht, darum habe ich mir auch dort Feinde geschaffen."

„Aber lebende Gedanken. Lebt eigentlich nicht alles?"

„Das war nicht meine Stoßrichtung. Ich wendete biologische Kriterien an. Das funktionierte. Es war nicht einmal neu, was ich da beschrieb, neu war nur, dass ich dem Ganzen ein philosophisches Fundament gab. Dawkins formulierte die Idee lange vor mir. Ich bin überzeugt, auch er stützte sich auf Quellen, vielleicht sogar auf literarische."

Die Formulierung fällt ihr auf: „Ich kenne ihn nicht. Ich habe es bei Meyrink gelesen, im Grünen Gesicht."

„Kenne ich nicht. Oder doch, ist das nicht ein okkulter Schriftsteller aus dem letzten Jahrhundert? Der hat das gesagt? Interessant."

„Ich kann Ihnen die Stelle zeigen." Sie zögert: „Es ist merkwürdig, mit Ihnen darüber zu sprechen. Hier habe ich etwas erlebt." Sie zuckt mit den Achseln. „Oder gesehen, einen Steinmann."

Er schaut um sich: „Komisch, manchmal gibt es so Steinmänner. In Flüssen oder auf Bergen."

Sie fühlt leichten Ärger: „Das meine ich natürlich nicht. Ich weiß nicht, ob ich das erklären kann."

„Versuchen Sie es. Ich werde zuhören." Zugleich mustert er die Umgebung, aber einen Steinmann findet er nicht.

Sie antwortet nicht. Dann wechselt sie das Thema: „Das mit dem Mord plagt mich. Da ist etwas nicht in Ordnung. Ich weiß nicht was, aber es ist kein gewöhnlicher Mord. Ich kann damit nicht zur Polizei gehen, die würden mich nur auslachen. Ich weiß nicht, was ich machen soll."

„Vielleicht kann ich helfen."

Sie findet das selbstgefällig und fragt schnippisch: „Wie?"

„Ich kann nichts versprechen. Man könnte mich Mentalogen nennen. Es ist mir schon passiert, dass ich Zusammenhänge verblüffend gut erraten habe. Wobei erraten die falsche Bezeichnung ist. Es ist eher so, dass ich Spuren von Gedanken sehe, ähnlich wie ein Jäger die Fährten des Wildes sieht und verstehen kann, was es tut oder tun will. Aber es funktioniert nicht immer. Es ist ein Erkennen dessen, was in einem Wust von Tatsachen in Beziehung zueinander steht. Wissen Sie, ich bin kein Zauberer. Trotzdem, ich überlege mir die Sache mal."

Sie hat Zweifel, er kann es ihr ansehen.

11

Reto Caviezel öffnet die letzte Mail mit dem Betreff „Vorläufiger Autopsiebericht" und holt diesen auf den Bildschirm. Zusammengefasst besagt er: Benutzt wurde eine Jagdwaffe, ein verbreiteter Typ, es ist derselbe wie die Tschupps ihn haben, er war ja mal bei ihnen beim Schießen. Er notiert und liest weiter: Schussdistanz mindestens 30, eher um die 50 Meter. Die Kugel hat den Herzbeutel aufgerissen, den Herzmuskel verletzt und ist dann an einem Rippenansatz bei der Wirbelsäule steckengeblieben. Der Tod muss in weniger als einer Minute eingetreten sein, die Bewusstlosigkeit noch schneller. Die Tote lag so, wie sie hingefallen war. Zeitpunkt 22:45 bis 23:30 mit 95 % Sicherheit, 100 % von 22:15 bis Mitternacht. Kein Anzeichen einer Vergewaltigung oder eines Missbrauchs, keine Spermien, keine große Krafteinwirkung auf die Leiche. Der Körper weist leichte Quetschungen vom Sturz auf, an einem Bein befindet sich ein schwacher Kratzer.

So ein Schuss in dunkler Nacht ist doch ‚eine Meisterleistung, überlegt Reto. Das schließt Gian als Täter aus, den kennt er als einen nicht einmal mittelmäßigen Schützen. Zudem, warum soll er die Leiche durchsucht haben? Was ist mit den Beinen? Hat sie sich in die Büsche gedrängt, um dort etwas zu verstecken?'

Er greift nach dem Hörer: „Bin ich richtig verbunden, das ist Ihr Bericht zur Autopsie?"
„Eine Frage, was ist mit dem zerkratzten Bein, frisch?"
„Aha, ein bis zwei Tage vor dem Tod, wo genau?"

Da ist ein Kichern, bevor eine Auskunft kommt. „Ach so", antwortet Reto, „Oberschenkel, bis fast zum Hintern."

Es klingt, als hätte der andere lieber Arsch gesagt. Oder gerade direkt, Sex auf freier Wildbahn. „Könnte wichtig sein, verarztet?"

„Nicht?"
Vielleicht hat sie die Verletzung desinfiziert. Er machte das mit Schürfungen, nach Gartenarbeiten, es wirkt immer Wunder. „Stimmen dann die zwei Tage noch?"
„Kommt in den definitiven Bericht, nehme ich an. Was für eine Kugel?"
„Die Waffe können Sie nicht genauer identifizieren?"
„An den Experten weitergeschickt. Gut, hoffentlich bekomme ich die Ergebnisse bald."

Nachdenklich legt Reto auf. Diese Wunde rührt also nicht daher, dass sie die Papiere versteckt hat. Hat sie es mit Gian getrieben? Und falls ja, wieso? Geliebt hat sie ihn wohl kaum. Aber man kann ja nie wissen. Er ist ein hübscher Kerl. Und wegen der Schusswaffe würde er ihm ohnehin noch auf den Zahn fühlen müssen.

Ein Bing unterbricht seine Überlegungen. Er öffnet die neue Mail, es sind erste und vorläufige Ergebnisse der Untersuchungen am Material, das im Zimmer Regulas in Almens und ihrer Wohnung in Chur zusammengekratzt worden ist. Ihre DNA ist im Zimmer nachzuweisen, für die Wohnung läuft die Untersuchung noch. Die meisten Haare stammen von ihr. Natürlich fehlen die der Lendi im eigenen Haus nicht. Sowohl in Chur als auch in Almens sind aber noch andere dabei, sie gehören wahrscheinlich zwei Männern, der eine verwendete Pomade. Die Zuordnung sei aber erst provisorisch. Das mit der Pomade sei ziemlich auffällig, denn sie sei als nicht mehr gebräuchlich einzustufen.

Reto greift zum Hörer, hat Glück, bekommt den Wirt an den Draht: „Dieser Walther, brauchte der Pomade?"
„Aha, gar nicht, nichts Ähnliches oder höchstens einen Festiger. Was hat er übrigens für Haare?"
„Ja ich weiß, habe ich schon mal gefragt, aber vielleicht fällt Ihnen noch etwas ein."
„Je schneller Sie antworten, umso rascher sind Sie mich los."
„Also dunkel, ganz leicht angegraut, normal lang, nicht kraus, höchstens ein wenig gewellt. Besten Dank!"

Er wählt eine zweite Nummer, verlangt die Verbindung zum Experten, der aber gesucht werden muss. Er trommelt ungeduldig auf die Schreibtischplatte.

Schließlich meldet sich der Mann und Reto fragt: „Wie sicher ist das, dass die Proben der Haare übereinstimmen?"
„Aha, bei den pomadigen sicher, bei den anderen wahrscheinlich. Wo liegt das Problem?"
„Die Qualität der Proben, meinen Sie, mit Milben-DNA versaut, was es nicht alles gibt. Na, da kann man wohl nichts machen. Es bleibt also bei wahrscheinlich gleich."
„Verstehe, dass Sie nicht hexen können. Aber noch eine Frage, ich habe die Beschreibung eines Verdächtigen, er habe dunkle, nur leicht angegraute Haare, normal lang, höchstens ein wenig gewellt. Der Typ verwendete bestenfalls einen Festiger. Könnte das auf eines der Muster zutreffen?"
„Verstehe, Sie können das nicht beantworten, also frage ich anders: Schließen Ihre Untersuchungen aus, dass diese Haare vom so beschriebenen Mann stammen?"
„Ah! Ausschließen tun sie es definitiv nicht! Besten Dank."

Reto legt auf und trommelt wieder aufs Pult, es hilft ihm, sich zu entspannen. Dieser Günther Bauer, der ist ja schon überkompliziert. Warum hat er seine erste Frage nicht einfach bejaht? Wäre doch das Gleiche gewesen!

Die eintretende Moni, adrett wie immer, unterbricht sein Sinnieren: „Also, dieser Piller, der meldete sich tatsächlich für diese Konferenz an!"

„Ist aber nicht erschienen?"

„So ist es leider nicht. Es kann sich einfach niemand erinnern."

„Keine Listen, auf denen die Fehlenden und Vorhandenen abgehakt wurden?"

„Nur rund ein Dutzend nicht abgeholter Namensschilder seien da gewesen. Und die haben sie entsorgt, zusammen mit den zurückgegebenen. Ohne die Namen zu notieren. Wichtiger waren ihnen anscheinend die, die nicht oder spät bezahlt haben.

Und dazu gehört Piller nicht, er hat einige Tage vor Ablauf der Frist die Konferenzgebühr überwiesen und sich sogar noch erkundigt, ob das mit dem angekreuzten vegetarischen Menü auch funktioniere."

„Interessant! Sind alle gegessen worden?"

„Daran habe ich auch sofort gedacht. Darum habe ich herumtelefoniert. Zwei blieben übrig, auch sonst einige."

„Wie viele gab es überhaupt?"

„Fleischlose?"

„Ja!"

„Über ein Dutzend."

„Und die überzähligen dieser Menüs, die kann man nicht zuordnen?"

„Nur eines, ein Teilnehmer sei gekommen und habe über eine Magenverstimmung geklagt und sich vor Ort abgemeldet. Das ist wohl eines der nicht abgeholten Schilder und ein vegetarisches dazu."

Beide grinsen, dann meint Reto: „Somit bleibt genau ein nicht identifizierter Nicht-Teilnehmer, der sein vegetarisches Mahl nicht gegessen hat. Aber da vielleicht ein Dutzend Gedecke von auch nicht identifizierten Nicht-Teilnehmern nicht vertilgt worden sind, können wir nicht beweisen, ob Piller dort war oder nicht."

„Genau erfasst, großer Häuptling der Dakota."

„Hab Dank, oh schöne Squaw der Sioux. Und mehr Licht ins Dunkel könnten wir höchstens bringen, wenn wir die Teilnehmer dieser Tagung befragen lassen."

„Tja, starten wir das Projekt?"

„Müssten wir eigentlich, auf dem Dienstweg."

„Wie viele Schaltjahre hast du für den Rücklauf eingerechnet?"

„Oh! Schaltjahre! Ich dachte eher an ein Jahrhundert!"

Ein weiteres Bing unterbricht das Geplänkel. Reto öffnet die Mail, es ist von der Huber und lautet kurz: kein Tresorfach, keine Unterlagen bei den Banken. Zudem schreibt sie hin, das Treuhandbüro und das Notariat hätten anscheinend die üblichen Geschäftsunterlagen, aber weder habe sie eine Verfügung, um sie ausgehändigt zu bekommen, noch sei sie abgestellt worden, um sie durchforschen zu können.

Moni, die mitschaut, knurrt: „Der Bruderer bremst dich wieder einmal!"

Reto zuckt die Achseln, aber das Verständnis freut ihn: „Dann gebe ich ihm mal etwas zwischen die Zähne." Er klickt den Knopf „Antworten allen", bedankt sich bei der Polizistin für ihre Arbeit und bittet den Staatsanwalt, die wichtigen Dokumente zu beschlagnahmen oder zumindest die fraglichen Büros schützen zu lassen, da durchaus die Gefahr bestehe, es würde versucht, sie auszurauben. Schließlich seien auch bei Regula Ambach wichtige Unterlagen entwendet worden.

Dann durchforstet er die noch ungelesenen Mails, nur eine ist von Interesse, die Antwort einer der angefragten Autovermietungen des Flughafens Kloten. Ein dunkler Smart sei kurz nach sechs Uhr morgens abgegeben worden, ihr, der Diensthabenden, sei der kräftige und stämmige Typ viel zu groß und breit für ein so kleines Auto vorgekommen. Die beigelegte Beschreibung deckt sich mit der Aussage des Wirtes.

12

Heinz Bärlocher schiebt sich in sein Büro und Reto Caviezel hofft, dass der Pressemann nicht stur bei seinen Verdächtigungen bleibt, wird aber enttäuscht. Der Typ tischt den alten Käse in neuer Verpackung auf: „Das Alibi, das dieser Gian im Dorf zum Besten gegeben hat, das ist falsch!"

„Wirklich?"

„Ich bin im Dorfladen dazu gekommen, da hat eine erklärt, das könne doch nicht stimmen."

Caviezel fragt sich insgeheim, woher diese Frau den Zeitpunkt des Mordes kennt, der absichtlich sehr ungenau publik gemacht worden ist. Wegen des Autos des Mörders vielleicht? Und was für eine Rolle spielt der Journalist, der anscheinend da einen Beweis gegen den jungen Tschupp wittert? Hat er den Tipp geliefert und diese eine dann gemeint, Gian sei zum Zeitpunkt des Mordes nicht daheim gewesen? Also fragt er: „Und das hat die Ihnen erzählt?"

„Sie redete mit der Verkäuferin und verstummte, als sie mich bemerkte. Genaueres hat sie nicht gesagt, nur dass das Alibi nicht stimme."

„Besten Dank für den Hinweis, aber ist das alles?"

Der Ton dünkt Heinz herablassend, er ärgert sich: „Dieser Gian ist mit Regula gesehen worden, hat eine Beziehung mit ihr angestrebt, vielleicht sogar begonnen, und ist natürlich abgewiesen worden. Alle glauben das."

„Ah, das ist interessant. Wir werden dem nachgehen. Können Sie uns den Namen dieser Person angeben oder auch sonstige Zeugen, die vom falschen Alibi wissen?"

„Ich kenne sie leider nicht." Und das, so denkt Reto, reduziert alle Aussagen des Reporters auf Klatsch. Ist der doch eine Skandalnudel, ärgert er sich. Dem geht es ja nur um seinen Erfolg. Doch dann schämt er sich plötzlich. Der Bärlocher geht sicher schon gegen fünfzig und hat da seine wohl letzte Chance, nochmals in seinem Beruf Fuß fassen zu können.

Er überfliegt seinen Bericht, ohne ihn wirklich zu sehen. Gian hat angegeben, er sei die ganze Nacht daheim gewesen, sein Vater hat dann bestätigt, sein Sohn sei früh nach Hause gekommen und habe am Morgen wie immer die Kühe gemolken. Das reicht natürlich nicht als Alibi. Zudem hat der alte Tschupp inzwischen gemeldet, das Jagdgewehr seines Sohnes sei gestohlen worden. Nur: Das hat er erst nach dem Mord getan und auch nur angegeben, wann er die Waffe zum letzten Mal sah.

Die ganze Sache ist völlig blödsinnig. Reto überlegt, ob er den Burschen verhaften lassen soll. Bruderer wäre kein Problem, denn Bemerkungen wie „Hat es endlich geklingelt" könnte er leicht wegstecken. Ansonsten wäre der Typ darüber begeistert. Gut, er müsste sich decken, müsste angeben, er halte Gian zwar für unschuldig, aber die Verschleierungsgefahr sei groß. Kein Problem, schließlich hat der Junge ihn angelogen.

Der Junge! Er ist nach wie vor sicher, dass er nicht der Mörder ist. Verwickelt in die Geschichte, aber ein Trottel, unfähig zu einem so kaltblütigen Mord, unfähig, den Schuss so zielsicher abzugeben, unfähig, so zielstrebig zu handeln. Er spürt Schlimmeres, Böseres, und plötzlich fürchtet er sich von dem, was noch passieren wird.

Zudem: warum überhaupt! Wäre er in diese Regula verknallt gewesen und hätte sie ihn zurückgestoßen, beleidigt gar, dann hätte er ihr als Allerschlimmstes eine geklebt, viel eher aber nur herumgebrüllt und sich dann besoffen. So geschah es ja auch schon. Bloß einmal fällte er einen Kumpel, der ihn hänselte, als er betrunken im Stroh sein Liebesleid herausheulte, damals. Noch nie wandte er bis jetzt Gewalt gegen eine Frau an.

Der Ermittler aber fürchtet, Gian verschlösse sich nach einer Verhaftung völlig. Er ist doch ein bisschen wie ein Tier, er verkriecht sich angesichts solcher Situationen in sich selbst, wie eine Schnecke, und kommt nicht mehr heraus. Und er spürt, dass er etwas weiß. Denn Anteil hat er an der Geschichte und Angst auch, das kann man ihm ansehen. Er muss ihn zum Komplizen machen. Nur so kann er die Wahrheit erfahren.

13

Reto kämpft sich durch den Kleinkram, der diesen Donnerstagmorgen seinen Eingangskorb füllt und kaum mehr bringt, als ihn von seinem Fall abzuhalten. Er seufzt, vor den Mails braucht er einen Kaffee. Neben dem Automaten liegt der „Blick", so gefaltet, dass Bärlochers Artikel oben ist.

Angst über dem Dorf

Ein Mörder läuft frei in Scharans herum. Wie eine Wolke lastet die Angst auf dem Dorf. Die Polizei aber handelt nicht!

Er schaut den Text böse an, als könne das helfen.

Obwohl unser Mann im Domleschg Anzeige erstattet hat, reagieren weder Polizei noch Staatsanwaltschaft.

Herrjeh!, denkt er, auch die noch. Und eine Anzeige war es ja nicht, bloß ein Hinweis, eine geäußerte Vermutung gar nur. Bruderer wird toben. Er stellt sich ihn mit feuerrot angelaufenem Kopf vor. Die Genugtuung ist klein, denn diese Farbe bedeutet ja nur Ärger für ihn.

Ist diese ausgeprägte Unfähigkeit wirklich nur das? Oder steckt gar etwas anderes dahinter? Sollen Einheimische geschont werden? Geht es um den Schutz des angesehenen Bauern, der im Dorf seine Bedeutung hat? Und der, auch wenn er nicht selbst der Täter ist, doch seinen Sohn hätte besser beaufsichtigen sollen? Denn dessen Defizite sind ja bekannt.
Wie viele müssen nach dieser schönen und tüchtigen Frau noch sterben?

Gut platziert neben dem Text prangt das sympathisch wirkende Bild des Opfers. Ach Gott! Ach Gott! Wird der Bruderer toben.

Neben ihm lacht Bruno: „Spannende Lektüre, was? Aber wenn du sie netterweise unterbrächest und deinen Kaffee wegnähmst, könnte ich mir auch einen rauslassen."

Er sieht die Mails durch, löscht Schrott und öffnet schließlich das Wichtigste, den Bericht zur Tatwaffe. Der Befund ist klar, der Beweis aber nur indirekt. Die Geschosse im Kugelfang des privaten Schießstandes der Tschupps lassen sich in drei Kategorien einteilen. Knapp 69 % sind sicher oder mit hoher Wahrscheinlichkeit der Flinte von Gians Vater zuzuordnen. Etwa 20 % wurden mit einem andern Jagdgewehr des gleichen Typs abgefeuert, 7 % entstammen anderen Waffen, knapp 5 % sind zu sehr verformt, als dass noch eine halbwegs gesicherte Aussage möglich ist.

Und, entscheidend, die 20 % können mit hoher Sicherheit der Mordwaffe zugeordnet werden. Da man weiß, dass Gian hin und wieder geübt hat, ist das mit großer Wahrscheinlichkeit sein Gewehr. Er überlegt, ob er Bruderer informieren soll, lehnt sich zurück, zuckt die Achseln und schickt eine SMS: „Gians Gewehr als Tatwaffe identifiziert. Wird verhört."

Diesmal lässt er den jungen Tschupp abholen und auf den Polizeiposten bringen. Als der Bursche stotternd grüßt, befiehlt er ihm barsch: „Setzen!"

Und lässt ihn erst einmal schmoren. Sein Opfer wetzt völlig nervös auf seinem Stuhl hin und her, der Polizist steckt sich eine ins Gesicht und zieht heftig daran. Er raucht immer, wenn er wütend ist, jeder im Tal weiß das. Aber auch ohne das sieht man ihm den Zorn an. Der Verhörte schwitzt.

„Also das Gewehr, wann hast du es das letzte Mal gesehen? Wie viele Tage vor dem Mord?"

„Drei."

„Ich meinte zwei. Lügst du?"

„Drei Tage, da hab ich damit geschossen und es dann in den Schuppen getan."

„Dein Vater sagt zwei!"

„Dann hat er's später gesehen."

Das mochte stimmen. Es ist kürzlich geschossen worden, so steht es im Rapport. „Ein lausiger Ort, um ein Gewehr zu versorgen."

„Aber es ist nie etwas passiert."

„Nie! Scheiße! Regula ist erschossen worden, mit einem Jagdgewehr. Mit deinem Jagdgewehr, wie ich jetzt weiß!" Das brüllt er.

Gian zittert nun am ganzen Leib und antwortet nicht. Er starrt auf den Boden. Schweißflecken zeichnen sich an seinem Hemd ab.

„Bist du hingegangen, als sie tot dalag?"

„Nein! Nein! Ich bin davonge …" Er beißt die Zähne zusammen und schweigt.

„Also davongerannt." Der Polizist fragt die Sekretärin. „Ist das notiert? Auch wenn er das Wort nicht fertig ausgesprochen hat, es beweist, er ist dort gewesen." Dann starrt er Gian an: „Du hast sie tot liegen gelassen?"

„Ich hab's nicht gewusst. Ich bin, ich bin davongerannt."

„Aber sie ist ermordet worden, mit deinem Gewehr ist sie erschossen worden."

Gian beginnt zu schluchzen, es schüttelt seinen ganzen Körper durch.

„Was hast du gesehen?", schreit ihn Reto wieder an.

„Nichts, nur gehört."

„Was?"

„Einen Schuss."

„Und gesehen, vorher oder nachher?"

„Vorher, ein Auto, ohne Licht."

„Und dann?"

„Ein Geräusch. Ich hab Angst gehabt, ich hab mich nicht bewegt."

„Was für ein Geräusch?"

„Als wenn jemand ins Gebüsch geht."

„Und dann?"

„Der Schuss. Ich bin davongerannt." Plötzlich stößt er einen Schrei aus. „Ich bin davongerannt. Ich hab ihr nicht geholfen." Dann wälzt er sich vom Stuhl und schlägt mit den Fäusten auf den Boden. „Sie ist tot!" Wieder und wieder heult er: „Sie ist tot!"

„Holt den Arzt von nebenan, er dreht durch. Er braucht eine Beruhigungsspritze."

Bis der kommt, geht es Gian schon ein wenig besser, er wimmert noch und jammert von Zeit zu Zeit, tobt und schlägt aber nicht mehr. Hilflos wehrt er sich gegen die Nadel, kommt aber gegen Reto, einen weiteren Polizisten und den Mediziner nicht an. Das Mittel wirkt schnell, er erschlafft, nur Zuckungen dauern noch eine Weile.

„Schreibe bitte das Protokoll ins Reine", befiehlt er der Sekretärin. Seine Stimme klingt rau.

Sie antwortet prompt: „Ich habe Anmerkungen stenographiert und da läuft ja das Aufnahmegerät. Ich kriege die Umstände also problemlos zusammen."

„Gut!" Er nickt. „Gut! Sag mal, benimmt sich ein Mörder so?"

Sie schüttelt sich: „Nein! So nicht."

Sie schweigen. Reto überlegt. Er spürt, da ist noch mehr. Doch im Moment ist nichts zu machen. Denn der Bursche liegt am Boden, und nur von Zeit zu Zeit durchläuft ihn ein Schaudern und zeigt, dass er noch am Leben ist.

Er konsultiert den Verteiler und sieht Bruderers Nummer auf der Anzeige, als das Telefon klingelt. „Hallo, Caviezel am Apparat."
„Guten Tag, Herr Bruderer."
„Ja, ich habe den Bericht durchgelesen, interessant, die Mordwaffe können wir als identifiziert ansehen."
„Verhaften? Da bin ich nicht sicher. Hätte ja Vorteile, aber kein Gericht hier wird glauben, dass Gian zu einem solchen Treffer fähig ist. Praktisch Herzschuss auf zweiundsechzig Meter in der Nacht."
„Zufall? Zufall kann niemand ausschließen, das ist schon so."
„Ich verstehe, die Presse ist ein Ärgernis."
„Natürlich verlangt die Öffentlichkeit Ergebnisse, nur, die Idee, Gian sei ein Mörder, lässt sich leicht lächerlich machen, die Spuren am Tatort passen nicht zu ihm."
„Klar, auch, wenn es seine Waffe ist, fast sicher zumindest. Die behaupten aber, sie sei gestohlen worden."

„Kann durchaus gelogen sein. Natürlich durchsuchen unsere Leute das Anwesen, gerade jetzt, während ich Gian verhört habe. Ich glaube nicht, dass etwas gefunden wird, Bruno leitet den Einsatz, seine Nummer haben Sie ja, Sie können ihn direkt anfragen, das geht am schnellsten."

„Ob sie inzwischen Material vernichtet haben? Schon möglich, aber ich habe den Hausdurchsuchungsbefehl erst jetzt bekommen. Und ein Auge hatten wir auf den Hof. Allzu viel ist nicht gelaufen."

„Ich weiß, dass man bei ihm nie sicher ist, er lügt schon aus bloßer Dummheit. Aber ich fürchte, die Anklage bricht einfach in sich zusammen. Damit ist niemandem gedient."

„Ich verstehe. Wenn Sie einen Haftbefehl ausstellen, dann vollziehe ich ihn."

Einen Moment zögert er, dann stellt er doch noch eine Frage: „Dieses pomadige Haar, das ist selten, ich möchte eigentlich alle Coiffeure anfragen lassen. Und wenn nicht im ganzen Kanton, dann doch in Chur und weiter bis hier ins Tal."

Wie erwartet schmettert Bruderer sein Begehren ab, mit der Begründung, das Haar käme möglicherweise gar nicht vom Täter und sein Träger stamme vielleicht nicht aus dem Kanton und man dürfe wegen so vagen Vermutungen dem Gewerbe einen solchen Aufwand nicht zumuten.

Er fühlt sich ausgelaugt und beschließt, einen Kaffee zu trinken, als Bruno hereinkommt und von der Durchsuchung des Tschupp-Anwesens berichten will. Er entgegnet: „Ich habe gerade Bruderer am Draht gehabt und brauche eine Pause. Komm mit und erzähle mir, was ihr gefunden habt."

Leider ist da kaum was Neues. Fast entschuldigend meint der Kollege: „Wir suchten wirklich gründlich, aber da gab es einfach nichts, kein Gewehr irgendwo versteckt, keine Papiere, nichts, was der Ambach gehören könnte, keine Spuren eines Kleinwagens. Nur ein Versteck Gians im Stall haben wir gefunden. Aber das enthielt bloß Ramsch."

„Was genau?", erkundigt sich Reto schnell.

„Liebesbriefe, alte, nicht von Regula übrigens, einige Fotos, ein paar Kristalle, er ging anscheinend ein wenig strahlen, Comics, einige ein bisschen unanständig, nichts von Belang."

„Sieht tatsächlich so aus."

„Wir haben noch Proben ins Labor geschickt, wegen Blut und DNA."

„Bringt auch nichts", antwortete Reto. „Diese Regula hielt sich sicher dort auf, nach allem, was ich gehört habe. Selbst wenn ihre DNA gefunden wird, besagen die Spuren bloß, dass die Tschupps das uns verschwiegen haben, vielleicht nur der Gian. Ist aber schon richtig mit dem Labor, wir können uns nicht erlauben, Fehler zu machen. Und durchsucht morgen noch ihre Maiensäß. Vielleicht hat der Bursche die Papiere dort versteckt, blödsinnig zwar, aber nicht unmöglich. Und seine Eltern, die haben gar nichts gewusst?"

„Fast wie die drei Affen auf deinem Schreibtisch. Sie hören nichts, sie sehen nichts und sie sagen nichts."

„Tja, so ist das nur zu oft bei der Polizeiarbeit."

Reto überlegt, ob er hinfahren soll, entschließt sich aber dagegen. „Vermutlich können sie kaum etwas Nützliches erzählen. Einzig das Alibi: Bei ihren Aussagen über Gian sind sie geblieben?"

„So ist es, und da sie ihn in Tat und Wahrheit nicht einmal decken, sind sie wohl ehrlich. Wenn sie schon gelogen hätten, hätten sie sicher griffigere Ausreden gefunden."

„Also können wir die Alten nach seinem Geständnis als verlässlich einstufen. Somit stimmt vermutlich sogar die Geschichte mit dem Gewehr."

14

Er nennt sich Ivan Tschitschikow, der Schreckliche, den Beinamen aber nur in Gedanken. Er verzieht keine Miene, als Erinnerungen hochkommen ans abgebrochene Ingenieurstudium, an Kollegen, die ihn so nannten und auch neckten, er sei aus einer dahinschleudernden Kutsche des 19. Jahrhunderts in die Gegenwart katapultiert worden. Wohl nur logisch, dass seine weitere Ausbildung dann in Tschetschenien stattfand. Und die ist wertvoller, für den vorliegenden Fall, aber auch für alle Annehmlichkeiten, die solche Aufträge mit sich bringen.

„Eigentlich gibt es keine Probleme", so ist er am Vortag seines Fluges instruiert worden, doch das glaubt er nicht (während ich wiederum hoffe, dieses russische Gespräch richtig zu übersetzen, meine rudimentären Kenntnisse dieser Sprache beschränken sich auf schtsch). „Das Ziel, diese Regula Ambach, ist wohl als Finanzfachfrau gut, hat Ihnen aber nichts entgegenzusetzen. Seit wenigen Stunden wissen wir, dass sie die Verträge versteckt hat, und die Trottel von der Gegenseite finden sie nicht. Gehen Sie der Sache nach. Beschaffen Sie das Zeugs. Was schweizerische Polizisten, Geheimdienstleute und Behörden angeht, so sind das bessere Zinnsoldaten, zumindest für Sie. Ach ja, im Übrigen verhalten Sie sich wie ein neureicher Russe, der Vergnügen sucht."

„Geht in Ordnung. Und die anderen, die Gegenseite. Normalerweise sind das harte Brocken! Was habe ich für Vollmachten?"

„Sie können nach Belieben vorgehen!"

Das heißt nur eines, der Plunder ist verdammt wichtig: „Wie kann ich die Ware identifizieren?" Die Antwort ist längeres Schweigen. „Wollen Sie, dass ich die falsche mitbringe? Diese Frau hat sicher noch anderes."

„In Englisch abgefasst."

„Darauf käme sogar ein ausgekauter Kaugummi, das ist keine Identifikation. Wie kann ich sie erkennen? Sie wissen mehr, viel mehr."

„Verträge, Dutzende von Seiten, Milliarden, vermutlich gegen hundert, Atomtechnologie."

Eine Versuchung durchzuckt ihn, er drängt sie im Sekundenbruchteil wieder weg. Nur hier davon nichts zeigen! „Woher bekomme ich die Waffen?", fragt er stattdessen.

„Ihre Selbstladepistole nehmen Sie im Koffer mit, es ist ja ein Offiziersmodell, passend zu Ihrer Identität, die Kalaschnikow erhalten Sie in einem Bordell." Er schiebt ihm einen kleinen Briefumschlag zu. „Die Adresse ist da drinnen."

„Und wo hält sich die gesuchte Frau auf?"

„Sie erhalten die Unterlagen zusammen mit der Waffe, die Adresse ist dabei. Vernichten Sie alle Papiere nach dem Lesen."

„Hat es auch russisch sprechende Huren dort?"

„Hat es! Das macht ja die Adresse unverfänglich, es ist übrigens ein Internetausdruck."

Mit dem Navigationsgerät findet er das Ziel leicht, das Etablissement sieht diskret aus und steht über dem Durchschnitt, schätzt er. Er parkt sein Auto, steigt aus und betritt die Rezeption. Er gibt seinen Koffer zur Aufbewahrung, zeigt die Schlüsselbundplakette, die man ihm extra für diese Frau Hinterseher (was für ein grässlicher Name!), mitgegeben hat und verlangt eine, die Russisch kann.

„Da wäre diese Ukrainerin, Ulla heißt sie."

„Gut." Ulla ist sicher nur der Berufsname, das weiß er. Er starrt die Dame an.

Sie beginnt, mit den Fingern auf das Empfangspult zu trommeln. Er fixiert ihre Finger und stellt sich vor, wie er sie bricht, einzeln. Es wirkt, sie hört sofort wieder auf und bröckelt hervor: „Äh, sie ist etwas über dreißig, nicht viel, dafür günstig."

Das heißt gegen vierzig, mindestens. Das stört ihn nicht. Er starrt weiter und sieht die ersten feinen Schweißperlen. Er genießt es und sie erkennt auch das. Sie bewegt sich unruhig. Dann schaltet er um: „Ist mir recht, wird's bald?"

Es ist annähernd die richtige Rasse. Das Fleisch, das man kennt, ist das Beste, fährt ihm durch den Kopf. Es gibt da gewisse Erlebnisse.

Er steht nackt vor ihr, sie fürchtet sich, und das gefällt ihm. Unter seinem Blick altert sie vor seinen Augen, aus Angst. Das gefällt ihm noch besser und seiner wächst. Sonst bewegt er sich nicht, schaut sie bloß an, mit der Praxis dessen im Kopf und im Blick, der weiß, wie man Menschen zerstört. Er sieht den glänzenden Film auf ihrer Haut und riecht ihre Angst. Seiner wird hart.

Dann geht es nur noch um die Entladung, sonst nichts. Es interessiert ihn nicht, für einen halben Genuss bei beachtlichem Risiko sadistisch zu sein, er pumpt bloß in sie hinein, bis es spritzt. Er erhebt sich, sie kommt, kniet nieder, putzt seinen. Er grunzt. Bevor sie fertig ist, entzieht er sich ihr und kleidet sich an.

Den Koffer holt er ab. Der ist schwerer geworden. Er überprüft nicht, ob die Kalaschnikow nun und die Handfeuerwaffe noch drin sind. Er weiß, wann er auf Kontrollen verzichten kann. Nach den Unterlagen sucht er nicht, die will er in Chur lesen. Er gedenkt nicht, sich Schweizer Adressen einzuprägen, dafür ist sein Kopf nicht gemacht. Buchstaben sind nicht sein Fachgebiet.

15

Hank lehnt sich lässig an den Korpus des Hotels Weiss Kreuz und betrachtet die Dame, während sie seine Daten in den Computer eingibt. Sie sieht gut aus, er genießt es, den Blick unauffällig über sie gleiten zu lassen, ihren Kurven entlang, und fühlt Lust, sie zu bezirzen, doch er beherrscht sich. Bei seinem jetzigen Auftrag liegt das nicht drin. Sie arbeitet schnell und speditiv, schon erhält er seinen Zimmerschlüssel. Da gerade kein weiterer Gast ansteht, zieht er Erkundigungen ein.

„Wissen Sie, ich bin Geologe und mich interessiert besonders, wie früher mal die Gewässer und Täler verliefen. Da gibt es ja einiges, diese Viamala-Schlucht, den Hinterrhein vor der Begradigung, die Vorderrheinschlucht und auch die Frage des Urrheins, ganz interessant."

„Wir arbeiten hier zusammen, es gibt Führungen, für Sie vielleicht nicht besonders spannend, weil Sie ja vom Fach sind."

„Oh! Würde ich nicht meinen. Im Moment geht es um Vorabklärungen. Ich weiß noch nicht, ob der Schwerpunkt meiner Forschungen hier sein wird. Vor allem aber brauche ich Karten."

„Dann empfehle ich Ihnen die Buchhandlung Kunfermann gegenüber. Und wenn Sie Fragen haben, kommen Sie einfach vorbei."

„Danke, für den Moment genügen mir die Daten der Anlässe. Ansonsten werde ich die Gegend hier erkunden."

Er lächelt ihr freundlich zu, freut sich, als er die Reaktion darauf spürt, nimmt die Prospekte entgegen, die sie ihm hinreicht, verstaut sie in der Innentasche seiner hellen Leinenjacke, ergreift den Koffer und begibt sich zum Aufzug.

Hank schaut sich im aufgeräumten Zimmer um. Er hasst unordentliche Räume, aber vor allem weiß er, dass das Personal zwar, wenn gut geführt, die Finger verlässlich vom Besitz der

Gäste lässt, den Augen aber das Wandern nicht verbieten kann. Ordnung in allem verhindert, dass mal etwas herumliegt, das wirklich niemand sehen darf. Nicht eine Waffe, die würde er nie liegen lassen. Aber Kleinigkeiten wie ein Briefumschlag mit einer verräterischen Adresse sichtbar da liegend, oder eine Notiz auf dem kleinen Tischchen, die niemand was angeht, das wird rasch mal vergessen.

Er braucht einen Kaffee. Er überlegt kurz, greift zum Hörer und gibt seinen Wunsch der Rezeption bekannt, vorgebend, er habe seine Tour durchs Domleschg zu planen. Nur so viel ist daran wahr, dass er überlegt, wenn er alles ins Visier nehmen will.

Frau Lendi? Einerseits steht sie weit oben auf seiner Liste, andererseits glaubt er nicht, dass in der Mordnacht etwas übersehen wurde. Bleibt sie selbst. Soll er sich ihrer bemächtigen? Fast die einzige Möglichkeit, aber mehreres spricht dagegen. Diese Regula hat ihr kaum die Papiere überlassen, und zudem überwacht die Polizei vermutlich die Frau. Aber er könnte sie zum Sprechen bringen, etwa, indem er sich als Detektiv oder was auch immer ausgibt und andeutet, es sei islamischer Verrat im Spiel. Auf so etwas fallen Menschen leicht herein.

Dieser Bauernsohn, der Gian, er nimmt die Notizen hervor. In seinem Versteck war nichts, was in Verbindung mit dem Fall stand. Er überlegt nochmals. Diese Liebesbriefe, die von einer anderen Frau stammten. Er zweifelt plötzlich, Regula hätte auch mit falschem Namen unterzeichnen können. Er schnappt sein Smartphone und betrachtet die nachbearbeiteten Fotos. Sehr unwahrscheinlich, diese Variante. Er kennt ja inzwischen die Schrift der Ambach, sie entspricht nicht der der Liebesbriefe, ist gänzlich anders. Zudem ... Er vergrößert das Bild. Der frühere Eindruck, das Material sei alt, bestätigt sich. Trotzdem, es bleibt die Variante, dass Regula nie schrieb, weil sie das für gefährlich hielt. Unwahrscheinlich, aber er darf den Kerl nicht ganz vergessen.

Hanspeter Ambach? Der hält sich in Wädenswil auf. Bei der Trennung habe er Islam als Grund angegeben, hat er erfahren. Falls das stimmt, er neigt dazu, es zu glauben, gab sie ihm die Papiere kaum.

Die Kanzleien in Chur. Gute Kandidaten, aber dafür braucht er Spiller, allein und ohne Unterstützung kommt er da nicht hinein. Wenn das Zeugs aber dort wäre, dann wäre Regula nicht in der Nacht durch den Wald gewandert. Es bleibt ihm somit nichts übrig, als die ganze Umgebung zu durchkämmen. Und das, muss er sich eingestehen, ist brandgefährlich.

Also, Nummer eins: Spiller kontaktieren und mit ihm festlegen, ob sie sich zuerst nochmals um diese verdammte Wildnis oder um die Büros in Chur kümmern wollen. Er sendet eine SMS, Englisch, unverfänglich aussehend, die eigentliche Nachrichten in Codewörtern enthalten, und das Ganze erst noch verschlüsselt.

Er ist kaum fertig, da klopft es an die Tür, und dankend nimmt er den Kaffee entgegen. Dafür, dass er auf das Zimmer gebracht worden ist, ist er angenehm heiß. Noch während er schlürft, kommt die erwartete Antwort. Er brummt, Nachtarbeit steht an. Wenigstens erst Freitag auf Samstag. Auf seinem Schlafkonto ballen sich sonst langsam gefährlich rote Zahlen zusammen.

Aber die Gegend? Kein hoffnungsvoller Fall, er könnte von Scharans her an der Mordstelle vorbei bis Almens wandern, tun, als genieße er einfach die Natur. Dann vielleicht den unteren Weg zurück, damit es nicht verdächtig wirkt. Er weiß ja, auf was er zu achten hat, möglicherweise fällt ihm etwas auf, das ein Uneingeweihter übersieht. Ach ja, nicht vergessen, Fotos der Ebene und des Flusslaufes machen, das passt zu seiner Rolle.

16

Friederich Müller sieht unscheinbar, ja nahezu schwächlich aus. Korrekt und farblos gekleidet ist er obendrein. Die Zutaten für ein aufregendes Leben fehlen ihm, oder – er gestattet sich da hin und wieder ein ganz leises Lächeln – sind zumindest nicht sichtbar. Wenn es darauf ankommt, ist er nämlich ein ausgezeichneter Pistolenschütze. War mal sogar ein Mitglied der Nationalmannschaft. Doch das sind vergangene Zeiten.

Nur zur Information übrigens. Suchen Sie ihn nicht in den Sportarchiven oder im Internet, der Name ist nämlich ganz einfach falsch. Jetzt betrachtet er in einem Raum, der so langweilig wie er selbst aussieht, sein Gegenüber. Da der auch einen Decknamen benutzt, will ich ihn hier gar nicht erwähnen. Für die weitere Geschichte wird er nicht benötigt.

In den Händen hält Friederich zwei Bögen A4, 10,5 Punkt Arial bedruckt, auf denen unwesentlich ausführlicher steht, was er sich gerade angehört hat. „Sie können das dann in Ruhe noch einmal durchlesen", ist ihm gesagt worden. Nur mitnehmen, das kommt nicht infrage. So sind die Spielregeln in diesem Fall.

„Alles klar?", lässt sich, als er fertig ist, sein Gegenüber vernehmen.

„Alles klar!", gibt er zurück und meint den Text.

„Keine Fragen?"

„Einige Punkte schon. Wurde Regula nicht abgehört?"

„Seit wir einen wichtigen Hinweis auf ihre Tätigkeit bekommen haben."

Friederich schwant Übles: „Seit wann?"

„Äh, zwei Tage vor ihrer Ermordung, auch ihr Handy, aber da war nichts."

„Und den Anschluss in Almens?"

„Das wollten wir noch machen."

Er unterdrückt ein Seufzen. Denn das Zeigen solcher Gefühlsäußerungen gegenüber Vorgesetzten gehört nicht zu den konstruktiven Lebensstrategien und führt bekanntlich nur zu negativen Folgeerscheinungen. „Die Wohnungen, die in Chur und die der Lendi, wurden die von uns untersucht?"

„Schon durch die Polizei erledigt. Sie werden deren Berichte bekommen."

Ansonsten hat er den Eindruck, er sei vollständig und umfassend informiert worden. Nichts deutet darauf hin, dass ihm Fakten vorenthalten wurden. Ich fasse daher den Inhalt zuhanden der geschätzten Leserschaft knapp zusammen:

Es geht um wichtige Verträge, Beträge im hohen zweistelligen Milliardenbereich, wahrscheinlich über Lieferung von Atomwaffentechnologie, die von dieser Regula Ambach weitergeleitet werden sollten. Sie war dabei sicher nur die Ersatzperson, wir vermuten, wer vorgesehen war, Araber, die haben wir im Auge behalten, aber sie haben sich nicht gerührt. Die ursprünglich vorgesehenen Boten waren ins Visier von Gegnern geraten, jemand musste das rechtzeitig mitgekriegt haben, die beiden gingen auf Tauchstation. Es gab noch eine zweite Kette, eine Reserve, und zu der gehörte die Ambach. Sie sollte die Ware wohl nach Italien bringen.

Nun ist Regula ermordet und die Papiere sind verschwunden. Wir vermuteten, sie sind versteckt, keine Hinweise wo. Für die Schweiz sind sie nicht von primärem Interesse. Dann werden einige Namen aufgeführt. Reto Caviezel, der den Mordfall untersucht, Martha Lendi, Regulas Gastgeberin, und hier weist der Text darauf hin, die Dokumente könnten bei ihr sein. Ferner genannt wird der arabische Investor Achmed Alayali, dessen Projekt sicher nur Ablenkung sei. Als verdächtig wird ein Manfred Walther aufgeführt, wohl eine Scheinexistenz, den Spuren des Mannes werde noch nachgegangen. Zudem ist mit einem zweiten zu rechnen, der sich auch schon Spiller genannt hat, aber seine jetzige Identität ist unbekannt. Und natürlich: Wo ein Leck ist, können die Nachrichten noch in weitere Hände fallen. Mit unerfreulichem Zuzug ist zu rechnen.

Zur Geländesicherung sind zwei Leute im Domleschg und einer in Tiefencastel eingesetzt worden, denn vermutlich war der Transport über den Julier geplant. Das Material könnte immer noch irgendwo dort versteckt sein.

Dann der Befehl, Kontakt mit Caviezel aufzunehmen, von ihm so viel wie möglich zu erfahren und ihm so wenig wie möglich mitzuteilen.

17

Darf ich mich einleitend entschuldigen? Der egoistische und kurzsichtige politische Interessenschacher von heute ist mir zuwider. Darum nehme ich mir heraus, die Mitglieder des Gemeinderates nicht mit Namen, sondern mit Parteikürzeln zu bezeichnen. Fast schon wie die Akteure in Shakespeare-Dramen mit ihrem Haus (und damit mehr als genug der Ehre). Das einzige Traktandum ist die arabische Investition. Von mir aus betrachtet: wenigstens nicht mehr. Und für Leser, denen die schweizerischen Politkürzel nicht geläufig sind, sortiere ich sie von Bodenbraun nach Linksgrün: SVP (Schweizerische Volkspartei). FDP (Freisinnig-Demokratische Partei), SP (Sozialdemokratische Partei), Unabhängige, Grün.

Regieanweisung: Geräuschvolles Setzen, Räuspern, rascheln mit Papieren, Getränke kommen lassen.
SVP: „Ich eröffne hiermit die Sitzung. Wir haben, äh, nur ein Traktandum, aber es ist, äh, wichtig."
FDP: „Es ist, äh, wichtig, einverstanden. Es kann zum Wendepunkt in der Entwicklung der Gemeinde werden. Wir müssen uns die Sache gut überlegen."
SP: „Wir sind Teil einer strukturschwachen Region. Wenn es klappt, gibt es Arbeitsplätze, nicht wenige. Wenn! Da habe ich große Zweifel."
Unabhängige: „Es ist eine arabische Investition. Ich möchte doch wissen, wie sich einige dazu stellen, die sonst immer gegen Ausländer sind."
FDP: „Meine Partei war nie gegen Ausländer."
Grün: „Solange sie Geld bringen, sicher nicht."
FDP: „Das ist eine Unterstellung. Es gibt auch andere Werte, äh, kulturelle etwa."
Grün: „Das Projekt ist ökologisch bedenklich. Liegt überhaupt eine UVP vor?"

SVP: „Das kommt noch."
FDP: „Wäre zu früh, überhaupt, diese muss der Investor liefern und bezahlen."
Unabhängige: „Und wie steht es mit der Unabhängigkeit?"
SP: „Genau, die Gemeinde liefert sich einem Araber auf Gedeih und Verderb aus."
SVP: „Wir werden uns absichern müssen."
Unabhängige: „Am besten genehmigen wir ein Minarett auf dem Hotelgelände. Da sie das nur hier haben können, werden sie wohl bleiben."
SVP: „Wir halten uns an die schweizerischen Gesetze."
Unabhängige: „Bei der Hälfte Ihrer Vorstöße etwa, das als grobe erste Schätzung."
FDP: „Können wir uns nicht wenigstens auf die wirtschaftlichen Werte konzentrieren? Schließlich leben wir wie gesagt in einer strukturschwachen Region."
Unabhängige: „Verkaufen Sie Anteilscheine am Gewinn der Gemeinde, Stückelung hundert Franken, das bringen wir noch los. Ich bin sicher, die Sache wird nie werden, also machen wir an jedem Schein hundert Prozent Gewinn. Das können wir dann sinnvoll investieren."
FDP: „Scheitern ist immer möglich, es nie zu versuchen, ist dümmer."
Unabhängige: „Nur schon die Zeit, die wir hier verbraten, ist reiner Verlust."
SVP: „Es wäre schön, wenn gewisse Damen hier einmal positiv denken könnten."
Unabhängige: „Menschen aufhetzen, rechtswidrige Vorschläge machen, das halten Sie anscheinend für positiv, für Denken vielleicht gar."
FDP schlägt mit der Hand auf den Tisch: „Ruhe! Ich gebe zu, wir alle zweifeln an diesem Projekt. Die Frage ist: Wollen wir es sausen lassen, ohne überhaupt je zu wissen, ob wir nicht die Chance des Jahrhunderts verpassen? Ich stelle den Antrag, darüber abzustimmen und dann gemeinsam zu handeln."

Bei der Abstimmung resultieren drei Ja und eine Enthaltung und ein Nein. Da Sie, liebe Lesende, sicher schon wissen, wer wie abgestimmt hat, brauche ich das im Detail nicht aufzuführen.

FDP: „SVP, übernimmst du den Lead? Das ist zwingend, auch, dass du dich explizit hinter den arabischen Investor stellst."
SVP schluckt leer: „Ich mache das."
SP: „Ich bin ja dabei, aber es darf nie zu Lohndumping kommen."
FDP: „Grün, du stellst keine unsinnigen Forderungen. Damit meine ich, dass die Gesetze und Auflagen einzuhalten sind, will aber keine vorgeschobenen Argumente hören und keine Manöver sehen, die nur dazu dienen, das Projekt abzuschießen."
Grün: „Ich bei kein Wirtschaftsfeind, mir geht es um unsere schöne Landschaft hier als ein wesentlicher Standortvorteil. Ich will nicht, dass dieses Projekt mittelfristig scheitert und wir auf Ruinen sitzen bleiben. Aber wie entscheidet unsere Unabhängige?"
Diese: „Kein Problem, ich blockiere euch nicht. Die Sache wird sowieso nicht funktionieren. Also werde ich mich davon distanzieren."

Der SVP schaut sie gehässig an. Es ist klar, dass sie ihren Standpunkt in aller Öffentlichkeit vertreten wird. Aber ebenso klar ist: Die Mehrheit wird nach dem Strohhalm greifen. Und ihr politischer Gewinn wird sich in bescheidenem Rahmen halten.

18

Unwillkürlich fällt Bärlocher das Wort Männchen ein, als dieser Grüne, René Piller, sich zuerst nervös absichert und dann meist reichlich abgehackt, oft aber auch umschweifig seine Geschichte erzählt. Er ist klein, mager, und aus seinem spitzigen Gesicht quellen zwei braune und überraschend große Augen hervor. Doch die versuchen vergeblich einen günstigen Eindruck zu machen, es überwiegt eine unausgewogene Gespanntheit, und das zu lange, sandbraune Haar fügt dem ganzen Aussehen einen Hauch von Ungepflegtheit hinzu.

„Das Beste wäre, wenn das Projekt nicht gestartet würde", fasst Bärlocher zusammen.

„So absolut möchte ich das nicht sagen. Aber …"

„Ja, was aber?"

„Ich habe einfach meine Zweifel."

„Und dann?"

„Dann wird vielleicht dieses und jenes gemacht."

„Und am Schluss steht ihr mit Baugruben da."

Dem Gegenüber ist die Erleichterung anzusehen, wohl weil nun gesagt ist, was anscheinend nicht hätte geäußert werden dürfen. Nun packt er plötzlich aus: „Zudem ist die Straße verbreitert, die Gemeinde hat Schulden gemacht, es sollte zurückgebaut werden, und Geld dafür ist keines da. Vielleicht sind auch wertvolle Waldränder zerstört, Hecken und Buschgruppen weg."

Beim Abschied platzt der Dorfpolitiker dann noch heraus: „Sie versprechen mir aber auch wirklich, dass Sie meinen Namen nicht nennen."

„Klar, Informanten werden grundsätzlich geschützt. Ist ja nur schon in unserem Interesse, sonst würde uns bald niemand mehr etwas mitteilen." Bärlochers Nase kribbelt. Interessant, dieses Verhalten, deutet das auf eine Spur zu einer weiteren Geschichte? Aber dafür hat er im Moment keine Zeit, also nickt er nochmals bekräftigend.

Eine verwertbare Aussage, aber natürlich nicht das, was Heinz dann für die Samstagsausgabe schreibt.

Erdöl im Schams, Bohrtürme im Bündnerland?
Heinz Bärlocher

Das nicht gerade. Aber mit Petrodollars soll ein Dorf aufgerüstet werden. Wie unsere Vertrauensperson mitteilt, soll in Lohn ein großartiger Hotelkomplex erstellt werden, eine Investition von fünfzig Millionen. Und das von Arabern auf der Wiese des SVP-Präsidenten. Aber ist da auch nachgedacht worden? Die Frage darf gestellt werden!

Schon der gesetzliche Rahmen stimmt nicht, gebaut werden soll in der Landwirtschaftszone. Dann tangiert das Projekt Landschaften von nationalem Interesse. So werden Tunnels bis zur Viamala-Schlucht hinunter vorgetrieben, um dem Hotelbau einen Vergnügungspark anzugliedern. Im Weiteren sind Straßenbauten, Landschaftsveränderungen und dergleichen mehr vorgesehen. Nicht einmal eine Umweltverträglichkeitsprüfung liegt vor!

Das Ganze betrifft offensichtlich auch andere Gemeinden und Privatpersonen in der Region. Wird da solide abgeklärt? Liegen da Zustimmungen vor? Kaum zu glauben, so wie die Sache hinter verschlossenen Türen abgewickelt wird.

Und schließlich so wichtig wie alles andere: die Finanzen! Die genannten fünfzig Millionen reichen doch angesichts der Größe des Projektes und den Abgeltungen, die zu leisten sein werden, nicht. Zugleich ist kaum vorstellbar, dass nur schon für investierte fünfzig Millionen eine ausreichende, wenn auch bescheidene Rendite erwirtschaftet werden kann! Wie erst bei einer noch höheren Summe?

Also ist das Projekt wohl insgesamt ein Täuschungsmanöver. Eine andere Welt wird unter unseren Augen erbaut. Billigste Arbeitskräfte werden aus ärmsten Ländern herangekarrt, recht- und wehrlos. Und darüber herrschen millionenschwere Scheiche, über deren Ziele wir nichts wissen. Oder platzt plötzlich das Ganze? Bleiben ein durch Baugruben verunstaltetes Land und eine hoch verschuldete Gemeinde zurück? Als hätte eine kapitale Katastrophe stattgefunden.

19

Der im stehenden Auto weiter vorne, der ein Handy am Ohr hat, der fällt ihm als erster auf. Künstlich wirkt er, gestellt die Szene. Ivan kann kaum sagen, warum ihm das so vorkommt, hier, wo ihm jedes Benehmen fremd erscheint. Ja, der Kerl telefoniert und hält den Kopf, als überwache er die Straße, das dünkt ihn verdächtig. Er stoppt nicht, beschleunigt nicht, geht einfach weiter, als wäre diese Straße da nichts als die, durch die er eben muss. Doch er nimmt vieles wahr. Der Insasse quasselt immer noch. Er blickt nicht ins Wageninnere, verlangsamt den Schritt nicht, behält den Rhythmus bei. Auch das lernt man im Kaukasus. Gehe normal, auch wenn du einen verborgenen Beobachter vermutest. Und wenn es ein Schütze ist, denn eben kampfbereit, aber genau so normal. Nicht plötzlich anders, da dann der andere weiß, dass er schießen muss und gerade darum auf dich feuert.

Er geht vorbei. Der Typ brabbelt von Nahem noch unglaubwürdiger als aus Distanz. Er hätte ihm in die Augen sehen können, zur Bestätigung, doch das wäre aufgefallen. Das hätte sogar der gemerkt. Es genügt ihm, dass er nie den Blick von der Straße abgewendet hat. Und um das zu erkennen, muss er nicht hinschauen. Für so etwas benutzt er die Augenwinkel.

Eine Frau verlässt diese Nummer fünfundzwanzig, bleibt kurz stehen, blickt zurück, als störe sie ein Detail. Er behält den ruhigen Schritt bei, passiert den Eingang, sieht kaum hin, brächte auch nichts. Das Glas spiegelt und verwehrt den Einblick. Einer kommt ihm entgegen, gut gekleidet, ein bisschen aufgeschwemmt, weichlich, mit wenigen Griffen zu demontieren. Er lässt ihm Platz, doch da stutzt der Mann, sieht ihn plötzlich an. Er reagiert nicht, geht noch zwei Schritte, bleibt dann stehen, fischt ein Pack Zigaretten aus der Hemdentasche, zieht eine, klemmt sie zwischen die Lippen und lässt das Feuerzeug aufspringen. Es ist ein protziges Stück, blank poliert, und kann unauffällig als Spiegel verwendet werden. Er überwacht den Typ, wie er auf das Gebäude zustrebt, die Tür öffnet und dann auffällig stoppt. So als sähe er etwas, das er gar nicht erwartet, ja, das ihn beunruhigt. Die Silhouette deutet Spannung an. Der Rest interessiert Ivan nicht. Er kann sich die Umstände zusammenreimen. Regula ist, so stand in seinen Unterlagen, ermordet worden. Flaschen, dass die das nicht gewusst haben in Moskau. Also, in diesem Haus schiebt sicher einer Wache.

Genüsslich zieht er den Rauch ein, stößt ein Wölkchen aus und sieht dem Lackaffen nach. Dann lässt er den Anzünder verschwinden.

Er betritt ein Restaurant und bestellt eine Tasse Tee. Der ist zwar schlecht, nicht russisch, aber immer noch besser als Kaffee, den er nicht mag. Er schnappt sich eine Zeitung, durchblättert sie, während er auf das Mittagessen wartet und findet, was er sucht. Er liest mühsam, doch die Sache scheint klar zu sein. Die Polizei sucht immer noch den Mörder dieser Frau. Und überwacht anscheinend das Haus (mit Gäuggelistrasse kommt er nicht zurande, der Name ist unzumutbar). Er speist in aller Ruhe, bevor er in Richtung dessen geht, was er nicht als Welschdörfli buchstabieren kann und beschließt, sich abends bei einer Hure zu erfrischen, ohne aufzufallen, ermahnt er sich. Doch vorher kehrt er zu seinem Hotel zurück. Er legt sich auf das Bett und guckt auf die Adresse auf dem zweiten Kartenauszug. Oberdorfweg, kriegt er mühsam zusammen. In Almens, das ist klar. Nach dem Sex würde Nachtarbeit kommen. Aber dafür muss er wissen, wie die Dinge liegen.

Unterhalb der Kirche parkt er, prägt sich nochmals den Kartenauszug ein, nimmt den leichten Rucksack aus dem Mietauto, schließt es ab und marschiert ins Dorf hinauf. Im Landgasthof, an dem er vorbeikommt, kehrt er nicht ein. Er spricht ja durchaus passabel Deutsch, aber mit einem unverkennbaren Akzent, der ihn verraten würde. Grußfloskeln hat er vor dem Abflug nochmals kurz geübt, die kann er so zurückgeben, dass sie echt klingen, kein Schweizer würde seine Nationalität erahnen. Er durchquert das Dorf, erwischt den falschen Weg und wandert ein Stück in die Gegend hinein, damit sein Umkehren nicht auffällt. Dann findet er den Pfad nach Scharans, schlendert auch hier bis in den Wald hinein, bevor er den Rückweg wieder unter die Füße nimmt. Er geht nahe am Haus der Lendi vorbei, gerade als die nahe Kirche die Stunde schlägt. Das Schriftbild auf dem Namensschild erkennt er, ohne anzuhalten, er sieht wie ein Adler.

Er verlässt den Ort, fährt nach Chur zurück und überlegt. Die Sache ist verzwickt. Er hat einen Posten erwartet, aber keinen gesehen. Möglicherweise ist der Kerl im Haus stationiert, so war es ja auch in Chur. Oder vielleicht wacht nur des Nachts einer dort. Ungeschützt dürfte die Polizei die Frau kaum lassen. Im Haus, das ist die Schwierigkeit – er wird die Tür aufbrechen müssen, was nicht ohne Lärm abgeht. Die Kirchenglocken, um Mitternacht, wenn sie zwölf Mal schlagen. Das reicht ihm zeitlich. Aber was, wenn der Typ gerade dort steht? Auch kein Problem, mit dem wird er sicher fertig, bevor das Läuten aufhört. Bleibt der Fall, dass der Gegner durch das ins Haus fallende Licht gewarnt wird. Nun, nach seinen Unterlagen lebt die Frau im oberen Stock und schläft in einem von der Kirche abgewandten Zimmer, also muss er rasch hinauf und dabei den Wächter unschädlich machen. Und dann: Er leckt sich unwillkürlich die Lippen, aus Vorfreude. Sie wird sich in Qualen winden und dann alles ausspucken. Doch wohin mit dem Auto? Am besten wie zuvor parken. Nach der Tat muss er eben rasch verschwinden. Zumindest für einige Zeit.

20

Reto fährt gekonnt in den Parkplatz, der Wagen kommt ausgerichtet zum Stehen, doch mit den Gedanken ist er anderswo. Ihn widert die bevorstehende Besprechung an, den Befehl per Mail, von Bruderers Büro weitergeleitet, die Absenderadresse ein Buchstabensalat, wie Spam, der Text mit XY gekennzeichnet, als erlaubte sich da jemand einen Witz. Im Anhang ein leeres Excel-Formular. Er befürchtet zeitraubende und unnütze Arbeit.

Schnellen Schrittes eilt er durch den feinen Nieselregen zur Viamala-Raststätte. Es ist zwanzig vor zwei, das Lokal beginnt, sich zu leeren, er setzt sich allein an einen Tisch, gut sichtbar für alle, die da kommen, und bestellt einen Kaffee. Warten muss er nicht lange. Ein kleiner Mann, eher dünne Figur, vielleicht ein guter Wanderer, sonst unsportlich, über vierzig, gekleidet wie in der Mail beschrieben, nähert sich ihm und stellt sich als Friederich Müller vor (auch das angekündigt).

Reto nickt und fragt kurz angebunden: „Worum geht es?"

„Wir brauchen Informationen zu diesem Fall Ambach."

„Stellen Sie sich vor, genau das könnte ich auch brauchen!"

„Da bin ich nicht sicher, es ist vielleicht besser, wenn Sie unbeeinflusst ermitteln."

„Also, was wollen Sie?"

„Internationale Verwicklungen." Der Kleine zuckt mit den Achseln. „Haben Sie ein Auge auf Ausländer. Führen Sie eine breit angelegte Liste und uploaden Sie sie regelmäßig über diese Internetadresse. Nicht an die erste Mail-Adresse. Übrigens, Ihr Computer ist persönlich und passwortgeschützt?"

„Ja, wir halten das so."

„Gut, verwenden Sie nur ihn. Sonst gelangen Sie trotz des Passworts nicht hinein." Er schiebt ihm zwei Zettel zu. Serveradresse und Passwort sind so kryptisch wie alles andere. Speziell für diesen Zweck eingerichtet, vermutet Reto.

„So unspezifische Daten helfen Ihnen wohl nicht viel. Ach ja, kommen Schweizer auch infrage?"

„Warum?"

„Ein Verdacht, eine Anschwärzung vielleicht auch nur, aber nicht ohne Hintergrund. René Piller aus Lohn war in der Mordnacht nicht daheim und wahrscheinlich auch nicht dort, wo er nach eigenen Aussagen hingereist ist."

„Setzen Sie ihn ruhig auf die Liste. Was Ihre andere Bemerkung angeht, so haben wir Leute, die die Informationen aussortieren können. Zudem …" Er greift in die Innentasche seiner Jacke. „Hier sind Fotos und Phantombilder mit dem jeweiligen Signalement auf der Rückseite."

Reto nimmt sie und blättert rasch durch, acht Stück: „Nur Nummern, keine Namen?"

„Die wären sowieso falsch. Dazu kommen alle Personen, die sich aus Ihrer Sicht verdächtig machen."

„Und sonst keine Hinweise?"

„Ein Achmed Alayali wird auftauchen, angeblich wegen eines Projekts in Lohn. Nehmen Sie ihn auf die Liste. Der Person nach ist er echt, nur die Sache ist ein Deckmantel für anderes."

„Von einem Manfred Walther aus Stuttgart wissen Sie nichts?"

„Was ist mit ihm?"

„Ich schreibe ihn zuoberst in Ihre Liste. Seine Adresse bekam ich heute, aufgrund der Passnummer."

„Schreiben Sie sie ruhig hin." Friederich zögert kurz. „Es handelt sich um eine Scheinidentität, so viel kann ich Ihnen sagen."

„Und Sie kennen die wirkliche Identität nicht?"

„Leider noch nicht."

„Nun weiß ich nur nicht, wie ich das schaffen soll, es sei denn, ich schränke die Ermittlung ein."

„Sie werden eine Zusatzkraft zugeteilt bekommen. Schicken sie der einfach die Informationen zu, ohne sie zu bearbeiten. Die hat sich dann darum zu kümmern. Es ist jemand, der entscheiden kann, was er Ihnen mitteilen darf. Und Sie kennen den Fall und können vorsortieren. Insgesamt dürften Sie profitieren."

Reto nickt. Wenn eine Hilfskraft eintrudelt, ist es ein fairer Handel. Sonst gedenkt er die Sache liegen zu lassen. „Noch eine Frage", beginnt er, „diese Regula, wie kam sie da hinein? Irgendwas stimmt einfach nicht."

„Da gebe ich Ihnen recht, kann aber nur wenig sagen. Hinein kam sie übers WEF. Sie war dort wegen ihrer Kunden und hat andere Leute getroffen." Er kichert plötzlich. „Zwei der Fotos sind von dort."

Reto überschlägt im Kopf, dass das zeitlich zu den ersten auffälligen Zahlungen auf ihr Konto passt. Noch heute Morgen hat er eine provisorische Auswertung erhalten, deutlich über eine Million hat sie an Transaktionen verdient und als Entgelt für verschiedene Leistungen erhalten, darunter eine Position mit siebenhundertdreißigtausend, vier Tage vor ihrem Tod und wohl für den Auftrag, der zu ihrem Ende führte. Der Müller unterbricht seinen Gedankengang: „Die Wohnung der Frau Lendi, haben Sie die untersucht?"

„Gründlich, Haare und Milbendreck haben wir gefunden, aber keine Verträge."

„War auch nicht zu erwarten", brummt der Geheimdienstler. „Haben Sie bereits einen Verdacht?"

„Den obersten auf der Liste."

„Den Walther?"

„Ja! Er reiste am Tag des Mordes ab, ist aber nirgendwo mehr gesichtet worden, hat wohl einfach abgewartet. Somit hat er kein Alibi und die Gelegenheit. Er hat rumgefragt und sich Informationen zur Tatwaffe beschafft. Er benutzte einen Smart, und das stimmt gut mit den Spuren am Tatort überein. All das passt prächtig zusammen. Nur ist er verschwunden."

Friedrich nickt so nichtssagend, dass Reto sich gezwungen fühlt weiterzufahren: „Wir haben einiges an Daten über ihn. Muster seiner Haare, DNA, eine Beschreibung. Vielleicht können Sie ihn damit identifizieren. Auf Ihren Bildern ist er nicht, nach dem von mir erstellten Signalement."

Der Geheimdienstler nickt nochmals und lässt ein „gut" hören. Aber er fragt nicht nach und bietet nichts an, und das lässt bei

Reto die Alarmglocken klingeln. Doch deren Schall nach außen, den schirmt er gut ab. Stattdessen fährt er in professionellem Ton weiter, als Fachmann, der den anderen informiert: „Dann gibt es den Mittäter, von dem die zweite Sorte von Haaren stammt. Diese müssen hellbraun sein, und er ist vermutlich etwas jünger. Wenn wir seine Tatspuren richtig interpretieren, ist er groß und schlank. Aber sonst wissen wir nicht, wie er aussieht. Vielleicht könnten Sie uns da einen Tipp geben."

Der andere zuckt die Achseln: „Die Angaben sind sehr vage, da könnte ich mehrere nennen. Doch glaube ich nicht, dass es einer von denen ist, die mir gerade einfallen."

Während der Rückfahrt überlegt Reto, ob er gerade heim oder nochmals im Büro vorbei soll. Er entscheidet sich für das zweite, wegen der erhaltenen Bilder; er hat Glück und trifft René, der die Zentrale betreut und ein kleines Gläschen, halb voll, vor sich hat, das er gelangweilt zwischen den Fingern dreht. „Ich bleibe im Rahmen", gibt er hastig zu verstehen.

Reto geht nicht darauf ein. „Gut, dass ich dich erwische. Ich muss am Montag um Viertel vor zehn bei dieser Bank in Zürich eintreffen, da reicht es mir nicht, noch diese Fotos auszuhändigen. Kannst du das für mich übernehmen?"

„Um was geht es?"

„Ich habe sie vom NDB, sie sind von Ausländern, die möglicherweise in irgendeiner Beziehung zum Mord an der Ambach stehen. Keiner der Abgebildeten, auch keine, zwei sind ja Frauen, ist aber direkt verdächtig. Doch ist niemand auszuschließen, vor allem nicht als Kontaktpersonen oder Mittäter. Hänge auch Kopien im Kaffeeraum auf, gib welche den Leuten und erkläre ihnen, wer immer jemand davon gesehen habe, solle dessen Personalien mir oder Moni melden. Ich muss eine Liste dieser Kunden führen."

„Ist das alles?"

„Ja, mehr weiß ich auch nicht, dieser Typ vom Nachrichtendienst hält sich sehr bedeckt."

„Schon gut, ich übernehme das. Kann ich sie rasch durchsehen?"

Reto übergibt ihm die Fotos, René blättert und meint beim Siebten: „Ah, der sieht wie dieser Remo aus!"

„Remo?"

„Ich weiß nicht, wie er sonst heißt, er ist Kellner in diesem super Restaurant, wenn er es ist. Ich habe ihn dort bei der Arbeit gesehen, bestens eingekleidet, wie aus dem Ei gepellt, das hier aber ist Freizeitlook. Könnte mich auch täuschen, denn es sind drei Jahre seither."

„Schon gut, besorge dir die Personalien, vielleicht siehst du ihn, und melde dann das Ganze uns beiden."

Er starrt für einen Moment ins Leere. Wie das ausufert, als stünde er einem Kraken mit vielen Armen gegenüber. Denn es sind nicht die Ärmsten, die dort essen gehen, vielleicht gibt es da eine Verbindung. Und irgendwas war da noch bei diesem Gespräch. Ach ja, die siebenhundertdreißigtausend! Blöd, dass er nicht reagiert hat, dieser Müller hätte vielleicht noch etwas ausgespuckt. Islamisten werfen schließlich nicht mit Geld um sich, die Summe ist also ein weiterer Beweis, dass höchste Kreise hinter der Sache stecken. Aber der Geheimdienstler hätte vermutlich bloß gemeint, er solle das für sich behalten. Und so schlau, das zu tun, ist er auch von allein.

Haben Sie auch schon eine Ecke umrundet und sind beinahe in einen Bekannten hineingerannt, den Sie seit Jahren nicht mehr gesehen haben, von dem Sie aber gerade gedacht haben, es wäre nett, ihn wieder mal zu treffen?

An ein solches Erlebnis erinnert sich Reto, als er in die Neudorfstraße einbiegt und fast mit seinem Opfer zusammenstößt. „Herr Piller!", ruft er aus. Das Gegenüber erschrickt sichtlich und stottert sein „Herr Wachtmeister".

„Hören Sie", meint der Polizist, „eigentlich wollte ich Sie vorladen, aber vielleicht ist es Ihnen lieber, wenn wir das unter uns erledigen."

Der arme Piller bringt keine Antwort hervor, also ergreift Reto seinen Arm, zieht ihn mit sich zum nächsten Lokal, um dann ein Bier zu bestellen. Der andere schließt sich an. „Es geht um

Ihr Alibi in der Mordnacht! Sie haben sich da für diese komische Konferenz, mit dem französischen Namen habe ich etwas Mühe, aber Sie wissen ja, was ich meine, angemeldet, doch haben wir bei unseren Nachforschungen niemand gefunden, der Sie gesehen hat. Also, wo waren Sie?"

Der Frontalangriff zeigt Wirkung. Der Dorfpolitiker erbleicht und weiß sichtlich nicht, wie er antworten soll. „Nun, eine Erklärung wäre in Ihrem Interesse, denn genau zu der Zeit, als Sie spurlos von der Landkarte verschwanden, mordete jemand. Und, auffälliger noch, Sie haben versucht, sich ein Alibi zu verschaffen, etwas stümperhaft zwar, aber es hat doch Glück, Zeit und Arbeit gebraucht, um hinter Ihre Schliche zu kommen."

Der Kopf ist nun rot, aber anscheinend hilft das, denn die Wahrheit kommt zutage, oder auch nur eine weitere Lügengeschichte, ein simpler kleiner Seitensprung in einem Kaff im Kanton Neuenburg. Reto nimmt sein Opfer mit auf den Posten, lässt sich alles erklären und hackt dabei laufend die Geschichte in den Computer, druckt das Protokoll aus und lässt es unterschreiben – nicht ohne zu versichern, alles würde streng vertraulich gehandhabt.

Was immer das heißen mag. Eine Nachforschung ist unumgänglich und wird in diesem kleinen Winzerdörfchen sicher auffallen. Trau nie einem Lügner, sondern prüfe, ob er die Wahrheit spricht – diese seine Maxime geht Reto durch den Kopf.

21

Hugos Vortrag vor der esoterischen Gesellschaft Mittelbündens zum Thema „Die Wirklichkeit des Nichtstofflichen" werde ich hier nicht niederschreiben. Solche Abhandlungen gehören in ein Sachbuch und nicht in einen Krimi. Überhaupt sind Fragen und Antworten bei solchen Anlässen das Interessante, daher gehe ich gerade dazu über.

Es meldet sich zuerst eine ältere Dame und will wissen, ob der Herr Professor mit seinen Forschungen nun die Seele beweise. Der erläutert, etwas vorsichtig, diese religiöse Vorstellung habe er eigentlich in seinem Vortrag nicht behandelt, wohl aber anderswo. Sein Ausgangspunkt sei die Empirie, das Erfahrbare. Und dieser Ausgangspunkt präge das Ergebnis. Nur als Vergleich: Die sich völlig auf das Experiment abstützende Weltanschauung führe zu dem, was er Fokusdenken nenne – und weiter zum Materialismus. Das umfassendere Denken, das er dagegen hier und heute beschrieben habe, führe zur Anerkennung der Realität des Nichtstofflichen, betrachte es als Partner des Stoffs. Er entwerfe damit eine Art Sandwich-Sein, eine zweischichtige Realität. Darin habe das, was sie Seele nenne, durchaus Platz, doch sei diese damit weder bewiesen noch widerlegt. Dafür könne er aufzeigen, dass es ein inneres Erleben gäbe, das so zu bezeichnen sei.

Dann bedankt er sich recht artig für die interessante Frage und fügt noch hinzu, eine vertiefte Behandlung brauche allein einen ganzen Abend.

Reto Caviezel schmunzelt ob dieser gestelzten Ausführung und hebt dann, es überrascht ihn selbst, die Hand, um zu fragen, ob das Böse gemäß dieser Philosophie auch eine nichtstoffliche Wirklichkeit besäße.

Der Redner erkundigt sich zuerst, ob er damit den kriminell gewordenen Menschen, beziehungsweise das Prinzip des Kriminellwerdens oder umfassender das Böse als kollektives

Prinzip meine. Nachdem Reto das Letztgenannte bejaht, antwortet Hugo, mental betrachtet entstehe dieses Böse aus sich zusammenfügenden Gedanken und gefühlsmäßigen Antrieben mehrerer oder vieler Menschen und entwickle sich weiter, teils erklärbar durch die Motive der Beteiligten, teils aber wie ein eigenständig wucherndes Krebsgeschwür. Das verblüfft nun Reto, es scheint ihm auf merkwürdige Art und Weise Licht auf seinen um sich greifenden Fall zu werfen. Er fragt daher weiter, ob es auch im Materiellen Ursachen geben könne. Hugo erklärt, das Mentale sei seiner Auffassung nach unlösbar mit dem Stoff verbunden. Er führt Geld als häufige Ursache organisierter Kriminalität und anderer schädlicher kollektiver Entwicklungen an und erläutert, dieses könne nur darum eine solche Wirkung zeigen, weil es auch Symbol und somit Träger mentaler und emotionaler Wirklichkeit sei. Geld sei ja von Nutzen, weil andere sich verpflichtet fühlen, etwas dafür zu geben. Daher erlange es eine hohe Wertschätzung und werde so zum Hebel, um Menschen zu etwas zu zwingen. Letztlich zeige sich auch hier die Doppelnatur des Seins. Die Kräfte, die in diesem Bösen seien und es auch gestalteten, seien nichtstofflich, aber ohne Stoff könnten sie nicht wirken.

In diesem Moment sieht Reto den Kommentar, den er heute in der Zeitung gelesen hat, vor seinem inneren Auge. Da hat der Journalist seiner Verwunderung darüber Ausdruck gegeben, dass die Aktien einiger atomnaher Industrien trotz fallender Börsen und dem politischen Druck gegen die Nutzung der Atomkraft überraschend zugelegt haben. Läuft da etwas ab, so hat der Schreiber im Artikel gefragt? Sollte mit Geld Einfluss oder gar Macht in diesem Bereich gekauft werden? So fragt er sich plötzlich.

Er ist noch ganz in seine Gedanken vertieft, als ein Herr mittleren Alters, kräftig gebaut, ja, gar mit einer leichten Neigung zu Fülle, etwas größer als er selbst und mit einem wahrnehmbaren, aber schwer einzuordnenden Akzent, nach der Sicherheit so gewonnener Aussagen fragt. Hugo antwortet, die Wahrscheinlichkeit eines Irrtums sei bei ungenügender Datenbasis groß. Es sei entscheidend wichtig, möglichst viele Aspekte zu berücksichtigen, zudem seien Verifikationen wann immer möglich vorzunehmen.

Die nächste Frage ist im Wesentlichen eine Wiederholung der ersten, darum wohl überkommt Reto die Müdigkeit, die Diskussion gleitet von ihm weg und sein Blick fällt auf die hochgewachsene Blondine. Ah, die kennt er doch, das ist ja die Caflisch, hat sie wohl etwas mit dem Hügli? So wie sie hinblickt! Dann döst er beinahe auf seinem unbequemen Stuhl ein.

Im Anschluss bilden sich Grüppchen. Der Polizist überlegt, ob er das Gespräch mit dem Redner suchen soll, als der Stämmige ihn anspricht: „Gestatten, Hank ist mein Name, Hank Miller, Sie haben da eine interessante Frage gestellt."

Reto lächelt schwach: „Berufsbedingt, ich bin von der Polizei."

„Aha, weit weg von meinem Tätigkeitsfeld, ich bin Geologe, interessantes Gebiet hier."

„Wollen Sie hier Studien machen? Arbeiten Sie mit der ETH zusammen?"

„Noch nicht, ich plane vergleichende Untersuchungen, drüben, hier und auch andernorts. Jetzt besuche ich einige Gegenden, sondiere, könnte man sagen. Beschäftigen Sie sich mit organisiertem Verbrechen?"

„Ist eigentlich nicht meine Spezialität. Ich bin ein ganz normaler Ermittler."

„Eigentlich nicht, heißt das, es ist anders, diesmal?"

Reto zuckt die Achseln: „Vielleicht haben Sie in der Presse darüber gelesen."

„Sie zielen also auf diesen Mord, der in der Zeitung war, ich lese sie jeden Tag als Übung. Ich werde ja irgendwo im Alpenraum arbeiten, vielleicht ein halbes Jahr oder so, aber ich weiß noch nicht wo."

„Verstehe! Übrigens, waren Sie mal in Deutschland stationiert?"

„Ja, fragen Sie wegen meiner Sprache?"

Reto nickt.

„Ich lebte einige Zeit in Berlin. Aber eine meiner Großmütter gebrauchte noch Deutsch, sie gehörte zu den Amisch, hat aber weggeheiratet. So konnte ich schon einige Brocken, als ich dort ankam. Hat mir geholfen, Kontakt zu finden und natürlich auch in meiner Karriere." Dann wechselt er das Thema: „Ich werde einige Exkursionen machen. Sie kennen sich sicher aus, können Sie mir ein paar Tipps geben?"

„Berge, Wanderung, Kulturelles?"

„Gewässer am meisten, das ist mein Gebiet, die Viamala hier steht schon auf meiner Liste."

„Die Rofflaschlucht müssen Sie gesehen haben, sehr schön, mit einem Bezug zu drüben. Meinen Sie mit drüben eigentlich die USA oder Kanada?"

Hank nickt, es funkelt ganz kurz um seine Augen: „Die Staaten, von da komme ich."

„Der Nolla wäre noch eine Möglichkeit, ganz interessant, obwohl nur ein kurzes Nebenflüsschen; hat uns aber früher arg Ärger bereitet. Wenn Sie auf die Wechselwirkung zwischen Gewässer und Siedlungsentwicklung aus sind, also Abholzungen, Überschwemmungen, Verbauungen, Aufforstungen und all das, dann ist er ein gutes Beispiel."

„Nicht mein Fach, mir geht es um die Geologie, Gewässergeologie."

„Nun muss ich sagen, nicht mein Gebiet."

„Schade, aber bleiben wir hier? Ich hätte Lust auf einen Drink."

„Gehen wir nach drüben, ins Weiss Kreuz. Aber zu lange kann ich nicht bleiben, Morgen ist bei mir wieder Mörderjagd."

Hank grinst: „Na, dann, Weidmannsheil, so sagt man doch im Deutschen."

„So sagt man."

Als er dann heimgeht, leicht angesäuselt, da fragt er sich, wer dieser Hank wirklich ist. Auf die Liste kommt er alleweil. Aber wohin genau? Das ist die Frage!

22

Beni gähnt, schüttelt sich, ohne dass das viel hilft, und kommt zur Einsicht, er brauche einen Kaffee. Ist er doch gerade für Sekunden weggeduselt! Er hätte mehr Coca Cola mitnehmen sollen, das hält besser wach, aber leider hat sich nur noch eine Büchse in seiner Tragtasche befunden, und die ist leer. Seit geraumer Zeit. Also der Kaffee. Diese Frau Lendi hat ihm ja erlaubt, die Küche zu benutzen. Nur hat sie keine Maschine, er muss mit einem Filter arbeiten, umständlich ist das.

Und gefährlich, denn während er mit der Pfanne klappert und die Kirchenglocken schallen, wuchtet eine massige Gestalt das Schloss der Haustür herum, zieht den Riegel mit einer Flachzange weg, stößt die Tür auf, schlüpft hinein und schiebt sie hinter sich wieder zu. Der Mann sieht im Lichtschein einen Eimer stehen. Fingerabdrücke fallen ihm dabei ein, warum, kann er nicht sagen, aber er schlüpft aus den Schuhen, schiebt die Tür mit dem einen zu und klemmt zugleich den anderen in den Spalt unten, damit sie nicht wegen eines Windstoßes wieder aufschwingt. Dann huscht er vorwärts und nimmt Position ein.

Beni schlürft das heiße Getränk und fühlt sich erheblich besser. Er spült ab, räumt weg und verlässt den Raum, um wieder im Flur seine Stellung zu beziehen. Doch da ist nur eine Explosion von Sternen, gefolgt von Schwärze.

Ivan fängt den zusammensinkenden Körper auf und lässt ihn geräuschlos zu Boden gleiten. Im Nu hat er den Kerl gefesselt und geknebelt. Zinnsoldaten, zuckte es durch sein Hirn. So einfach ist es tatsächlich gegangen.

Martha schreckt auf. Ihr Herz hämmert und sie weiß, dass jemand ganz nahe ist. In Panik springt sie auf und will fliehen, als sie brutal gepackt und zu Boden geworfen wird. Im Arm knackt ihr Knochen und ihr entfährt ein Schmerzenslaut. Eine Hand verschließt ihr den Mund mit furchtbarer Kraft, lässt wieder los und würgt ein Tuch hinein, als sie nach Luft schnappt. Dann verdreht der Mann den gebrochenen Arm, und Schmerzen rasen in Wellen durch ihren Körper, der sich sinnlos aufbäumt. Sie sieht feurige Kreise und erschlafft.

„Schreist du, gibt es noch mehr", zischt eine Stimme in ihr Ohr. Dreimal zischt sie das.

Dann lässt er sie plötzlich los und entfernt den Knebel. Sie liegt zitternd da und gibt leise, tierisch klingende Laute von sich, während sie mit aller Kraft das Jammern hinunterwürgt. Die Wellen der Angst ragen höher als die der Qualen. Sie ist in seiner Hand.

Eine gleißende Lampe sticht ihr in die Augen und peinigt sie. Dann kommt die zischende Stimme wieder: „Wo sind die Papiere?"

„Was für …"

„Die von Regula."

„Polizei …, hat Zimmer durchsucht … Wenig mitgenommen."

„Ein ganzes Pack, Verträge." Hätte er das besser nicht sagen sollen? Diese Idee zuckt blitzartig durch sein Gehirn und wird sogleich mit unwichtig beantwortet. Schon seine erste Frage verrät ohnehin, was er meint.

„Glaube nicht …"

„Nahm sie sie mit, irgendwann?"

„Hatte immer eine Tüte dabei …"

„Da waren sie drin?"

„Vielleicht, denke …"

„Wohin ging sie?"

„Zuerst nach Scharans."

„Wann?"

„Am Tag vorher."

„Dann?"

„Nach Trans, vielleicht …"

„Genauer!"

„Kam früh zurück …"

„War also nicht dort?"

„Vorher umgekehrt …"
„Jemand getroffen?"
„Vielleicht, weiß nicht …"
„Dann?"
„In der Nacht weg …"
„Mit Papieren?"
„Weiß nicht, Tüte fehlt …"
„Sie hat sie mitgenommen und die Papiere drin?"
„Ja."
„Wohin ging sie?"
„Nicht gesehen …"
„Wohin, was gehört?"
„Nach oben, nach Scharans …"
„Und dabei wurde sie getötet?"
„Ja, ich denke."

Die Frau lügt nicht. Aber sie weiß wenig. Einen Moment starrt er sie an, die Lust, sie langsam zu töten, überschwemmt ihn. Doch er reißt sich zusammen, das wäre dumm, würde dauern, brächte Risiko und Zeitverlust mit sich. Beides kann er sich nicht leisten, er muss rechtzeitig im Hotel sein. Er schlägt gegen ihre Stirn, der Hinterkopf prallt auf den Boden. Für einige Zeit ist sie betäubt, lange genug, damit er ungehindert verschwinden kann. Was sie dann brabbelt, das schadet ihm nicht, sondern beschäftigt bloß die Polizei. Darin liegt keine Gefahr. Wenn sie ihn aufstöbern, dann, weil er dieses Gelände durchsuchen muss, Richtung Scharans und Trans. Wo oder auch wann immer es gerade günstiger ist. Das Gebiet würden sie sicher überwachen. Aber damit würde er zurande kommen.

Nur: Die Karre muss weg, die würde ihn verraten. Also muss er damit zurück nach Chur. Er überlegt kurz und schaut auf die Uhr, fünf Minuten vor halb eins. Er würde noch zu akzeptabler Zeit eintreffen, glaubhaft für einen Russen, der etwas herumgesoffen und gehurt hat. Zudem: Ewig bleiben kann er dort nicht. Am nächsten Tag wird sicher die Suche beginnen, und Hotels werden weit oben auf der Liste stehen. Ja, den Mietwagen kann er ja dort stehen lassen und benutzt dann am besten die Bahn. Denn er kennt noch eine Adresse, und die ist in Sargans. Dort hat er das Zeugs abzuliefern, und dort soll ihm weitergeholfen werden.

Doch bevor er geht, schaut er noch in aller Ruhe, aber vorsichtig im Kühlschrank nach. Er hat nicht nur von Fingerabdrücken gehört, auch DNA, das ist während seiner Ausbildung erklärt worden. Er öffnet die Tür mit dem Stoß seiner Jacke, um möglichst wenig Spuren zu hinterlassen, sieht dann im Licht des Gerätes ein Handtuch hängen und verwendet dieses. Was ihm nützlich erscheint, stopft er in die Taschen. Dem Brotkorb entnimmt er einen angeschnittenen Laib, den er mitlaufen lässt. Denn Lebensmittel braucht er, und diese erste Beschaffung hier birgt wenigstens keine Gefahr.

23

Einer von Spillers Schlüsseln passt zum Haupteingang, Hank fragt nicht, woher der sie hat. Er hält solche Informationen für überflüssig. Sein Kollege strebt auch dem richtigen Büro zu, es ist nicht einmal verschlossen, in dieser kleinen Kanzlei. Die Aktenschränke schon, aber auch die können sie problemlos knacken. Doch – und das findet Hank tröstlich, denn es zeigt, dass die Überwachung der Menschheit noch nicht allmächtig ist – erst im zweiten finden sie zwei Ordner mit Ambach. Spiller will sie sofort durchblättern, aber der Amerikaner stoppt ihn. Sehr genau betrachtet er die Papiere, besonders auch von der Seite, fühlt, wie sie gleiten, schätzt ihr Volumen ab: „Wurden kürzlich umgeblättert, das sagen mir meine Fingerspitzen, die Blätter liegen noch nicht so wie nach einer Woche."

„Kein Wunder nach dem Mord, da wird schnell mal gesucht."

„Eher hat sogar jemand alles Wichtige rausgenommen. Vermutlich hat die Polizei das Material kopiert. Das heißt, wir sind hier nicht gerade sicher."

„Ich habe niemanden gesehen und keine Gefahr bemerkt, als wir gekommen sind."

„Ich auch nicht. Aber möglicherweise patrouilliert doch eine Streife, machen wir vorwärts."

Sie beugen sich darüber und blättern durch. Dann langt Spiller zu, um die gewünschten Blätter zu entnehmen. Hank opponiert: „So wichtig sind die nicht, und wenn sie fehlen, wissen sie, dass jemand da war."

„Ich hoffe, niemand arbeitet hier am Samstag, dann entdeckt man die Entnahme erst am Montag. Und ich brauche diese Informationen."

„Na, dann beeile dich aber!"

„Tu ich!"

Rasch arbeitet sich Spiller durch den Rest und nimmt ganze Bündel heraus, wohl in der Absicht, sie später genau auszusortieren.

Hank ist froh, nichts mit dem belastenden Material zu tun zu haben. Als aber sein Kollege das letzte Blatt umschlägt, meint er: „Diese Verträge waren also nicht hier, und ich habe auch kein Anzeichen dafür gesehen, dass sie fehlten, schon entnommen worden sind."

„Ich habe sie auch nicht hier erwartet."

„Und das war, würde ich mal schätzen, der wahrscheinlichere Ort."

„So ist es, aber wir können auf den anderen Besuch nicht verzichten."

Am zweiten Ort befindet sich kein interessantes Material. So unauffällig, wie sie gekommen sind, verlassen sie das Gebäude. Spiller will schon enteilen, als ein leises „Einen Moment bitte" ihn herumfahren lässt. Sein Auge schweift zur Rechten Hanks, die abgewinkelt in der Manteltasche steckt und offensichtlich eine Waffe hält, die auf ihn zielt. Er weiß, er hat keine Chance, bleibt also erstarrt stehen und knurrt: „Was soll der Scheiß?"

„Ich möchte diese Papiere noch in Ruhe durchsehen, bevor wir uns trennen. Gut möglich, dass für mich wichtige Informationen dabei sind. Ich brauche Hinweis für meine Auftraggeber."

„Geht nicht, zu gefährlich. Jederzeit könnten Polizisten vorbeikommen, haben wir doch schon erörtert."

„Wir gehen zu deiner Bleibe. Und keine Tricks, kein Fluchtversuch, sonst bist du ein toter Mann. Aber wenn du kooperierst, kannst du nachher alles für dich behalten, ich benötige keine Papierfetzen, ich habe ein gutes Gedächtnis."

Und so kommt es, dass der Schlanke wütend dasitzt, alle Risiken überlegt, die da wachsen. Es muss sie ja nur jemand gesehen haben. Vielleicht wurde dieser Amerikaner gar schon gesucht, der nun gerade wie die Ruhe selbst alles durchsieht, einhändig, langsam und methodisch, den verdammten Revolver schussbereit in der Linken.

24

Das Telefon klingelt aufsässig und bis in den Traum hinein; es ist dann ein Rippenstoß von Irma, der Reto weckt. „Nimm ab, es ist sicher für dich."

Er torkelt aus dem Bett und ins Nebenzimmer, die Uhr zeigt Viertel vor acht, packt den Hörer, hustet „Caviezel" hinein und begreift die Antwort nicht: „Überfall?"
„In Almens, die Lendi?"
„Aber da war doch ein Wächter?"

„Offenbar ein Nachtwächter", giftet seine Frau dazwischen.

„Sie ist schon ins Spital gebracht worden. Schlimm?"
„Mit der Rega. Gut, ich komme."

Er stapft ins Schlafzimmer zurück und murrt: „Nicht mal am Samstag."
„Ist dir ja meistens recht, wenn du wegkommst!"
„Stimmt gar nicht!"
„Stimmt doch!"
„Quatsch, ist nun mal mein Beruf. Und überhaupt, ich muss ja nicht jedes Wochenende weg." Er wirft den Pyjama aufs Bett und schlüpft in die Unterwäsche.
„Kannst du das Zeug nie richtig hinlegen?"
Er knurrt bloß zur Antwort, während er das Hemd zuknöpft. Wie immer, wenn er stresst, macht ihm der linke Ärmel mehr Mühe. Merkwürdig, obwohl er Rechtshänder ist.
„Du bist nicht einmal rasiert!"
Er fährt in die Hosen und gibt zurück: „Die sollen nur sehen, was es heißt, nach so vielen Überstunden auch noch am Samstag aus den Federn zu müssen. Und am Sonntag habe ich auch schon wieder einen Termin."

In der Wohnküche lässt er als Erstes einen Espresso raus und schneidet zugleich eine dicke Scheibe Brot ab. Er schlürft einen Schluck, nimmt die Butter aus dem Kühlschrank, verstreicht sie großzügig und leert zugleich das Tässchen. Nur um es nochmals unter die Maschine zu stellen. Während es volläuft, schnappt er die Marmelade und hilft damit löffelweise beim Essen nach.

„Vergiss nicht, die Kilometer aufzuschreiben und abzurechnen."

„Vergesse ich nie!"

Die Lendi ist schon abtransportiert, als er eintrifft. Der Wachmann Beni haben sie ihn genannt, er erinnert sich seines Namens – hat eine blutunterlaufene Schläfe, hängt da und sieht aus, als würde er am liebsten noch weniger als das tun. Er befragt ihn.

„Muss mich niedergeschlagen haben, Gott, hat der mich erwischt, muss ein brutal starker Schläger sein."

Der Beni ist ein massiger Typ, keiner, mit dem man leicht anbindet. Es braucht Kraft und Können, um so einen mit einem Hieb außer Gefecht zu setzen. „Und dann?"

„Dann bin ich erwacht, mir war speiübel und ich hatte einen Knebel zwischen den Zähnen. Mich packte die Angst, zu kotzen und zu ersticken. Also wartete ich ganz ruhig, bis es mir ein wenig besser ging. Dann robbte ich zur Tür und trat dagegen, aber niemand hörte mich. Rufen konnte ich ja nicht. Schließlich wurde es hell, und als ich draußen Schritte hörte, trat ich wieder gegen die Tür. Zuerst haben sie mich befreit, dann haben wir nach Frau Lendi geschaut und der Rega telefoniert, als wir gesehen haben, wie sie dran war. Übel, kann ich nur sagen."

„Wann geschah der Überfall etwa?"

„Nicht etwa. Genau nach Mitternacht. Die Kirchenglocken haben geläutet, darum habe ich ihn nicht gehört, da muss er hereinkommen sein."

„Super!" Reto mustert ihn und meint dann: „Am besten lassen Sie sich auch einweisen, Sie sehen aus, als hätten Sie eine Gehirnerschütterung."

„So fühle ich mich auch."

Der Tatort ist eine Katastrophe. Schon Beni hat mit seinen Befreiungsversuchen Spuren verwischt, dann sind die Sanitäter wie eine Horde durchs Haus getrampelt. Nun ja, war wohl unvermeidlich. Er weist den Spezialist für Fingerabdrücke ein, aber er verspricht sich wenig davon. Dann kommt der Labormensch. Er brauche DNA, erklärt er ihm. Der Angesprochene nickt nur, er weiß, was er zu tun hat.

„Beschaff dir auch Proben von der Lendi und von Beni, wenn du hier fertig bist. Sie sind beide in Thusis im Spital. Aber warte nicht zu lange, den Beni lassen sie vielleicht bald gehen, und die Lendi muss möglicherweise nach Chur verlegt werden, so schlecht, wie sie dran ist."

„Wir brauchen die Fingerabdrücke beider."

„Du weißt ja, wo sie sind. Von der Regula haben wir alles."

„Gut, frage noch nach Besuchern! Wir sollten möglichst viele identifizieren, wir haben hier welche von mindestens sechs Personen, brauchbare, dann noch verwischte oder alte, aber die können wir wohl vergessen. Welcher Zeitrahmen interessiert dich?"

„Zwei Tage, gestern und vorgestern."

„Wird gemacht."

An der Haustür arbeitet Willy mit Lupe, Taschenlampe und Fotoapparat. „Wie sieht es aus?", erkundigt sich Reto.

„Hat gutes Werkzeug gehabt und sonst rohe Gewalt. Hat Kraft wie ein Gorilla, der Schuft."

„Gutes Werkzeug?"

„Spezialstahl, hat sich in das Metall gefressen wie ein Messer in Butter."

Reto schmunzelte ob des kühnen Bildes. „Kann man die Form der Spitze ermitteln?"

„Annähernd, zudem hat das Teil einen guten festen Griff. Es braucht Drehmoment, um ein Schloss wie dieses so herumzuwuchten, wie das jetzt aussieht."

Er geht durch die Wohnung. Es herrscht Unordnung. Da ist ein Stuhl umgefallen, ein Schrank im Korridor verschoben, der Beni muss dagegen geprallt sein. Er wird seine Verletzungen rapportieren müssen, auch an seinem Körper sind Spuren geblieben. Am schlimmsten sieht es im Schlafzimmer aus, das Bett steht schief, der Teppich davor wirft Wellen und weist Blutflecken auf. Auch hier liegt ein Stuhl am Boden, er muss gegen den Kleiderschrank geschmettert worden sein, der tiefe Eindruck im Pressholz zeugt davon. Das geht sicher auf das Konto des Kampfes. Ansonsten erkennt Reto nicht klar, was nun durch den Überfall und was durch den Verwundetentransport verursacht ist. Die Befragung kann vielleicht noch helfen. Draußen bleibt er stehen und wundert sich, wo der Helikopter der Rettungsflugwacht wohl gelandet ist, in diesen verwinkelten Gässchen. Aber vielleicht haben sie das Opfer ein Stück weit getragen.

Im Dorf erfährt er wenig. Maria Caflisch wird als Freundin genannt, zwei Besucherinnen hat Martha Lendi kürzlich gehabt, er lässt ihre Fingerabdrücke nehmen. Inzwischen hat der Experte auf seinem Smartphone eine kleine Sammlung zusammengestellt, wobei er auch ältere Bilder mit einbezieht.

Er blättert mit affenartiger Geschwindigkeit, um die Ähnlichkeiten zu demonstrieren, und erklärt dazu: „Wissen Sie, die Zuordnungen, das sind noch Vermutungen. Nur so nach Augenschein, das ist noch nicht die definitive Analyse. Doch meine ich, dass unter den im Haus gefundenen dieser Satz da nicht zu identifizieren ist, er beschränkt sich auf wenige, schlechte und verschmierte Abdrücke. Zwei stammen von der Haustür, einer davon ist mit einem neueren, wohl von einem Sanitäter, überlagert, drei verwischte fanden wir auf dem Holz des Bettes, einer ist aber von einem Handballen. Nur: Solche Abdrücke findest du kaum gespeichert, sie werden selten erfasst. Sonst passen diese Spuren zusammen und sind wohl von den groben, starken Fingern des Täters. Erstaunlich, er hat keine Handschuhe getragen. Eine sichere Identifizierung ist noch nicht möglich. Wenn wir ihn fassen und biometrisch vermessen, reichen unsere Daten aber für einen Schuldbeweis aus."

25

Die Caflisch ist beeindruckend. Reto informiert sie kurz und sieht, dass ihre Lippen zittern. Ihre Stimme schwankt, als sie aussagt. Sie kennt Martha schon seit Jahren, hat auch wenige Male Regula Ambach gesehen, sich aber nicht näher mit ihr eingelassen. „Sie war mir unheimlich, wissen Sie. Beherrscht, undurchsichtig, kam sich besser vor. Nein, ich mochte sie nicht, aber ich weiß auch nichts, was gegen sie spricht. Sie arbeitete im Finanzsektor, aber das habe ich bloß gehört, sie selbst hat nie etwas von sich erzählt."

„Wann haben Sie sie zum letzten Mal gesehen?"

„Vor zwei Monaten, etwas mehr vielleicht."

„War sie wie immer?"

„Wie gesagt, ich habe sie selten getroffen, wir haben keinen echten Kontakt gehabt. Ich würde schon sagen, sie war wie immer, aber das heißt nicht viel."

„Und wann haben Sie Frau Lendi das letzte Mal gesehen?"

„Vor …, ja, vor elf Tagen!"

„Wo?"

„Ich habe sie kurz besucht."

„Und sie war wie immer?"

„Ich habe keinen Unterschied gemerkt, und ich kenne sie recht gut. Aber das war ja auch, bevor Regula Ambach gekommen ist. Fragen Sie doch im Dorf."

„Sind Sie nicht hingegangen, weil diese Frau dort war?"

„Es gab eher keinen Anlass. Aber vielleicht hätte ich sie ohne Grund besucht, wenn sie allein gewesen wäre. Das schon. Doch absichtlich habe ich die Tote nicht gemieden. Wir waren beide immer höflich, aber kühl. Wir hatten uns einfach nichts zu sagen."

Reto nickt: „Ich danke Ihnen."

Auch sonst hat niemand etwas Konkretes bemerkt, weder die Postbotin mit ihrem grauen Wuschelkopf noch jemand aus der Nachbarschaft, noch die Frauen, die den Dorfladen in Rodels führen. Nur übliche Sprüche wie: „Es dünke sie, sie sei schon etwas anders gewesen." Aber die gibt es immer. Offensichtlich hat die Regula ihrer Gastgeberin nichts von ihren Problemen gesagt. Nun, Verschwiegenheit gehört sicherlich zu derartigen Geschäften. Aber er versteht den Fall nicht. Da ist sie wie immer, fällt kaum auf und geht dann des Nachts in irgendeiner Mission durch den Wald, um erschossen und vermutlich ausgeraubt zu werden. Die Lendi, schießt ihm durch den Kopf. Die muss er umfassend befragen. Was verschwieg sie beim ersten Verhör? War dabei etwas, was dieses Verbrechen betrifft?

Im Büro angekommen, versendet Reto als Erstes eine Massenmail an alle Hotels: Gesucht wird ein Mann, ungewöhnlich kräftig, der heute früh, gerade nach Mitternacht, in Almens ein schweres Verbrechen verübt hat. Das Aussehen ist unbekannt, zu melden sind der Kriminalpolizei alle auf Grund des Zeitpunktes ihrer Heimkehr und ihrer körperlichen Konstitution Verdächtigen.

Dann, es kostet ihn eine winzige Überwindung, telefoniert er mit Bruderer, der sich zuerst einmal wegen der Störung (am Samstag!) beschwert und dann, weil er erst jetzt informiert wird.

Reto ignoriert all das bewusst: „Ich habe bereits eine Mail an alle Hotels rausgelassen. Ich möchte aber, dass auch in den lokalen Medien ein Zeugenaufruf erfolgt!"
„Wieso nicht?", erkundigt er sich nach der prompten Ablehnung.

Und bekommt zu hören, dass er, der Staatsanwalt, schließen müsse, es läge ja noch nicht einmal ein Signalement vor. Sogar das mit den Hotels sei voreilig, aber das lasse er für dieses Mal durchgehen.

Im Tempo von nicht mehr als einem Millimeter pro Sekunde legt Reto auf, damit er den Hörer nicht mit so viel Wucht auf den Apparat knallt, dass das Plastik zersplittert. Er spürt heftigen Widerwillen gegen überhaupt alles.

Nach mehreren tiefen Atemzügen inspiziert er dann die neueste Version der Excel-Datei auf dem Server mit Einträgen zu Ausländern. Sie ist beeindruckend lang und enthält nichts von Bedeutung.

Genau, was er erwartet hat. Dieser Friederich Müller und sein Helfer würden enttäuscht sein, viel mehr als taube Nüsse bekommen sie nicht. Er kopiert das Dokument auf seinen Rechner und lädt es dann dem Kurt Knechtle hoch, der sich bis jetzt genau einmal gezeigt hat. Nur um sich über den zugewiesenen Arbeitsplatz zu beklagen. Er sei zu wenig abgeschottet, und sich dann im Viamala einzuquartieren, weil im Weiss Kreuz alle Zimmer besetzt waren.

Reto schüttelt den Kopf. Von der versprochenen Unterstützung spürt er bis jetzt kaum etwas. Die wenigen Anmerkungen auf der hin und her geschickten Datei haben keine Ergebnisse gebracht. Also gedenkt er nicht, sich anzustrengen. Der Typ mag sich die Zähne am kargen Material ausbeißen, und wenn er mehr wissen will, kann er ja nachfragen.

Er will sich schon erheben und heim, als ihm einfällt, was er sich gestern nach dem Vortrag vorgenommen hat. Bis er beim Flughafen an den richtigen Mann kommt, dauert es eine Weile. Schade, dass nicht seine Bekannte Dienst hat. Der Kerl stellt sich sperrig an, tippt dann aber die Daten ein und bekommt Hank Miller prompt auf den Bildschirm. Der Typ ist anscheinend unverfroren ganz offen eingereist. Auf die weitere Frage nach einer früheren Ein- oder Ausreise, vermutlich unter anderem Namen, Manfred Walther etwa, blockt der Flughafenpolizist. Das brauche Zeit und einen durch die Staatsanwaltschaft bestätigten Auftrag.

Reto knirscht mit den Zähnen, formuliert die Anfrage, mailt sie Bruderer aufs Büro (nochmals will er sich wegen der Störung der staatsanwaltlichen Samstagsruhe nicht abkanzeln lassen).

Und erst als er nach Hause geht, wird ihm die erstaunliche Präzision bewusst, mit der auch diesmal zugeschlagen worden ist. Dieses Benutzen der Kirchenglocken, um unbemerkt eindringen zu können, weist zusammen mit der Tatsache, dass niemand etwas gehört hat, auf ein gezieltes Vorgehen. Der Verbrecher musste genau gewusst haben, wann und wo zuzuschlagen ist. Entweder hat jemand für ihn recherchiert oder er hat das selbst getan. Er entschließt sich, die Reaktionen auf die Hotelumfrage abzuwarten. Wenn sich dabei Verdächtige ergeben, mitsamt Personenbeschreibung natürlich, dann würde er in Almens nochmals nachforschen lassen.

26

„Martha Lendi?", fragt die Dame beim Empfang zurück. Und als Maria nickt, fährt sie weiter: „Die ist auf der Intensivstation, und ich muss zuerst nachfragen, ob Besuche erlaubt sind. Außer von nahen Verwandten natürlich. Sind Sie das?"

„Nein, aber eine gute Freundin von ihr. Wir stehen seit vielen Jahren in Kontakt."

„Dann muss ich fragen, ob es geht."

Sie telefoniert, Maria hört zu: „Ja, eine Freundin, Maria Caflisch heißt sie."

„Aha! Ja, sie sagt, sie kenne sie schon seit Langem."

Dann wendet sie sich ihr zu: „Der Arzt möchte wissen, ob Sie Pflegeerfahrung haben."

„Nein, nicht direkt. Aber ich werde vorsichtig sein und sie nicht stören."

„Sie sagt Nein, möchte sie aber doch besuchen."
„Nein, sie hat nichts mit."

Sie lauscht in den Hörer und wendet sich dann Maria zu. „Er möchte Sie kurz sprechen, würden Sie bitte warten."

Der Doktor ist dünn und bewegt sich fahrig: „Also, wir konnten ihren Zustand stabilisieren."

„Dann ist sie gerettet?"

„Wenn keine Verschlechterung eintritt. Sie ist nicht mehr die Jüngste, zum misshandelten Arm kommen innere Verletzungen und eine schwere Gehirnerschütterung. Wie gesagt, wir haben sie operiert, und eigentlich sollte der Heilungsprozess einsetzen. Aber absolute Sicherheit gibt es nicht."

„Wie soll ich mich verhalten?"

„Berühren Sie sie auf keinen Fall, versuchen Sie nicht, sie in ein Gespräch zu verwickeln. Sie steht unter Medikamenten, aber wenn sie aufwachen sollte und Ihnen Fragen stellt, dann geben Sie ganz einfache und beruhigende Antworten. Kennen Sie sie gut?"

„Seit vielen Jahren."

„Sie hat nach einer Maria gefragt und wohl Sie gemeint. Vielleicht spricht sie wieder. Bleiben Sie vorsichtig!"

Maria schaut auf das hohlwangige Gesicht ihrer Freundin, zwei Pflaster bedecken Teile davon. Zum einen Arm führen Schläuche, der andere ist eingebunden. Wo die Kabel befestigt sind, kann sie nicht sehen, doch dienen sie offensichtlich der Anzeige der Körperfunktionen. Sie versteht nur den Herzschlag, der Puls ist erhöht, aber darüber hinaus sagt ihr die Kurve nichts. Sie kann bloß hoffen, dass alles gut verläuft, sicher ist sie nicht. Einmal hat sie einen Bekannten verloren, in diesem Spital sogar, aber, so beruhigt sie sich, so etwas passiert ja nur selten.

Leise und ein wenig zitterig zieht sie einen Stuhl heran und setzt sich. Sie fühlt sich hilflos, sie kann so gar nichts tun. Die Dame am Empfang hatte wohl nicht ganz Unrecht, sie ist hier eher eine Störung. Aber, weist sie sich innerlich zurecht, wenn sie schon hier ist, kann sie auch ein wenig verweilen. Vielleicht hilft allein schon ihre Anwesenheit, wenn sie selbst positiv ist.

Plötzlich beginnt Martha zu murmeln, seufzt auch dazwischen, wird unruhiger. Gespannt beugt Maria sich vor. Verstehen kann sie nur einige Worte: „Tüte, Papier, Ausländer, Geld" sind darunter und immer wieder, wie alles überschattend: „Mann". Dazwischen stöhnt die Verletzte und beginnt, sich zu bewegen.

Behutsam erhebt Maria sich, verlässt das Zimmer und winkt eine Schwester heran: „Die Patientin ist unruhig geworden, können Sie nach ihr sehen?"

Die Pflegerin folgt ihr, beobachtet und verändert dann sorgsam eine Einstellung. „Ich gebe ihr ein wenig mehr Beruhigungsmittel. Bleiben Sie noch eine Weile?"

„Ja!"

„Wenn sie nicht ruhiger wird, drücken Sie den Knopf dort. Ich werde melden, was passiert ist, es wird dann ein Arzt kommen."

Maria setzt sich wieder hin und wacht. Das Murmeln wird leiser, sie versteht nichts mehr. Von Zeit zu Zeit zuckt die Gestalt, aber weniger als zuvor, so scheint es ihr. Schließlich erhebt sie sich, meldet sich beim Empfang ab und tritt ins Freie. Erst jetzt beginnt sie zu schluchzen. Tränen laufen ihr übers Gesicht, sie muss sich auf die Bank dort setzen.

Zuletzt entnimmt sie ihrer Handtasche einen Spiegel und besieht ihr Gesicht: Himmel, so kann ich aber nicht auf die Straße! Hastig sucht sie eine Toilette auf, beseitigt die Spuren und geht.

27

Ivan trägt die besten Klamotten, denn er weiß, dass Dschemilow, sein Führungsoffizier, gerne gut gekleidet an verruchte Orte geht. Auf einen Blick sieht er, wie er den Raum betritt, mehr gleich- als verschiedengeschlechtliche Paare. Ihn stört das nicht. Er erinnert sich an Erlebnisse auf Kriegsschauplätzen, die diesen Möchtegernabschaum glatt erblassen ließe. Aber damit zu prunken findet er weder angebracht, noch hegt er derart kindische Bedürfnisse. So steuert er bloß mit muskulösem Schritt dem Tisch zu, an dem seine Zielperson sitzt, oder auch die Person, deren Ziel er ist, wohl merkend, dass ihm etliche Blicke, männliche und weibliche, lüstern nachschweifen.

Dschemilow, so sein falscher Name, empfängt ihn mit jenem faden Lächeln, das Außenstehenden blasiert erscheint, den Eingeweihten aber beherrschte Wut anzeigt, die sich jederzeit in Form tödlicher Taten entladen kann. Ivan lässt das kalt. Er nimmt Platz und grüßt dann leise auf Russisch. Das Interesse der Umgebung an ihm erlischt, offensichtlich ist er vergeben.

„Tja", beginnt er schließlich, mit gedämpfter Stimme bei der Sprache bleibend, im Wummern der Musik nur noch jemandem in intimem Abstand verständlich. „Da bin ich ja zu spät in dieses Land gekommen."

„Erzähle!", grunzt der Offizier. Das muss man ihm lassen, wenn es in seinem Interesse liegt, beherrscht er sich vollkommen.

Ivan lehnt sich zurück, schwenkt den Wodka in seinem Glas und beschreibt, er sei geradlinig und direkt vorgegangen, habe aber erfahren müssen, dass Regula Ambach bereits tot gewesen sei, während ihre Wohnung, ihr Büro und alle wichtigen Punkte, an denen die Papiere nach den erhaltenen Informationen sein könnten, immer noch überwacht werden. Das habe ihn natürlich nicht daran gehindert, das schwächste Glied der Kette zu knacken und diese Martha Lendi fachmännisch zu verhören.

Er könne, seine Erfahrung befähige ihn dazu, versichern, dass die Regula die Verträge nach diesem Almens mitgenommen habe, sie dann aber irgendwo außer Haus versteckt habe, im Wald vielleicht.

„Auffindbar?"

„Etwa so wahrscheinlich wie einen Hauptgewinn in einer großen Lotterie zu ziehen. Zudem wird das Gelände überwacht, das ist ein weiteres Zeichen, dass meine Behauptung zutrifft."

„Machen Sie trotzdem weiter!"

„Meine Absicht, aber ich benötige zusätzliche Informationen."

„Sie bekommen neue Papiere und einen Kleinwagen", umschifft der andere die Forderung. „Alles ist schon vorbereitet, ich gebe Ihnen nachher den Schlüssel und zeige Ihnen, wo das Auto steht. Es sind andere Kleider drin, vernichten Sie alles, was Sie schon einmal getragen haben."

„Die haben hier so Sammelstellen. Es ist viel unauffälliger, das Zeugs dort hineinzuwerfen, als es zu entsorgen."

„Interessiert mich nicht." Ivan merkt, dass er einen Punkt eingebüßt hat, und der andere fährt überheblich fort: „Verändern Sie auch Ihr Gehabe, dann erkennt man Sie kaum noch. Sie sind nun so ein Tourist, der wandert."

„Und wie steht es mit Informationen?" Er ärgert sich, weil er bitten muss.

„Da gibt es eine Kanzlei hier, das heißt, von einer wissen wir, aber die Polizei durchsuchte sie bereits, da finden Sie nichts mehr, also brauchen Sie nicht hinzugehen. Wir glauben nicht, dass die Verträge je dort waren."

Ivan nickt zustimmend, fragt aber nicht weiter, sondern wartet, bis der andere fortfährt: „Achten Sie auf diesen Reto Caviezel. Der leitet die Ermittlung, und mit etwas Glück führt er Sie ungewollt an die richtige Stelle. Es sollte dann für Sie kein Problem sein, ihn abzumurksen und die Ware in die Hand zu bekommen. Im Auto hat es ein Mobiltelefon. Es ist Prepaid, Anrufe damit können nicht rückverfolgt werden. Zwei Nummern sind einprogrammiert. Führen Sie den Befehl aus, wählen Sie dann die erste und sagen Sie, Sie kämen früher heim, man solle das Essen auf den Tisch stellen. Dann nehmen Sie irgendwo den Zug und fahren nach Illanz. Dort holt man Sie ab."

„Dann ist die zweite Nummer für den Fall, dass ich die Papiere in der Nacht in die Hände bekomme und für Stunden kein Zug fährt."

„Richtig, sie darf nur in einer derartigen Situation benutzt werden."

Innerlich ärgert sich Ivan, weil die Mitteilungen so kärglich sind, aber er weiß, dass es keinen Zweck hat, darauf herumzureiten. Andererseits gibt ihm das Freiheiten. Er würde schon sein Ziel erreichen. Was aber ein Feuergefecht anging, das würde er schon zu seinen Gunsten entscheiden.

28

Der Raum sieht sonntäglich aus, doch das fällt Hugo nicht auf, denn er schaut leicht nervös zu, wie Maria Kaffee zubereitet. Er erinnert sich an die Zusage, die er gegeben hat, doch bleibt es dabei, dass er einfach zu wenig weiß. „Schön haben Sie es hier", beginnt er schließlich und deutet zum Fenster, durch das Häuser und dazwischen eine besonnte Landschaft zu sehen sind.

Maria lächelt kurz: „Früher war die Aussicht besser, aber sie haben halt gebaut, wie vielerorts." Sie reicht ihm die Tasse und setzt sich. Dann beginnt sie: „Es ist ganz schrecklich."

„Ist etwas geschehen? Ich habe noch nichts erfahren, denn untertags höre ich nie Nachrichten und sehe auch nicht fern. Gestern las ich noch nichts in der Zeitung."

Dann erschrickt er, weil sie so zu zittern beginnt, dass sie ihre Kaffeetasse hinstellen muss. Tränen rollen über ihre Wangen, und schließlich antwortet sie mit erstickter Stimme: „Meine Freundin ist überfallen und grauenhaft gequält worden. Sie ist im Spital, und ich weiß nicht, ob sie stirbt."

„Ist das diese Frau, bei der Regula gewesen ist?"

„Ja. Warum haben Sie nichts unternommen?"

Hugo zuckt zusammen: „Weil ich nichts unternehmen kann, was die Polizei nicht viel besser kann."

„Aber Sie sind doch Professor für das Denken."

Diese Antwort klingt so absurd, dass er für einen Moment ein unpassendes Lachen niederzukämpfen hat. Dann beginnt er zu erklären: „Wissen Sie, auch, wenn ich über das Denken einiges weiß, so bin ich doch kein Zauberer. Es kam zwar vor, dass ich Gedanken wahrnahm und manchmal auch etwas bewirken konnte." Er holte tief Atem: „Nun, bei dieser Geschichte, da ist es für mich viel schwieriger. Ich weiß fast nichts. Worauf soll ich bauen können? Ich muss zuerst wissen, um dann zu sehen."

„Sie könnten es versuchen. Da läuft ein Scheusal frei herum. Da wird es noch mehr Unheil geben."

„Also, beginnen wir mit dieser Regula. Wissen Sie irgendetwas von ihr, etwas, was für sie so wichtig war, dass es sie kontrollierte."

„Geld vielleicht", begann Maria unsicher. „Geld und …" Sie bricht ab und runzelt die Stirn.

„Finanzen, das stand in den Zeitungen. Aber was ist mit dem und?"

„Martha hat mal eine abschätzige Bemerkung gemacht, über sie, sie sei zum Islam konvertiert. Aber sie ist nie näher darauf eingegangen, und es ist sicher zwei Jahre her."

„Seit sie das zu Ihnen gesagt hat?"

„Ja."

„Könnten Sie mir mal das Telefonbuch geben?"

Maria steht auf und holt es, Hugo beginnt im Teil Chur zu blättern. „Da!" er zeigt auf die Stelle. „Da haben wir es. Sie betreute nachhaltige Anlagen und solche nach islamischem Recht. Das ist eine erste Fährte."

„Sie meinen, der Täter sei ein mohammedanischer Terrorist gewesen?"

Hugo schüttelt den Kopf: „Kaum. Sie arbeitete ja anscheinend für diese Seite. Wir wissen von nichts, das darauf hinweist, sie habe diese Leute verraten. Wenn allerdings, dann würden die sie getötet haben. Wenn die sich rächen, dann töten sie. Aber sie hätten keinen Grund, diese Gastgeberin so zu misshandeln. Die autoritären Regimes dort, ja, die foltern, aber die sind sozusagen auf der falschen Seite."

„Dann verstehe ich nicht, was Sie meinen."

„Die Gegenspieler, das könnten die Amerikaner oder die Israeli sein, aber auch eine dritte Partei, die Lunte gerochen hat. Der Typ muss etwas gewollt haben. Aber auch da sehe ich nicht klar. Wer hat diese Regula umgebracht? Das braucht nicht derjenige zu sein, der Ihre Freundin überfallen hat. Ich muss wiederholen: Ich sehe gar nicht klar."

„Und die würden das machen, die Amerikaner oder Israeli, einfach so hier in der Schweiz?"

Hugo gibt darauf keine Antwort: „Der Täter muss in einem Krieg gekämpft haben. Ich habe einmal gelesen, schwer Verwundete seien der größere Schaden für die eigenen Truppen als Tote. Sie demoralisieren mehr und sie binden Kräfte. Die beiden Vorgehensweisen sind sehr verschieden. Ich habe mich theoretisch mit Tatprofilen befasst, sie als Abbilder innerer Gedankenmuster aufgefasst und geschaut, was dabei herauskommt, für meine Studien. Wissen Sie noch etwas?"

„Ich war bei ihr. Sie hat immer wieder ‚Mann' gemurmelt, ich denke, sie hat den Verbrecher gemeint."

„Das trifft sicher zu. Es war also ein Mann, aber das habe ich sowieso angenommen. Was sagte sie noch?"

„Tüte, Papiere, Geld und Ausländer, solche Worte hat sie wiederholt gemurmelt. Mehr verstand ich nicht."

„Ich würde nun meinen, er hat sie ausgequetscht, und wenn meine frühere Vermutung stimmt, dann hat sie mit Papieren Verträge gemeint. Sehr wichtige überdies. Wenn unsere Fährte da wirklich zutrifft, dann waren beide hinter diesen Dokumenten her – der, der Regula umgebracht hat und der, der Ihre Freundin gefoltert hat. Und vielleicht sind es ausländische Agenten oder Wirtschaftsspione."

„Wieso meinen Sie, dass die Spur womöglich keine ist?"

„Der Mensch neigt dazu, Muster zu erkennen. Das half ihm in Urzeiten enorm beim Überleben. Aber für einen Mentalogen ist das ein Problem. Ich erkenne Strukturen in den Ereignissen und durch sie die Gedanken dahinter. Aber wenn ich eine Regelmäßigkeit zu sehen glaube, wo in Wahrheit unabhängige Ursachen vorliegen, dann führt mich das von Beginn an weg in die Irre. Nur zum Beispiel: Wenn ich Papiere mit Verträgen gleichsetze, muss ich schon ziemlich spekulieren. Und wieso sollte Regula Ihre Freundin eingeweiht haben? Erscheint mir als höchst unwahrscheinlich. Daher nehme ich an, der Folterer habe nach Papieren gefragt, schon wieder eine Spekulation, ich fülle Lücken damit auf. Darum bin ich unsicher. Ich kann nicht verifizieren, was ich vermute, die Daten reichen bei Weitem nicht. Ah, die Adresse, das ist doch ziemlich zentral?"

„Ich war nie bei dieser Regula, aber es muss ganz nahe bei der Migros, diesem Kaufhaus, sein."

Hugo seufzt: „Eine passende Adresse. Widerlegt wenigstens meine Linie nicht, aber weiter komme ich damit auch nicht."

„Sie sollten zur Polizei gehen."

Er will gerade erklären, dass er sich da nicht einmischen wolle, als ihm das feige vorkommt. Somit antwortet er ganz anders: „Vielleicht zu diesem Frager am Abend, der gehört doch dazu, Caviezel heißt er und hat sich vorgestellt. Tun die wenigsten."

„Er hat mich befragt, er ist Polizist."

„Aber er weiß nicht, was Sie im Spital gehört haben. Sie sollten mitkommen und erzählen, was Ihre Freundin gesagt hat."

„Er würde mich auslachen. Und außer diesen wenigen Worten habe ich ja schon alles erwähnt."

„Das glaube ich nicht, dass er Sie auslacht, meine ich. Er ist kaum der Typ dazu. Und es handelt sich um Schlüssel, zumindest ist das wahrscheinlich. Also, wir gehen zusammen, dann, wenn es Ihnen möglich ist."

„Sie wissen ja nun, was ich gehört habe. Deswegen muss ich doch nicht zur Polizei, das wäre lächerlich."

„Schon gut, dann gehe ich allein und werde versuchen, den Fall mit ihm zu besprechen. Aber wenn er zugeknöpft ist und mir keine Hinweise gibt, kann ich nur raten, und das bringt nichts."

Er schweigt und starrt ins Leere, bis sie schließlich fragt: „Haben Sie noch eine Idee?"

„Keine vernünftige. Ich überlege bloß, warum das in der Schweiz passiert und sogar hier im Domleschg."

„Dazu kann ich nichts sagen."

„Im Grunde überrascht mich das nicht. Die bürgerliche Mehrheit, die unser Land regiert, für die steht Geld an erster Stelle, und alles andere muss sich dem unterordnen oder ist gar bloß Folklore. Daher hat sie auch die Tore weit geöffnet für alle möglichen dubiosen, aber rentablen Geschäfte, und dazu gehört auch diese Sache. Aber hier in diesem Tal, das macht kaum Sinn, außer …" Er hält für einen Moment inne und kratzt sich ganz und gar nicht akademisch am Kopf, bevor er fortfährt: „Vielleicht ist etwas schiefgegangen. Aber ich weiß wirklich zu wenig. Ich begreife es einfach nicht."

29

Friederich Müller schlägt einen Spaziergang vor, und so wandern sie zusammen Richtung Waldbad. Zuerst händigt Reto ihm die neueste Version der Liste aus, sie umfasst nun sechsundzwanzig Namen: „Die haben wir als irgendwie verdächtig beurteilt, aber fast alles ist nahezu nichts wert. Drei hat Ihr Kollege noch bei seiner letzten Durchsicht markiert, ich halte sie eher für harmlos. Dann dieser Remo Cavalli, Kellner, gleicht einem Ihrer Fotos, hat aber serviert bis kurz vor der Zeit des ersten Mordes und bestreitet jeden Kontakt mit der Ambach."

„Sie haben ihn verhört? Ist er wirklich der auf dem Foto?"

„Unser Barandun hat ihn vernommen, der Typ verhielt sich reichlich nervös, aber mein Kollege zweifelt, dass er der Fotografierte ist. Wer immer von euch für diese Bilder zuständig ist, der sollte ihn sich vielleicht mal ansehen."

Müller zuckt die Achseln: „Und diese engere Auswahl aus Ihrer Sicht?"

„Nun, da wäre dieser Achmed Ayali, soll in Lohn investieren wollen. Völlig unrealistisch, in der Region scheiterten schon früher ambitiöse Projekte, daher tippe ich auf einen anderen Grund. Er ist im Moment in Andeer. Die Polizei dort überwacht ihn, hat aber wenig Kapazität. Er ist zweimal auf dem geplanten Bauplatz gewesen, fährt auch sonst etwas herum, es ist nichts Verdächtiges gemeldet worden."

„Und was stört Sie?"

„Dass es keinen Sinn macht", bricht es aus Reto hervor.

„Wir vermuten, dass er die Verträge übernehmen sollte, wohl nur kurzfristig oder als Ersatzmann der Ersatzfrau." Er kichert kurz ob des blöden Wortspiels. „Denn um absolut wichtige Dokumente geht es in der Sache, das ist gewiss. Als seine Auftraggeber von Regulas Tod erfuhren, befand er sich bereits in der Schweiz, suchte Luzern auf. Vielleicht dient er auch nur der Ablenkung.

Es wäre ja irgendwie dümmlich, einen arabischen und zudem so auffälligen Kontaktmann zu benutzen."

„Wäre ein doppelter Bluff. Haben Sie noch einen Kandidaten?"

„René Marchand, ein Franzose, die Nummer siebzehn der Liste, logierte für zwei Nächte im Thermalbad Alvaneu und reiste ab, bevor meine Leute sich dort erkundigten. Er hat übrigens ein Alibi, hielt sich bis nach elf in der Bar auf und ging dann aufs Zimmer. Kann arabisch und verkehrt in linken Gruppierungen. Als Mörder kommt er nicht infrage. Doch könnte er später in der Nacht das Haus verlassen haben und hätte Kontakt aufnehmen können, wenn sie gekommen wäre, natürlich. Am Tag danach ist er am Nachmittag etwa um vier Uhr abgereist, obwohl er damit für eine zusätzliche Nacht zahlen musste. Macht auch von der Richtung her Sinn, die sie eingeschlagen hat."

Reto schüttelt den Kopf: „Bedeutungslos. Sie wollte sicher diesen Gian Tschupp treffen. Aber der sollte sie vielleicht dorthin chauffieren. Er fährt Motorrad."

„Die Verträge könnten anderswo versteckt sein."

„Nur haben wir sie nirgendwo gefunden."

„Suchen Sie weiter!"

„Um andere vom Finden abzuhalten?"

„Nicht zuletzt deshalb. Sonst noch was?"

„Eine muslimische Familie aus Deutschland, die in Oberurmein Ferien macht. Aber die hat sich nicht gerührt und es sind zwei Kinder dabei."

„Die wären Tarnung im Fall, insgesamt aber unwahrscheinlich. Wer noch?"

Reto zuckt die Achseln: „Ich habe keinen einzigen handfesten Hinweis. Aber diesem Amerikaner, dem Hank Miller, dem traue ich nicht."

Es folgt keine Antwort, sie schreiten schweigend weiter. Dann gibt sich Friederich einen Ruck: „Sie haben eine gute Spürnase. Es ist der gleiche Mann wie dieser Manfred Walther."

Reto stößt einen Pfiff aus: „Dann könnte er der Mörder sein."

„Ja, das ist denkbar, aber vergreifen Sie sich nicht an ihm, das gäbe viel Ärger."

Reto atmet kurz durch, schluckt plötzliche Wut hinunter und erklärt grimmig: „Abklärungen habe ich aber schon eingeleitet."

„Die können Sie ruhig weiterlaufen lassen. In diesem Geschäft ändern sich Notwendigkeiten täglich, und Material ist immer nützlich."

„Da habe ich dann noch jemanden, der auf diese Liste gehört, auch wenn ich keine Ahnung habe, wer es ist."

„Wie meinen Sie das?"

„Dieser Mittäter. Es gibt Spuren beim Mordplatz, im Zimmer der Ambach und in ihrer Wohnung in Chur. Sie waren zu zweit, der Mörder hat einen Helfer gehabt." Reto schaut sich plötzlich um, kann aber niemand entdecken. Sie sind allein. „Ich denke", fährt er fort, „beide sind aus diesem Agentenmilieu. Dieser Walther fuhr ein Mietauto, ich ließ nach weiteren nachforschen. Aber ich fand keine heiße Spur, nichts von einem verdächtigen Fremden und auch keinen Ausländer auf Ihrer Liste. Wie sagt man? Maulwurf oder nicht? Hat es einen hier in der Gegend?"

Friederich lächelt: „Ist wohl kaum die Gegend, in der die sich niederlassen."

„Da wäre das WEF. Da wird sicher spioniert. Und Chur ist nahe bei Zürich, dem Wirtschaftszentrum."

„Was aber nicht heißt, dass sich nur deswegen jemand hier einnistet. Ich weiß von nichts, und wenn ich das sage, lüge ich Sie nicht an. Aber ich kann vertieft nachfragen. Wenn ich etwas herausfinde und Sie informieren darf, werde ich das tun."

Reto sitzt hinter dem Steuer seines Wagens. Dieser Müller! Hat der gebluffst? Er spielt so auffällig die Unschuld vom Lande! Heißt das, dass der Mittäter doch hier ansässig ist? Dieser Mord, er weist auf Ortskenntnis hin und auf Wissen um die Lebensweise der Ambach. Der Walther ist Hank, der eingereiste Killer. Und wen hat er nun im Visier? Er schaudert plötzlich. Der zweite Mann der unentbehrliche Ortskundige. Auch wenn sich heute jeder über das Internet gut informieren kann, so reicht das nicht für die Präzision, die dieses Verbrechen kennzeichnet, schon gar nicht hier draußen.

Seine Finger üben bereits Druck auf den Zündschlüssel aus, als ihm ein weiterer Einfall kommt. Er braucht DNA vom Amerikaner. Nur so zur Sicherheit. Aber ein Durchsuchungsbefehl, das würde schwirig werden.

Ihm fällt etwas ein, er greift nach dem Mobiltelefon: „Hallo Moni, ich bin es. Entschuldige, dass ich deinen wohlverdienten Sonntag störe. Aber du kennst doch eine Bedienstete im Weiss Kreuz sehr gut. Könntest du organisieren, dass wir ein Handtuch dieses Hank Miller bekommen, bevor es in die Wäsche gelangt? Ich brauche seine DNA!"

„Ja, ich weiß, es ist nicht legal. Sag deiner Freundin, sie soll keine Risiken eingehen, weder will ich ihr Ärger bereiten noch können wir weiteren gebrauchen. Und sie soll über die ganze Sache schweigen!"

30

Heinz mag den Spitalgeruch nicht. Obwohl, er gibt es zu, es riecht weniger penetrant als früher. Aber gewisse Erinnerungen sind zählebig. Wie gut, dass ihn damals die Schüsse verfehlten, dort im Nahen Osten. War es schon in der Schweiz schlimm gewesen, dort … Er will nicht daran denken.

Er reißt sich zusammen und steuert zum Empfang, von wo ihm gerade ein hochgewachsener, hagerer Typ mit schütterem braunem Haar entgegenkommt. Für einen Moment ist er unsicher, grüßt beinahe, denn der Mann, den hat er doch irgendwo gesehen? Doch der beachtet ihn nicht, reagiert nicht, geht ruhig knapp an ihm vorbei auf den Ausgang zu. Alles dauert nicht länger als eine Sekunde. Er muss sich getäuscht haben.

Aber wie er sich da weiterbewegt, sieht er nicht, dass der Große sich, gerade bevor er das Gebäude verlässt, nochmals kurz umdreht und ihn mustert. Ahnungslos spricht der Reporter die Dame am Empfang an: „Ich würde gerne Frau Lendi besuchen."

Sie fixiert ihn so scharf, dass er unwillkürlich die umgehängte Kamera hinter seinen Rücken schiebt. Zu spät, denn sie fragt: „Würden Sie sich bitte ausweisen?"

„Das ist doch nicht nötig!"

„Ärztliche Verfügung. Die Patientin hat Besuchssperre, nur nächste Verwandte dürfen zu ihr."

Heinz weiß, wann er verspielt hat. „Oh! Da gehöre ich nicht dazu." Aber er kann es sich nicht verkneifen: „Der Hagere vorher, der ist nicht mit ihr verwandt, die kenn ich ja alle. Warum durfte der?"

„Ich hab ihn auch fortgeschickt!"

„Oh! Da habe ich einen falschen Eindruck bekommen."

Die schmale Gestalt liegt reglos im Bett, nur von vielen Schläuchen am Leben gehalten. Lethargisch zeichnen Lichtpunkte Kurven auf einen

Bildschirm und zeigen, wie der Körper sich gegen das Sterben wehrt. Nervös blinzeln Lichter, als fürchteten sie den Tod.

Bruderer steigt das Blut in den Kopf und färbt ihn rot. Seine Hand schießt zum Telefon, wütend wartet er, bis der andere abnimmt. „Warum bekam dieser Reporter Zutritt zu dieser Lendi? Wieso haben Sie das schon wieder versiebt?"
„So! Er habe keinen Zutritt, behaupten Sie!"
„Was, er soll lügen? Sogar ein Foto ist da! Da, hören Sie!" Er liest vor, was oben steht und dann weiter:

„Von Zeit zu Zeit zuckt ein Muskel in ihrem Gesicht und zeugt von der Untat. Und was tut die Staatsanwaltschaft?"

Er unterbricht seinen Vortrag und schmettert in den Hörer: „Der Staatsanwalt! Das steht da! Haben Sie das gehört? Dabei lassen wir einen Mörder frei herumlaufen und einen Folterer dazu. Und was tun Sie? Nichts! Rein gar nichts!"

Auf der anderen Seite des Drahtes, den es ja so nur noch literarisch gibt, steigt nun Reto das Blut in den Kopf und rötet ihn ebenfalls. „Den Mörder!" Dann bellt er: „Holen Sie ihn beim Geheimdienst ab. Die können Ihnen genau sagen, wer es ist, mir wurde es verboten!" Und schweigt. Scheiße, denkt er, da hätte ich aber die Schnauze halten sollen. Jetzt habe ich mich aber in die Kacke geritten, so richtig saftig. Ist das wieder mal ein so richtig scheußlicher Montagmorgen? Merkwürdig, am anderen Ende herrscht Schweigen. Da braut sich Übles zusammen. Zitternd legt er den Hörer auf.

Er wuchtet sich aus dem Drehstuhl, stützt sich für eine Sekunde auf den Schreibtisch und geht dann hinüber. „Ist der ‚Blick' von heute da?"

Die Postenchefin reicht ihn ihm zusammen mit einem ermutigenden Lächeln. Sieht man ihm seine Misere so deutlich an? Er überfliegt das Elaborat. Haltloses Gequatsche. Um das zu schreiben, muss der Kerl nicht im Krankenzimmer gewesen sein. Und das Foto? Er schaut genauer hin, ein Allerweltsbild einer kleinen, mageren Frau im Spitalbett, aber nicht die richtige! „Der dichtet", ruft er.

Er liest weiter. Der Bärlocher hat sich voll ausgetobt. Nicht nur der Bruderer, auch er kriegt sein Fett ab, und im ganzen Domleschg zittern die Leute in ihren Häusern. Reto schnaubt. So schnell zittern da nur ein paar Feiglinge. Und dann, ja, da wird es interessant. Nach reißerischem Geschwafel folgt:
Mit Sicherheit hängen die beiden Verbrechen zusammen. Mit Sicherheit ist Regula Ambach das verbindende Glied. Doch da steckt noch mehr dahinter. Darum können wir weitere sensationelle Artikel versprechen. Denn da ist noch ein Geheimnis, der unsichtbare Mann. Alles deutet auf den hin. Bald werden Sie mehr erfahren.

Reto lässt das Blatt sinken. So ein Ar..., denkt er und denkt aus juristischen Gründen nicht weiter. „Moni", beginnt er.

„Ja!"

„Ich muss jetzt leider weg, muss diesen Bauer befragen, den Finanzhengst, dann nach Gümligen. Ich kann mich nicht um den Journalisten kümmern."

„Hältst du ihn für gefährdet?"

„Genau! Informiere bitte Erich Arpagaus und den Bruderer, Bärlocher sei bedroht. Wir haben die Kapazität nicht, ihn zu schützen. Es braucht zwei Mann dafür, mindestens. Und sofort."

„Oh! Soll ich dir das Nein jetzt schon mailen oder gerade mündlich mitteilen?"

„Nicht nötig, es genügt, wenn du mir die Antworten weiterleitest. Ja, und informiere sie gerade noch, das Foto sei nicht das der Lendi. Ich konnte sie ja nicht vernehmen, aber doch rasch sehen. Das Gesicht ist bloß ähnlich. Auch stimmen die Verbände nicht."

„Übrigens …"

„Ja?"

„Hast du die Südostschweiz gelesen?"

„Nein, dazu habe ich im Moment leider keine Zeit."

„Da war ein rätselhafter Einbruch. Könnte das vielleicht mit deinem Fall zusammenhängen? Ich habe so das Gefühl"

„Typisch! Und wir werden nicht informiert. Aber jetzt muss ich weg!"

„Und ich werde versuchen herauszukriegen, ob die Ambach die betroffene Kanzlei benutzte."

31

Reto schätzt den Banker kurz ab, spürt Anzeichen von Stress und entscheidet sich für angriffiges Vorgehen: „Ich brauche Informationen über diesen Achmed Alayali."

„Haben Sie eine richterliche Verfügung?"

„Noch nicht!"

„Tut mir leid, dann kann ich Ihnen nichts sagen."

„Sie dürften recht haben, außer mit der grammatikalischen Zeit. Jetzt tut es Ihnen nicht leid, aber es könnte sein, dass sich das noch ändert."

Der Begleiter Bauers schaltet sich ein: „Eine solche Drohung dürfte Sie schwer belasten."

„Erstaunlich! Wollen Sie damit andeuten, ich erpresse Ihren Mitarbeiter hier?"

„Eine durchaus plausible Lesart."

„Mag Ihnen so vorkommen. Aber überlegen Sie sich doch, was angenehmer für Sie und zweckdienlicher für Ihre Institution ist. Wägen Sie einfach die Vor- und Nachteile gegeneinander ab. Auf der einen Seite ein Gespräch hier in einem von Ihnen kontrollierten Rahmen und unauffällig obendrein, auf der anderen Seite eine polizeiliche Vorladung, und wir kontrollieren die Bedingungen, im gesetzlichen Rahmen, selbstredend."

„Wieso kommen Sie dann hierher, wenn Sie haben können, womit Sie drohen?"

„Es wundert mich, das einem Banker erklären zu müssen." Reto hat die Genugtuung, dass sich auf den beiden Gesichtern eine leichte Röte abzeichnet. „Zeit", nimmt er den Faden auf. „Jetzt sind mir Ihre Informationen von Wert. Bis dann alle Formalitäten erfüllt sind, viel weniger."

„Verstehe", antwortet Bauer knapp. „Ich werde mir also das Recht nehmen, auf jede Frage zu antworten oder auch nicht. Bei gewissen Themen sicherlich nicht."

„Mich interessieren vor allem die Zeiten und weniger das Projekt. Das ist ja schon in den Medien, dazu habe ich im Moment keine ins Detail gehende Fragen."

Mario schweigt einen Moment, dann stimmt er zu: „Das sollte kein Problem sein."

„Das wären der Flug, seine Ankunft hier und wann er wie lange mit jemandem von Ihnen zusammen war. Wir verdächtigen ihn nicht, wir wollen eher sicherstellen, dass wir ihn ausschließen können. Wir rekonstruieren sozusagen sein Alibi."

„Genügt Ihnen eine Liste?"

„Ist sogar ideal, aber von Ihrer Seite unterschrieben. Wir werden sie vertraulich handhaben."

Der Banker ruft eine Sekretärin und erteilt ihr den Auftrag. Dann erkundigt er sich: „Sonst noch was?"

Reto zaubert vier Fotos hervor: „Erkennen Sie ihn auf einem davon?"

Bauer zögert unmerklich, dann deutet er auf das dritte: „Das ist er. Das hätten Sie ja auch anders eruieren können."

„Wir vergewissern uns. Gut, ich verstehe, der nächste Punkt mag für Sie etwas heikel sein. Dieses in der Presse erwähnte Projekt, so ungenau es auch dargestellt sein mag. Hat es einen realen Hintergrund oder ist es eine reine Erfindung eines Journalisten?"

„Keine Auskunft!"

„Schade. Ihnen zuliebe frage ich jetzt so: Das Projekt, das Herr Alayali Ihnen vorgestellt hat, könnte es das sein, von dem der Journalist geschrieben hat? Wobei dieser es sicher nur unvollkommen wiedergeben konnte."

„Es könnte das Gleiche sein."

„Besten Dank. Hat Herr Alayali von Ihnen etwas Illegales verlangt?"

„Hat er nicht!"

„Hat er um Kontakte nachgefragt, die ihm bei einem ungesetzlichen Vorgehen nützen könnten?"

„Einspruch!" Das kommt vom vorwiegend schweigenden Juristen.

Reto lehnt sich zurück: „Ich verstehe, aber vielleicht möchte Herr Bauer doch eine Antwort geben."

„Obwohl die Frage ungehörig ist, bin ich in der Lage, sie zu beantworten. Er hat nichts dergleichen gefragt, und wir hätten solche Auskünfte auch nicht erteilt."

Reto nickt: „Ich danke Ihnen. Von meiner Seite wäre das alles."

Ein echter Lackaffe, denkt Reto, als der Banker ihn hinausbegleitet. Ob sie ihm eine Zigarre verpassen?, fragt er sich. Er zuckt die Achseln, aber erst, nachdem er ihn losgeworden ist. Es kümmert ihn nicht. Einige Erkenntnisse hat das Gespräch ja gebracht. Der Ayalali ist hohl, wohl reine Ablenkung, kaum der Bote, an den die Ambach was auch immer hätte weitergeben sollen. Vermutlich sollte er nur ablenken. Also muss er einen Maulwurf in Betracht ziehen. Es überläuft ihn heiß. Da kommen Hunderte infrage.

Und er merkt plötzlich: Wenn er einen solchen bei Regulas Feinden annimmt, dann braucht es zwei, den arabischen und den Mittäter. Es überläuft ihn nochmals. Hat er die Spuren wirklich richtig gelesen? Haben der Mörder und sein unsichtbarer Helfer die Kette wirklich unterbrochen? Ebenso könnte der Mörder der vorgesehene Empfänger sein! Der hätte die Regula erschossen, um die gefährliche Zeugin loszuwerden und verlässlich mundtot zu machen! Und anschließend die Dokumente einfach genommen. In dem Falle wären sie an ihrem Bestimmungsort und Hank wohl gar unschuldig.

Sofort fällt ihm ein: Dagegen spricht die Rückkehr des Amerikaners. Und zudem wären unter diesen Voraussetzungen die Spuren am Tatort kaum zu verstehen. Nur: Wirklich sicher kann er nicht sein. Er holt tief Atem. Wenn er nur klarer sähe! Und vor allem: Solange er diesen Plunder nicht findet und die Verbrecher frei herumlaufen, sind weitere Untaten zu befürchten. Er fühlt einen Knoten, wie ein Stein im Oberbauch, der ihn am Atmen hindern will.

„Herr Baltensberger, Sie sind Vormund der Regula Ambach gewesen, bin ich da richtig informiert?"

„Ja, nach dem Tode ihres Onkels, da war sie schon Teenager. Ich habe von ihrer Ermordung erfahren, ich wüsste gerne mehr."

Reto sieht ins undurchsichtige, faltige Gesicht des Gegenübers: „Viel kann ich Ihnen nicht sagen, vor allem weil ich selbst nur wenig weiß. Besonders, was die menschliche Seite angeht."

„Die Presse ist so ungenau. Sicher haben Sie verlässlichere Informationen."

„Ich muss Sie aber bitten, zu schweigen."

„Das gehört zu meinem Beruf."

„Wir haben gute Hinweise, dass sie Botendienste für islamische Gruppen geleistet hat, gut bezahlte auch. Obwohl sie, wie wir annehmen, nur eine Nebenfigur war. Doch ihre Gegner haben sie erwischt und niedergeschossen. Sie starb sehr schnell, hat also nicht gelitten."

Der Treuhänder seufzt: „Wenigstens das! Ich warnte sie. Wir hatten noch losen Kontakt, sie traute mir. Aber weil ich nie verhehlte, dass mir ihre Wendung zum Islam bedenklich erschien, kühlte sich unsere Beziehung ab. Wir sahen uns nicht mehr oft in den letzten Jahren."

„Über ihre Arbeit und die damit verbundenen Kontakte, da äußerte sie sich nie?"

„Nur im Grundsätzlichen und schon gar keine Namen; sie hielt Finanzierungen nach islamischem Recht für moralisch besser als solche nach unserem System. Dagegen lässt sich ja wenig einwenden, wenn man sieht, wie unsere Finanzwirtschaft agiert. Aber sie war nicht stur. Sie hat auch andere Vehikel gepflegt. Auf Nachhaltigkeit hielt sie viel."

Reto nickt. Er hält es für unnötig, zu erwähnen, dass diese zweite Kategorie in ihrem Portefeuille über die Jahre hinweg schrumpfte und zuletzt bedeutungslos war. „Dann hielten Sie ihre Kontakte für suspekt?"

„Ich weiß kaum etwas davon. Darüber sprach sie nicht. Gerade dieses Schweigen beunruhigte mich. Ich horchte sie aus, höflich und dezent, konnte aber sofort spüren, dass sie sich zurückzog. Da ließ ich es bleiben."

„Sie beurteilten also ihre Geschäfte als bedenklich, weil sie sie geheim hielt?"

„Präzise formuliert! Geheimhaltung ist oft ein Alarmzeichen, und daher überraschte mich ihr Ende nicht, wenn es auch weh tut. Sie hätte Besseres verdient. Übrigens", er griff in eine Schublade. „Ich habe einige wenige Eckpunkte für Sie zusammengestellt, als ich erfuhr, dass Sie mich kontaktieren wollen."

„Besten Dank. Ich verstehe sie immer noch nicht. Nach allen Anzeichen muss sie eine kluge Frau gewesen sein, charakterstark und beherrscht dazu. Darum begreife ich nicht, wie sie sich da hineinreiten konnte."

Der Vormund schiebt sich in seinem Sessel zurück und trommelt mit den Fingern der Rechten auf sein Knie. Sein Mund ist jetzt verkniffen, die Muskulatur gespannt. Reto hat das Gefühl, ein einziges falsches Wort könnte das schwache Band zwischen ihnen zerstören und schweigt. Er wagt nicht einmal, sich zu regen.

Dann gibt der alte Mann sich plötzlich einen Ruck: „Ich möchte nicht, dass das Folgende öffentlich wird. Es hilft nicht, den Schuldigen zu finden, der vielleicht gar nicht der Hauptschuldige, sondern nur ein Handlanger ist."

Reto nickt langsam: „Ich verstehe. Was für die Überführung des Täters unnötig ist, werde ich nicht einmal ins Protokoll unseres Gesprächs hier aufnehmen. Ich denke, mir genügt, was Sie schon gesagt haben. Ich werde eine Zusammenfassung ins Reine schreiben und Ihnen zur Unterschrift zukommen lassen. Ihr Weg ins islamische Milieu ist dank Ihrer Memo vom Zeitverlauf her nachgezeichnet, und das ist es, was ich offiziell verwerten werde. Das zeigt, wie sie zum Punkt kam, an dem sie stand, als sie getötet wurde."

Der Baltensberger entspannte sich sichtlich: „Sie war Waise. Ihr Onkel nahm sie auf und hat sie jahrelang missbraucht. Im Dorf hier hat man das vielleicht nicht gewusst, aber einige haben zumindest geflissentlich alle Anzeichen übersehen. Und nach außen und wohl auch in der Familie gab der Kerl sich sehr christlich. Beten und vögeln, Kindsmissbrauch gar!" Hass färbt für einen Moment seine Stimme. „Kein Wunder, dass sie unsere Religion verabscheut hat."

Zur Abfahrt bereit im Auto sitzend, findet Reto das Gespräch merkwürdig. Wo stand der Vormund, als dieser Missbrauch geschah? Er greift nach den kärglichen Unterlagen, die er über Regulas Leben hier und auch ihn eingezogen hat. Das Material füllt keine A4-Seite. Aber die Daten erlauben eine grobe Einschätzung, das Mandat wurde erst erteilt, als Regula dreizehn war, ihr Onkel aber starb kurz nach ihrem zwölften Geburtstag. Der Jurist stand also während der kritischen Zeit mit ihr nicht in offizieller Verbindung. Aber er scheint sich Vorwürfe zu machen, er gehört wohl selbst zu jenen, die etwas hätten merken müssen. Reto schaudert und beschließt, der Sache nicht weiter nachzugeben. Zu den Ermittlungen trägt das nichts bei. Bevor er abfährt, notiert er noch das Wichtigste in Stichworten.

32

Am späten Montagnachmittag, Reto fährt gerade auf Zizers zu, meldet sich sein Handy. Er schnappt es und nimmt ab: „Caviezel, ich bin auf der Autobahn, machen Sie es kurz."
„Ah, du bist es, Moni!"
„Was, schon wieder ein Toter! Am gleichen Ort! Gut, ich fahre sofort hin."

Er wirft das Gerät auf den Nebensitz, gibt Gas und murmelt ergrimmt: „Nimmt das kein Ende? Wie viele muss es noch treffen?"
 Als er ankommt, liegt die Leiche transportbereit beim Wendeplatz, und die Experten sind schon verschwunden. Er wirft einen Blick auf das Gesicht und erkennt Bärlocher. Du hast zu viel geschrieben, denkt er. Wenigsten werden seine Artikel Hinweise liefern. Der unsichtbare Mann, diese Idee zuckt auf. Doch er sagt etwas ganz anderes: „Ist er hier getötet worden?"
 „Nein, weiter vorn, wenige Meter von der Stelle weg, wo die Ambach erschossen worden ist. Aber die Spuren sind verworren."
 „Wo hat man ihn denn gefunden?"
 „Nicht dort, der Mörder hat ihn ein Stück in den Wald hinaufgeschleppt. Ein Hund hat ihn gerochen, ein Spaziergänger mit einem Hund."
 „Ah! Also nicht der gleiche Tathergang."
 „Aber auch ein Schuss in die Brust, wohl ebenfalls ein Jagdgewehr, so wie es aussieht."
 War das nun ein makabrer Scherz oder sollte ein falscher Verdacht geweckt werden? Doch vielleicht sah der Täter darin einfach die sicherste Methode. „Wann geschah der Mord?"
 „Nachmittags, zwischen Viertel vor zwei und halb drei Uhr", schätzt Martina Jörimann, die Ärztin.
 Reto hat einen Einfall, zückt sein Handy und tippt die Nummer der Zeitung ein. Er wird zweimal weiterverbunden, landet bei einer Sekretärin, die ihm Auskunft geben kann: Etwa zehn nach eins

hat Bärlocher noch mit der Redaktion des „Blick" telefoniert. Er nickt der Medizinerin zu: „Nicht viel mehr als eine halbe Stunde vor Ihrem Zeitrahmen hat er noch einen Artikel versprochen, passt zum Ganzen." Dann wendet er sich an Bruno: „Schon Verdächtige? Das Gelände wurde überwacht, hat jemand etwas gesehen?"

„Es ist nur noch einer von uns beauftragt. Der ging spät Mittagessen und war erst um Viertel nach zwei wieder oben. Engt den Zeitraum ein. Übrigens, Gian ist unschuldig." Der Polizist grinst plötzlich. „Der Bursche lief in Chur herum und wurde beobachtet. Absolut unmöglich, dass er zum Mord hierherkommen konnte."

Reto fühlt eine große Erleichterung. Obwohl der Bruderer motzen wird, weil er zur Tatzeit in Gümligen gewesen ist. „Spuren?"

„Fotografiert. Sie werden ausgewertet."

„Benachrichtige mich, wenn sie von einem der beiden am ersten Mord beteiligten Männer sein könnten. Tüchtige Arbeit übrigens. Ist sonst alles in die Wege geleitet?"

„Viel ist ja nicht möglich."

Er fährt ins Büro, prüft die Anordnungen und findet nichts zu verbessern. Die Großfahndung ist ausgelöst, der Flughafen alarmiert, mit allem Drum und Dran. Es ist klar, die Chancen sind minimal, aber es werden massig Informationen gesammelt. Vielleicht befindet sich zur Abwechslung mal etwas Nützliches darunter. Wie heißt es doch? Die Hoffnung stirbt zuletzt. Aber genau betrachtet ist der Spruch purer Unsinn.

Dann greift er nach dem Hörer und telefoniert mit seiner Frau: „Du, ich habe schon wieder einen Toten anschauen müssen, ich brauche noch einen Zweier."

„Nein, ich trinke nur einen, ich gehe ins Weiss Kreuz."

„Ach, komm doch auch! Wir leisten uns einen schönen Abend, ich lade dich ein. Verdient haben wir es beide."

„Dann stinkt's dir halt. Ich kann doch auch nichts dafür, dass dieser Fall mich auffrisst!"

„Wie du willst, dann gehe eben zu deiner Freundin. Dann esse ich dort allein."

Nur bekommt er dann doch Gesellschaft. Er studiert noch die Speisekarte und hat den Weißwein vor sich, als Hank ihn anspricht: „Probleme?"

„Sehe ich so aus?"

„Sehr, würde ich meinen."

„Tja, man hat es nicht immer leicht in meinem Beruf. Und Sie, hatten Sie einen guten Tag?"

„Langweilig, Büroarbeit. Ich musste meine Ergebnisse zusammenfassen und viel telefonieren. Immerhin, es zeichnen sich Umrisse ab."

„Werden Sie hier bleiben?"

„Nur noch ein paar Tage. Aber ich werde wiederkommen. Hier, vom Hinterrhein bis Bodensee, ist die wichtigste Entwässerung der ganzen Alpen nach Norden." Er redet sich in Begeisterung. „Die Rinne durchschneidet mehrere Falten, der interessante Punkt. Nur Rhein, Reuss und Ticino entwässern hier quer. Rhone und Inn längs."

„Die Rhone fließt aber auch Nord-Süd."

„Dort verläuft aber auch die Faltung so, also bleibt es bei längs."

„Und die Aare?"

„Oh, die schlängelt sich, passt nicht richtig ins Muster. Darum käme sie auch infrage, aber den Rhein hier finde ich interessanter."

„Aber ist das alles nicht schon erforscht?"

Sie werden unterbrochen und bestellen, Wild beide.

„Wissen Sie, das ist ein ganz neues Projekt. Sie arbeiten an einem Computerprogramm, drüben in den Staaten, das es erlauben soll, die geologischen Vorgänge einer ganzen Region über viele Jahrmillionen hinweg zu simulieren, Erosion, Hebungen, Stauchungen, Eiszeiten, all das, gibt ein tolles Movie am Ende. Die brauchen Daten, um das Programm zu kalibrieren, von mindestens drei gut erforschten Regionen."

„Und die kannten Sie nicht schon?"

„Wir wissen noch nicht, welche Gegenden sich am besten eignen. Wir brauchen sehr spezifische Informationen, jemand muss das abklären. Es sind mehrere von uns, die verschiedene Flusssysteme untersuchen. Ich denke, ich habe hier einen sehr guten Fall gefunden. Dieser Bündnerische Schiefer, interessant, so etwas mit dabeizuhaben. Und dann dieser Bergsturz nach dem Ende der Eiszeit, eine richtige Knacknuss."

Reto versteht nichts davon. Aber eines weiß er nun. Entweder hat Hank mit den neuesten Mord nichts zu tun, oder er lügt, dass sich die Balken biegen. Im zweiten Fall aber genügt ein wenig Polizeiarbeit, um ihn zu entlarven. Da der Amerikaner das auch wissen muss, kann er ihn schon jetzt als Täter ausschließen. Die Nachforschung braucht es nur, weil die Indizien eben überprüft sein müssen.

Tatsächlich ein kindlich einfacher Fall. Nachdem Hank mit dem Lift nach oben gefahren ist, befragt Reto die Dame am Empfang. Dass sie ihn als Polizisten kennt, das reicht ihr; sie klimpert ein bisschen auf den Computertasten und bestätigt dann, dass Herr Miller lange auf dem Zimmer arbeitete und verschiedene Telefone führte, auch nach Übersee. Sie druckt ihm sogar eine Zwischenabrechnung aus. Der Polizist überlegt mit halbem Hirn, ob das Buchhaltungssystem dieses Vorgehen schluckt. Zudem erzählt sie, sie habe ihn beim Mittagessen erblickt und er habe es gemütlich genommen und sei nachher wieder auf das Zimmer gegangen.

Merkwürdigerweise, er wundert sich darüber, fühlt er sich plötzlich besser. Der Amerikaner brachte also den Journalisten nicht um. Doch entlastet ihn das auch im Fall Ambach? Hat der große Unsichtbare den Reporter umgelegt, weil er fürchtete, als Mörder denunziert zu werden? Aber der Pressemann insistierte doch auf Gian als Täter? Das hilft doch den Schuldigen. Der verdammte Fall zerrinnt ihm unter den Händen. Er schaut auf seine hinunter und meint, ihr Zittern zu spüren. Er kämpft gegen eiskalte und verdammt gefährliche Schurken. Wer würde noch daran glauben müssen?

33

Am nächsten Morgen entscheidet sich Reto, als Erstes das Spital aufzusuchen. Zum Glück ist die fragliche Dame vom Empfang anwesend, wenn auch noch nicht im Dienst. Er steuert in die Cafeteria, wo sie ihm unfreundlich entgegenblickt. Er stellt sich vor und entschuldigt sich für die Störung. Dann erst kommt er zur Sache: „Dieser Besucher, Bärlocher, der soll versucht haben, zu Frau Lendi vorzudringen. Hier ist sein Bild, haben Sie ihn empfangen?"

„Das war der Zweite."

„Der Zweite?"

„Die beiden kamen ganz kurz nacheinander und versuchten, zu ihr zu gelangen. Ich wies sie ab. Der Erste verließ gerade den Empfang, als dieser da", sie deutet auf das Foto, „Bärlocher nennen Sie ihn, auf mich zusteuerte. Sie gingen nahe aneinander vorbei."

„Aha, haben sie sich gekannt?"

„Na, hören Sie mal, die sind mir fremd, wie soll ich da wissen, ob sie sich gekannt haben?"

„Ich meine, haben sie sich benommen, als würden sie sich erkennen?"

Zum ersten Mal überlegt sie kurz, bevor sie antwortet. „Der Erste vielleicht den Zweiten. Ich habe nicht groß darauf geachtet, aber jetzt, wo Sie das fragen, fällt es mir wieder ein."

„Ja", meint Reto ermunternd.

„Wissen Sie, dieser Reporter stand so nah bei mir und beugte sich vor, dass ich fast gar nichts sah. Aber einmal, als er sich kurz hin und her bewegte, bemerkte ich, dass die Nummer eins immer noch beim Eingang weilte und zu uns herüberschaute. Als dann der Zweite ging, war er aber schon weg."

„Hat der am Eingang gemerkt, dass Sie ihn gesehen haben?"

Sie schüttelt den Kopf: „Das glaube ich nicht, das ist kaum möglich. Es dauerte so kurz, und er hat von mir ja höchstens das halbe Gesicht sehen können. Er konzentrierte sich wohl auf Bärlocher."

„Gut für Ihre Sicherheit." Reto findet es angebracht, mit einem Warnschuss ihrem Selbstbewusstsein einen kleinen Dämpfer zu verpassen. Ihr gut geformter Körper verspannt sich unwillkürlich. Er wechselt das Thema. „Hat einer noch etwas zu Ihnen gesagt, außer, dass sie zur Lendi wollten natürlich?"

„Der Zweite hat behauptet, der andere gehöre nicht zur Verwandtschaft der Frau Lendi."

„Oh! Aber dann muss er ihn doch kennen."

„Nein, das meine ich nicht damit. Warten Sie!" Sie konzentriert sich einen Moment, bevor sie fortfährt: „Wortwörtlich kann ich das Gesagte nicht wiederholen, aber dem Sinn nach behauptete er, der andere könne kein Verwandter sein, weil er die ja alle kenne."

„Aha! Dann heißt es eher, dass er ihn nicht kannte."

„Ja, so fasste ich es auf. Oder besser, so klang es, aber ich glaubte ihm nicht. Wie soll der Typ alle Verwandten der Frau Lendi kennen? Er hat mich bloß angelogen, um doch noch eine Besuchserlaubnis zu erhalten. Dabei habe ich seine Kamera gesehen. Ist er nun Journalist oder nicht?"

Reto hält ein Zückerchen für angebracht: „Das ist er, Sie beobachten gut. Aber wie sah der Erste aus?"

„Dünn, braune Haare, dunkle Augen, mageres Gesicht und eine höckerige Nase, aber nicht extrem. Und groß, fast einen Meter neunzig, würde ich mal schätzen."

„Sie sagen, er habe beim Eingang zurückgeschaut. Hat er gehört, was Sie mit dem Reporter besprochen haben?"

Sie zuckt mit den Achseln: „Woher soll ich das wissen? Gut, wir haben nicht laut gesprochen, eigentlich schwierig, uns zu verstehen. Da fällt mir ein, der Bärlocher hat einmal über die Schulter nach hinten gezeigt, dorthin, wo sie sich gekreuzt haben. Das muss er gesehen haben."

„Besten Dank. Sie sind eine hervorragende Zeugin. Ich werde aufgrund meiner Notizen ein Protokoll erstellen. Könnten Sie heute nach fünf Uhr bei der Kantonspolizei vorbeikommen, um es durchzusehen und zu unterschreiben?"

„Muss das sein?", unterbricht sie ihn ärgerlich.

„Wegen des Protokolls allein nicht." Reto bewahrt Ruhe. „Aber wir brauchen ein Phantombild von diesem ersten Besucher. Darum werde ich noch einen Spezialisten kommen lassen. Der spielt dann mit Ihnen ein bisschen am Computer herum, und plötzlich haben Sie ein ähnliches Gesicht vor sich. Dass schaffen Sie leicht, Sie wissen nämlich genau, was Sie gesehen haben."

„Aber könnte ich nicht früher kommen? Ich habe nämlich heute Nachmittag frei, möchte nur kurz hier einkaufen und dann heim. Zwei Uhr, das wäre für mich ideal."

„Moment mal!"

Der Ermittler schnappt sein Handy, wählt erst eine, dann ungeduldig eine zweite Nummer, grüßt und beginnt: „Da habe ich eine erstklassige Zeugin, könnten wir heute um vierzehn Uhr ein Phantombild eines Verdächtigen erstellen?"
„Ja, diese Mordsache."
„Super! Ganz herzlichen Dank."

Er wendet sich der Frau zu und lacht. „Er kann es einrichten, und ich sollte auch zurück sein. Sonst wenden Sie sich an die Sekretärin, ich werde sie informieren." Er unterbricht sich selbst und fährt fort: „Übrigens, hat einer von den beiden etwas in die Hand genommen, wegen Fingerabdrücke?"

„Ich muss Sie enttäuschen. Die Theke haben sie natürlich berührt, die Tür auch, aber das ist inzwischen alles gereinigt worden."

Und dann, er dreht sich schon ab, fällt ihm noch etwas ein: „Dieser erste, der Hagere, benutzte er Pomade?"

Sie sieht ihn verdutzt an, schüttelt dann den Kopf: „Kann ich nicht sagen. Sein Haar sah schon eingefettet aus, oder auch nach Gel, aber an Pomade habe ich nicht gedacht. Wer braucht das heute noch? Leicht geduftet hat er, es könnte also schon zutreffen."

Zurück im Büro, findet er im Maileingang die Meldung eines Churer Hotels. Seine Anfrage passt zu einem Gast namens Ivan Tschitschikow, der habe diese massige Gestalt, sei sehr kräftig, mindestens einen Meter achtzig groß, etwa zweiunddreißig Jahre alt, habe ein breites Gesicht, eine klobige Nase und schwarzes Haar. Er gibt die Beschreibung an seine Leute weiter und beauftragt Bruno, nochmals in Almens nachzufragen.

Dann vertieft er sich in die Protokolle der bisher durchgeführten Vernehmungen in Scharans und Fürstenau. Es hilft ihm, den Morgen Bärlochers zu rekonstruieren. Der Reporter ließ sich in Thusis beim Zahnarzt behandeln, tätigte verschiedene Einkäufe, kehrte dann im Landgasthof in Fürstenaubruck ein und aß dort, vielleicht aus Zeitgründen oder weil er nicht selbst kochen wollte. Er ging dann nach Hause und versorgte die Waren. Zumindest haben die Polizisten nichts gefunden, das herumlag, nur die fein säuberlich aufgestapelten Kassenbelege, den letzten zuoberst.

Möglicherweise – der unnütze Gedanke kommt Reto – trank er dann einen Kaffee, bevor er joggte und dabei erschossen wurde. Aber keine brauchbare Spur vom Mörder. Der ist wirklich der unsichtbare Mann des Artikels. Dass ihn niemand gesehen hat, wie verhext! Der Täter muss die Überwacher entdeckt und gezielt eine Lücke ausgenutzt haben, erstaunlich, denn es gab für ihn sicher nur wenige Möglichkeiten. Nun, vielleicht hilft das Phantombild. Seine Leute müssen eben damit nochmals die drei Dörfer abklappern. Er sieht sie rumfahren, im sonnigen Herbst.

Moni reißt ihn aus seinen Träumen: „Ist der große Meister Hercule Poirot bereit, oder musst du noch nachdenken?"

„Nein, ich komme schon. Nur: Mir wächst dieser Fall beinahe über den Kopf."

Er reißt sich zusammen, er trödelt doch nur, weil ihm die Teilnahme an diesem Treffen bei der Staatsanwaltschaft, beim Bruderer, zuwider ist. Wenigstens ist die Postenchefin dabei, das gibt ihm Rückhalt.

34

Erich Arpagaus, der Polizeikommandant, führt geschickt die Begrüßung durch. Reto, der schon Angriffe und Spitzen gegen sich befürchtet hat, ist überrascht, wie konziliant sich Bruderer gibt. Vielleicht hilft auch die Anwesenheit Kronmeiers, dieses berühmten Fachmannes für Tatprofile. Erich blinzelt ihm kurz zu, und Reto weiß plötzlich, von wem die Idee zur Besprechung stammt. Staatsmännisch resümiert inzwischen der Staatsanwalt: „Wir haben es mit drei Verbrechen zu tun, die möglicherweise zusammenhängen und von denen zwei sich gleichen. Herr Caviezel, würden Sie bitte die Tathergänge beschreiben?"

„Nummer eins, die Ermordung von Frau Regula Ambach, geschah in der Nacht, das Opfer befand sich auf dem oberen Waldweg zwischen Almens und Scharans und bewegte sich Richtung Scharans. Der Schütze verwendete ein Jagdgewehr, er lauerte ihr auf und erschoss sie aus zweiundsechzig Metern Entfernung. Die Kugel durchschlug ihre Brust so nahe beim Herzen, dass der Tod innert weniger als einer Minute eintrat. Dann wurde die Leiche vom Mörder durchsucht, der Zustand des Trainingsanzuges wies zumindest darauf hin. Im Weiteren ließen die Spuren auf ein Absuchen der Umgebung schließen. Zudem traf der Mörder einen zweiten Mann, sprach wahrscheinlich sogar mit ihm. Nachher verließen die beiden den Platz. Soweit der Ablauf der Ereignisse. Soll ich auf weitere Fakten, mögliche Motive und Hintergründe eingehen?"

Der Kronmeier schüttelt den Kopf: „Im Moment nicht. Als Erstes möchte ich nur die drei Vorgänge einander gegenübergestellt sehen."

„Soll ich gerade mit Nummer drei beginnen, weil es hier auffällige Ähnlichkeiten gibt?"

„Ja, bitte sehr!"

„Nummer drei, die Ermordung von Heinz Bärlocher, geschah am Tag. Der Tatort ist aber praktisch der gleiche, nur vier Meter weiter gegen Scharans hin. Der Schütze verwendete ebenfalls ein Jagdgewehr, lauerte am gleichen Ort, bloß etwa einen halben Meter tiefer im Gebüsch, weil er sonst gesehen worden wäre, das wegen des Tages. Der Schuss traf ebenfalls das Herz. Der Täter schleppte dann noch die Leiche in den Wald hinauf, bevor er sich aus dem Staube machte. Auffällig aber: Wir überwachten das Gelände so gut, wie es mit beschränkten Mitteln ging. Er muss das erkannt und eine Lücke ausgenutzt haben."

„Gut, bemerkenswerte Unterschiede, aber auch eindeutige Parallelen. Und Nummer zwei?"

„In Almens wurde in der Nacht in die Wohnung von Frau Lendi eingebrochen, exakt um Mitternacht, sicher, damit die Kirchenglocken allfällige Geräusche überdeckten. Der dortige Sicherheitsmann, er bereitete gerade einen Kaffee zu, um wach zu bleiben, wurde bewusstlos geschlagen. Das Opfer wurde brutal gefoltert und ausgefragt. Im Wesentlichen wollte der Mann wissen …"

„Bitte noch nicht, nur den Tatablauf möchte ich wissen."

„Wie Sie wünschen! Anschließend schlug er sie bewusstlos, ein sehr harter Schlag, sie erlitt eine schwere Gehirnerschütterung, dann verließ der Verbrecher das Haus, nicht ohne sich noch frech mit Vorräten einzudecken."

„Sehr erstaunlich, absolut erstaunlich!"

„Sagt Ihnen das bereits etwas?", will Bruderer wissen.

„Oh ja! Die drei Fälle hängen offensichtlich zusammen. Sie haben einen wesentlichen Zug gemeinsam."

„Tatsächlich?" Diese Behauptung erstaunt selbst Reto. „Auch die Nummer zwei mit den anderen beiden?"

„Sicher! Gut, ich bin auf diesem Gebiet der Fachmann, daher sehe ich das."

„Und was ist die Gemeinsamkeit?", erkundigt sich Moni.

„Absolut zielstrebig! In allen drei Fällen ist mit dem Minimum an Aufwand, völliger Rücksichtslosigkeit und außerordentlich kaltblütig vorgegangen worden. Das sind nicht Profiverbrecher, das sind Agenten mit Kriegserfahrung."

„Sie sprechen in Mehrzahl?", wirft Arpagaus plötzlich ein.

„Es gibt doch deutliche Unterschiede. Was die Nummer zwei angeht, haben Sie beide das ja auch erkannt. Und Sie dürfen nicht vergessen: Im Gegensatz zu Gewohnheitsverbrechern sind diese Agenten oder Berufsmörder nicht an ein bestimmtes Tatprofil gebunden. Sie sind eher daran zu erkennen, dass sie gar keines haben, sondern rein zielorientiert vorgehen. Wenn ich nun die drei Vorgänge betrachte, so sind zumindest die taktischen Ziele verschieden. Bei Nummer eins ging es um einen Gegenstand, um etwas, was dieser Mörder beim Opfer vermutete. Ich setze da voraus, dass Ihre Interpretation der Umstände richtig ist, Herr Caviezel. Im zweiten Fall ging es um Informationen, ich vermute darüber, was im ersten Fall bei Frau Ambach gesucht worden ist. Das lässt eher auf Täter von der Gegenseite tippen."

Reto nickt unwillkürlich: „Das habe ich auch vermutet, ebenso, dass Agenten mitmischten."

„Im dritten Fall habe ich den Eindruck, das Opfer sollte aus dem Weg geräumt werden."

„Sie haben seine Artikel gelesen?", will die Postenchefin wissen.

„Alle, im Zug. Ich habe gezögert, das zu tun, habe mich dann aber doch entschieden, die Reportagen anzufordern. Er hat sein Schicksal schon herausgefordert, dieser Bärlocher. Möglicherweise finden Sie in seiner Vergangenheit Hinweise."

„Schon veranlasst", antwortet der Polizist schnell. „Ich habe diesen Theiler, den Redaktor beim ‚Blick', kontaktiert, telefonisch, bevor ich hierher kam. Er kennt den Bärlocher gut und hat sich nach etwas Fluchen über zu viel Arbeit bereit erklärt, zusammenzustellen, wo der Ermordete überall wirkte. Zudem habe ich die Unterlagen von der RAV angefordert. Ich denke, Bärlocher musste dort einen Lebenslauf abgeben. So habe ich bereits erfahren, dass er im Ausland war."

„Eine Frage noch! Wie kam er auf den unsichtbaren Mann?"

„Er hat die Leiche gefunden und blieb während unserer Bestandsaufnahme am Tatort. Leicht möglich, dass er etwas aufgeschnappt hat."

„Gut, damit sind wir schon beinahe bei den weiteren Fakten, die zur Identifikation der Täter herbeigezogen werden können. Wie steht es da bei Fall eins?"

„Da ist schon einiges", beginnt Reto. „Natürlich einmal das Gewehr Gian Tschupps, allerdings fanden wir die Tatwaffe erst gestern, sie lag unter der Brücke, die bei Rodels-Realta über den Rhein führt. Sie wurde eingeschickt, aber ich erwarte keine neuen Ergebnisse, weder DNA noch Fingerabdrücke.

Dann die Fußabdrücke, doch dazugehörige Schuhe sind nirgendwo aufgetaucht. Kein Wunder, es fehlt ein hervorstechendes Merkmal. Bei den Tschupps haben wir natürlich nachgeforscht und kein auch nur annähernd passendes Paar gefunden. Gian selbst trägt um eine Nummer kleinere Schuhe und seine Schrittweite passt nicht zu den Spuren. Die DNA am Trainingsanzug ist von Regula Ambach und Frau Lendi, nicht aber von ihm. Die weiteren schwachen Spuren seien kaum zu identifizieren, meint der Experte. Die Leiche sah aus, als wäre sie durchsucht worden, was auch zur Vermutung passt, der Mörder sei hinter etwas sehr Wertvollem her gewesen. Vermutlich hat er Handschuhe getragen."

„Irgendwelche Fasern?", erkundigte sich Arpagaus.

„Nichts dergleichen, wahrscheinlich billige Plastikware. Kriegt man in jedem Supermarkt."

„Andere Spuren?"

„Ja, wir haben das Zimmer Regulas in Almens und ihre Wohnung in Chur unter die Lupe genommen. Die Haare und DNA-Proben stimmen mit sehr hoher Wahrscheinlichkeit überein. Die Experten haben zwar über Schwierigkeiten gejammert, die Proben seien stark mit Milbenmaterial kontaminiert, doch das könnte bloß vor Gericht Probleme geben. Neben den Spuren Regulas sind jeweils die von zwei Männern auszumachen. Und es gibt weitere, deutliche Anzeichen, dass das Zimmer noch in der Mordnacht durchsucht worden ist." Reto überlegt kurz, ob er darauf eingehen soll, dass er Haare aus Hanks Zimmer zur Untersuchung eingesandt hat, unterlässt das dann aber wegen diesem Friedrich Müller.

Kronmeier nickt: „Passt zu allem anderen, insbesondere auch zu meiner Vermutung über Agenten mit Kriegserfahrung oder zumindest etwas Ähnlichem. Noch weitere Fakten?"

„Ich habe noch nach dem Testament verlangt, frühzeitig!"

Bruderer hüstelt: „Äh! Ist gerade heute angekommen."

Moni streckt die Hand aus, Bruderer greift zögernd in seine Mappe und reicht ihr die Kopie. Sie reicht sie demonstrativ Reto weiter. Ein Blick auf den Begleitbrief bestätigt die Vermutung, er trägt das Datum vom Freitag, das Dokument war also schon am Samstag in Bruderers Büro oder gar am selbenTag per Bote überbracht worden. Den Inhalt kann er daher schon fast ableiten. Er blättert rasch durch und erklärt: „Die Hälfte geht an den Roten Halbmond, ein Viertel an Frau Lendi, der Rest an andere karitative Organisationen und entfernte Verwandte." Er blickt in die Runde: „Nur Gian ist nicht aufgeführt."

„Uninteressant und unergiebig", fasst Kronmeier zusammen. „Da sehe ich kein Motiv. Dann kämen wir zum Fall zwei, wie steht es da?"

„Einfach und noch mager. Eine erste Spur haben wir. Ich ließ in Hotels nachfragen, nach Ausländern, männlich, athletisch, die am Vortag oder auch etwas früher angereist sind und etwa um ein Uhr in der Nacht vom Ausgang zurückgekehrt sind. Der beste Kandidat ist ein Russe, nannte sich Ivan Tschitschikow, aber der Name muss nicht stimmen, unsere Postenchefin erklärte mir, er gehöre zu einer literarischen Figur. Wichtig aber: Er ist seit Samstag, etwa zehn Uhr morgens im Hotel in Chur, nicht mehr gesehen worden, obwohl er nicht ausgecheckt hat."

„Kreditkarte?"

„Lautet auf seinen Namen und auf ein russisches Konto. Die fälligen Kosten wurden bereits abgebucht, das ging problemlos."

„Der ist also so frech, dass er sich kaum versteckt." In Kronmeiers Stimme klingt leise Bewunderung mit. „Weiß man, ob er geflohen ist?"

„Keine Ahnung. Sein Mietauto steht immer noch beim Hotel, aber das heißt gerade mal gar nichts."

„Würde ich auch so sehen", kommentiert Arpagaus.

„Wir versuchen seine Bewegungen zu rekonstruieren. Nach den Auskünften der Autovermietung ist er am Donnerstag als Tourist gelandet, und die weitere Nachfrage hat ergeben, dass er auch unter erwähntem Namen eingereist ist. In Chur haben wir zwei Aussagen, einmal ist er in der Nähe von Regula Ambachs Wohnung gesehen worden, was ja Sinn macht. Dann tauchte er im Welschdörfli auf. All diese Aussagen basieren nur auf einem Phantombild, sind also nicht völlig gesichert. In Almens wird nochmals ermittelt, ob er da rekognosziert hat, aber der Bericht steht noch aus. Weitere Spuren fehlen. Da die Grenzen offen sind, kann er in halb Europa sein oder auch schon wieder zurück in Russland."

„Sein Ticket?"

„Noch keine Auskunft. Das ist eine russische Fluggesellschaft, und von der Einreisekontrolle wissen wir bloß, dass er einen Rückflug gebucht hatte."

„Wie steht es mit dem dritten Fall?"

„Untersuchungen sind in die Wege geleitet. Ich habe gehofft, wenigstens den Bericht der Autopsie zu bekommen, aber der wird sicher nur das Offensichtliche bestätigen, Tod durch Schuss ins Herz."

„Dann konzentrieren wir uns auf die Ziele der Verbrecher. Was wissen wir da im Fall eins, dieser Regula Ambach?"

Arpagaus ergreift das Wort: „Ich habe die neuesten Informationen noch unmittelbar vor der Sitzung gesichtet. Sie hat insgesamt an die zwei Millionen kassiert, zwar sind es verschiedene Zahlungen und aus unterschiedlichen Quellen. Die Letzte davon ist die interessanteste, siebenhundertdreißigtausend, überwiesen vier Tage vor ihrem Tode, von einem anonymen Konto einer Bank in Malaysia. Wir nehmen an, die Bezahlung für diesen gefährlichen Auftrag. Die Finanzexperten analysieren das Material noch genauer. Fest steht, dass sich einmal die Gewinnanteile an Spekulationen mit Kundengeldern, fast ausschließlich arabischen, auf über eine halbe Million belaufen. Der Rest der unerklärlichen Zahlungen ebenfalls ungeklärter Herkunft, zusammen auch etwa eine halbe Million, erweist sich vielleicht teilweise als irrelevant für ihre Agententätigkeit, wenn wir das so nennen wollen. Das Ganze ist also massiv. Dann ist ihre Leiche durchsucht worden, den Spuren nach zu schließen. Dasselbe gilt für ihre Wohnung in Chur und dazu kommt noch der Überfall auf Frau Lendi, im Haus, in dem sie sich zuletzt aufhielt. Und zudem ist in ihre Kanzlei und in ihr Anwaltsbüro eingebrochen worden, aber da waren wir schneller."

„Alles weist somit auf eine ganz große Sache hin", urteilt Monika Burri.

„So sieht es wirklich aus."

„Sollten wir uns nicht mit den Tatwaffen befassen?", mischt sich Bruderer plötzlich ein.

„Das ist überhaupt nicht mein Fachgebiet", erwiderte der Experte. „Da kann ich kaum helfen."

„Viel wichtiger wäre das Sicherheitsdispositiv", widerspricht Moni.

„Ich will aber, dass das zur Sprache kommt."

„Die im ersten Mord verwendete Waffe ist, wie schon erwähnt, das Jagdgewehr Gian Tschupps", antwortet Reto. „Wir haben es, wie gesagt, gestern gefunden. Der Bericht steht noch aus, aber ich bin überzeugt, es wird als die Schusswaffe beim Fall eins identifiziert werden. Beim zweiten sind die Untersuchungen noch im Gange, es ist der gleiche Typ verwendet worden."

„Könnten Sie nicht im Labor nachfragen?", erkundigt sich der Kommandant.

Reto fischt sein Mobiltelefon aus der Tasche, wählt, fragt nach einem Hämmerli, reimt das in Gedanken mit „in seinem Kämmerli" und beginnt dann: „Wie steht es mit dem Vergleich der Kugeln?"
„Ah, sie stammen aus verschiedenen Flinten, ist das schon sicher?"
„Schon eine Zuordnung?"
„Aha, danke."

Er kappt die Verbindung und erklärt: „Der Experte ist überzeugt, dass verschiedene Waffen verwendet wurden, beim ersten Fall ist es definitiv die Gian Tschupps. Er ist aber nicht sicher, ob er die für den zweiten Mord verwendete einer registrierten zuordnen kann, die Spitzen der Kugeln sind schräg abgefeilt worden, das vergrößert die innerlichen Wunden und tötet verlässlicher. Agenten kennen natürlich solche Tricks."

„Dennoch schließt das diesen Tschupp noch nicht aus."

„Beim zweiten Mord, da war er in Chur und wurde beschattet. Das Alibi ist wasserdicht, es stammt von meinen Leuten", widerspricht Arpagaus.

„Was ist das für ein Typ, dieser Tschupp?", erkundigt sich Kronmeier.

„Bauernsohn, hat nur die Grundstufe absolvieren können, weil er dreimal eine Klasse wiederholen musste. Im Umgang mit dem Vieh ist er aber sehr geschickt, körperlich kräftig." Reto freut sich tierisch, all das aufführen zu können.

„Passt nicht zum Tatprofil."

„Er könnte aber angeheuert worden sein", insistiert Bruderer.

Der Ermittler stößt die Luft aus, das hilft ihm, zu schweigen und ist doch für alle sichtbar.

Dafür schüttelt der Experte den Kopf: „Passt auch so nicht. Selbst wenn der wahre Täter als Strippenzieher auftrat und jemand angeheuert hätte, um die Drecksarbeit erledigen zu lassen, dann hätte er einen käuflichen Kriminellen gewählt, aber sicher nicht einen minderbemittelten Bauernjungen. Sorry für die politisch unkorrekte Bezeichnung, aber diese Spur macht keinen Sinn."

„Er könnte es aus ganz anderen Gründen getan haben, er ist ihr nachgestiegen." Alle in der Runde zeigen nun so abweisende Mienen, dass sogar Bruderer merkt, dass er sich auf dem falschen Gleis bewegt.

Kronmeier knurrt: „Das wäre denkbar, passt aber überhaupt nicht zum Tatprofil und ebenso wenig zum Umfeld des Verbrechens. Können wir endlich zum Ziel im zweiten Fall übergehen, dieser Folterung?"

„Da ist wenig zu sagen", ergreift der Polizist das Wort. „Ich war im Spital, wegen Personen, die Frau Lendi besuchen wollten, doch das betrifft den Fall drei. Sie selbst konnte ich nicht wirklich befragen, aber ich habe kurz mit ihr gesprochen, wobei eigentlich schon das zu viel gesagt ist. Eher habe ich mir ihre Bemerkungen angehört, auf die Stichworte hin, die ich ihr geliefert habe. Der Typ muss sie nach Papieren gefragt haben, die Regula bei sich gehabt hat. Anders kann ich mir die Satzfetzen der Frau nicht zusammenreimen. Die Ärzte meinen, in zwei Tagen könne ich sie kurz vernehmen. Ich verspreche mir aber wenig davon."

„Das passt völlig zum Bisherigen, auch wenn es mager ist. Und nun zum Fall drei."

„Da gibt es eine Spur und eine erstklassige Zeugin dazu. Ich wollte eigentlich herausfinden, ob Bärlocher die Lendi besucht hat, um Material für seinen Artikel zu bekommen. Hat er nicht. Nebenbei gesagt: Auch das Foto ist nicht von dort, vermutlich stammt es von irgendeinem dieser Bildlieferanten, die sich im Internet tummeln. Der Reporter ist am Empfang abgewiesen worden. Aber er wollte nicht als Einziger zu ihr vordringen. Gerade vor ihm versuchte es ein anderer. Nach Aussage der Dame beim Empfang hat dieser Erste den Bärlocher möglicherweise erkannt und ist dann rasch verschwunden, um nicht selbst enttarnt zu werden."

„Warum weiß ich das nicht?", mault Bruderer.

„Weil ich die Frau erst heute Morgen vernommen habe und ja wusste, dass ich Ihnen direkt berichten kann. Zudem ist sie für heute Nachmittag auf den Posten bestellt, um das Protokoll zu unterschreiben und mitzuhelfen, ein Phantombild zu erstellen. Damit sollten morgen nochmals Befragungen durchgeführt werden, meine ich."

„Die Spur ist ja nicht schlüssig", mischt sich Kronmeier ein. „Ich denke, darum wollen Sie nochmals nachforschen."

„Da ist noch mehr. Er beteiligte sich vermutlich schon am ersten Mord. Die Zeugin erinnert sich an fettiges Haar, und die Haarprobe des einen Täters wies Pomade auf. Ich werde darum im ganzen Domleschg nachfragen lassen. Übrigens auch in Thusis. Der Bärlocher fuhr mit dem Auto zum Spital und wieder heim. In seinem Wagen fanden wir zudem eine Karte für das Parkhaus. Unmöglich, dass ihn niemand gesehen hat, als er dorthin fuhr. Wir brauchen einen Zeugenaufruf. Wir wissen, wie sein Auto aussieht und etliche kennen es. Vielleicht bringen wir heraus, ob unser unsichtbarer Mann ihn verfolgt hat. Es besteht auch die Möglichkeit, in Bärlochers Vergangenheit fündig zu werden."

„Ich meine tatsächlich, Sie sollten auf dieser Linie weiterarbeiten. Die Fakten, auch wenn sie kärglich sind, stimmen gut mit den Profilen überein. Das Vorgehen scheint mir vernünftig zu sein."

„Noch etwas! Zumindest die Flughäfen sollten alarmiert werden. Sobald wir das Phantombild besitzen, muss es breit verteilt werden. Der Täter könnte verschwinden wollen."

„Kann ich veranlassen", knurrt Bruderer. „Aber wenn er nicht den Luftweg einschlägt?" Noch bevor jemand sich dazu äußert, fährt er fort: „Leider bringt das Ganze wohl nichts, heutzutage sind die Grenzübergänge praktisch offen. Auch wenn ich Malpensa als naheliegend ansehe, viele Wege führen dorthin. Und dann nochmals. Wie kommt der Mord in diese Zeitung?"

Reto zuckt die Achseln: „Ich vermute, das Opfer hat gestern noch einen Artikel versprochen. Vielleicht auf einen Termin am Nachmittag. Dann brauchte es nur noch ein paar Telefonanrufe in den Ort – oder einer aus Scharans meldete sich selbst. Die wissen ja alle, dass der Journalist zum Starreporter avanciert ist. Es muss nur einer gedacht haben, das sei die Gelegenheit, sich auf die Bühne der Weltgeschichte zu stellen. Mich hätte es erstaunt, wenn kein Artikel erschienen wäre."

„Und was ist mit diesem mysteriösen Material, hinter dem die her sind?", erkundigt sich Arpagaus, als sich bereits Aufbruchstimmung breitmacht.

„Eine Suchaktion hat nichts gebracht. Ich lasse die Region überwachen. Bis jetzt sind zwei Meldungen eingegangen, die Polizisten glaubten, jemanden gehört zu haben, der dann nicht kam, sich vielleicht in die Büsche verdrückte. Sie sind nervös, was ich ihnen nicht verdenken kann. Wenn es hart auf hart kommt, sind sie diesen Gegnern nicht gewachsen, das glaube ich, und das sehen meine Leute wohl nicht anders. Ich überlegte schon, noch mehr hinzuschicken, zweifle aber, ob das etwas nützt." Er holt Atem: „Ehrlich, ich habe Angst um sie."

Monika hakt sofort ein: „Genau das, was auch mir am meisten Sorgen macht. Wir sind unterdotiert, für einen solchen Fall unzureichend gerüstet."

Arpagaus seufzt: „Ich verstehe. Ich werde mal schauen, ob ich eine Verstärkung organisieren kann. Können wir morgen nochmals darüber reden, wenn ich Informationen habe?"

Das heißt, denkt Moni bei sich, es kann noch Tage dauern. Sie gibt sich keinen Illusionen hin.

35

Die Empfangsdame des Spitals gibt zuerst einmal eine Reihe spitzer Bemerkungen über ihr Zeitversäumnis und unnütze Umtriebe von sich. Doch als die ersten einigermaßen passenden Gesichter auf dem Bildschirm auftauchen und der Experte aus ihren Angaben ein immer treffenderes Bild aufbaut, fängt sie Feuer und macht eifrig mit. Immer wieder fallen ihr kleine Unstimmigkeiten auf, und es dauert nahezu eine dreiviertel Stunde, bis sie zufrieden ist. Die beiden Männer bedanken sich herzlich bei ihr, und nachdem sie aus dem Büro gestöckelt ist, meint der Spezialist anerkennend: „Bravo! Das ist eine absolut nicht alltägliche Qualität. Ich denke, mit ein wenig Glück wirst du den Typ da rasch identifizieren können."

„Hoffentlich", antwortet Reto, „etwas Erfolg wird uns zur Abwechslung gut tun. Bis jetzt habe ich das Gefühl, die tanzen uns auf der Nase herum, wie es ihnen gerade passt."

Und da er bei der Nase einen Sekundenbruchteil gezögert hat, liefert der Experte ungefragt einen deftigeren Ausdruck: „Sag ruhig auf den Eiern. Ich wünsche dir jedenfalls Weidmanns Heil, du wirst es brauchen können."

„Kaffee", erkundigt sich Reto, „das brauche ich jetzt, wollen Sie auch einen?"

„Nichts für mich, ich habe meine Obergrenze erreicht, ich muss meinem Herz Sorge tragen."

Anschließend sucht Reto den Knechtle auf, um den nächsten Punkt seiner inneren Pendenzenliste abzuhaken. Er hat das dumpfe Gefühl, deren Länge sei für sein Herz schädlicher als eine noch so große Zahl von Kaffees. Der Empfang ist säuerlich. „Nett, mal jemanden von Ihrer Seite hier zu sehen."

„Ich erinnere mich, den Eindruck gehabt zu haben, eher Ihre Geheimhaltungssphäre zu stören. Aber haben Sie übrigens das Bild gesehen, das wir Ihnen gerade eben hochgeladen haben?"

„Ja!"

Die prompte Antwort zeigt, dass Herrn Knechtle wohl jedes Hochladen angezeigt wird, aber darauf geht er nicht ein: „Es ist ein Phantombild und zeigt mit hoher Wahrscheinlichkeit den Komplizen des Mörders. In Kürze erwarte ich auch die Bestätigung bezüglich der Identität des Letzteren. Soll ich diese Dinge mit Ihnen besprechen oder möchte Ihr Chef direkt mit mir Kontakt aufnehmen?"

Der Typ mustert ihn mit schlaffen Augen und winkt ihn dann zu einem Stuhl in einer Ecke, von der aus der Bildschirm nicht eingesehen werden kann. Dann beginnt er in die Tastatur zu hämmern. Reto kann sich ein Sticheln nicht verkneifen: „Schicken Sie das Zeugs gerade noch direkt zur NSA? Die Leitung hier ist ja sicher nicht gesichert, also können die alles abhören. Und ich vermute, die Entschlüsselung dürfte bloß ein kleines Problem sein."

Eine Reaktion bekommt er nicht, sondern nur die Auskunft: „15:30 Uhr wird Herr Müller in der Raststätte ankommen und dann Richtung Waldbad spazieren. Richten Sie es so ein, dass Sie ihn im Wald treffen."

Zurück im Büro, findet er die Mail mit dem Obduktionsbericht des Falles Bärlocher im Anhang. Er studiert ihn genau, aber mehr als eine Bestätigung des Vermuteten liefert er nicht. Schussdistanz wenig unter sechzig Meter. Der Reporter stand also tatsächlich nur drei bis vier Meter von der Stelle entfernt, an der Regula getötet worden war. Nun, das hatten schon die Spuren nahegelegt. Die innere Wunde war ungewöhnlich groß, die Kugel steckte in der Wirbelsäule, hatte auf ihrem Weg das Herz getroffen, wenn auch nur knapp. Der Tod musste sofort eingetreten sein, schneller noch als bei der Ambach. Der Blutaustritt war insgesamt gering, der Joggingdress sog den Großteil auf. Das sei so, weil die Kugelspitze abgefeilt worden sei.

Reto lehnt sich zurück. Er könnte eigentlich ein gutes Gefühl haben, denn zum ersten Mal kommt er zügig voran. Doch so empfindet er nicht, denn immer noch läuft das Pack frei herum, und wer weiß, was es als Nächstes anstellt. Zudem, wo sind bloß die verdammten Verträge? In diesem entscheidenden Punkt weiß er kein bisschen mehr. Dafür wird er wieder einmal einen Bericht schreiben müssen. Das Telefon unterbricht seine Gedankenkette, und er befürchtet, die Nervensäge vom Dienst am Draht zu haben. Es meldet sich aber eine Stimme, die Deutsch radebrecht, doch das immer noch besser, als er sich auf Französisch ausdrückt. Also antwortet er höflich in alemannischem Hochdeutsch und erfährt, dass Pillers Alibi wasserdicht ist.

Dankend legt er auf und nimmt den Rapport in Angriff. Wie immer braucht das Zeit, und wie immer fühlt er sich knurrig. Nachdem er dann den Sendeknopf geklickt hat und das Zeugs unterwegs zu Bruderer und Aragaus ist, beschleunigt durch übliche Schimpfworte, erhebt er sich, schlendert ins Büro hinüber und verkündet, er gehe jetzt und wolle ein wenig vom angehäuften Zuviel an Arbeitszeit kassieren. In Wirklichkeit ist ihm aber einfach der Gedanke zuwider, sich mit der Reaktion des Staatsanwaltes herumschlagen zu müssen. Und er braucht dringend etwas Bewegung, hofft auch, das bräche ihn auf neue Ideen. Doch die meiden ihn, als einziger positiver Aspekt fühlt er sich etwas besser.

Zuletzt telefoniert er mit seiner Frau, hoffend, sie sei zu Hause. Er bekommt sie an den Hörer, lädt sie ein und ist froh, dass sie diesmal zusagt. Sie wünscht sich eine Pizza, und er freut sich auf den gemütlichen Abend.

36

Er hat sich am nächsten Morgen kaum am Schreibtisch niedergelassen, als das Telefon klingelt. Es meldet sich eine freundliche Stimme von den Einwohnerdiensten Chur, gibt ihren Namen an und identifiziert sich als Schwägerin Martha Lendis. „Wissen Sie, ich habe alles liegen lassen und in den Unterlagen nach dem Bild gesucht. Es hat zwar gedauert, aber jetzt weiß ich, wer er ist. Er heißt Marcus Spiller, ist amerikanischer Staatsbürger und arbeitet in einer Sicherheitsfirma." Sie gibt ihm die private und die geschäftliche Adresse durch.

Reto beantragt sofort einen Haftbefehl und stürzt sich in den Dienstwagen. Er muss sich zusammenreißen, um nicht mit Blaulicht und Sirene loszubrausen. So kommt er erst an, als das Gebäude bereits abgeriegelt ist und Spezialisten in der Wohnung herumschnüffeln. „Etwas von Belang gefunden?"

Ein Spurensicherer deutet erbost auf ein Paar Schuhe, das in der Nähe des Eingangs verlassen herumsteht. Reto kommt ein ungeheuerlicher Verdacht: „Sind das die?"

„Genau, das sind die!"

„Ihr habt die Profile angefordert?"

„Haben wir! Sie stimmen mit diesen Spuren des zweiten Mannes am Mordplatz überein."

„Das Schwein macht sich also über uns lustig! Hat sie wie Ausstellungsobjekte hingestellt."

„Genau, der Schuft verhöhnt uns. Es sind noch Kleider da, ungewaschene sogar, also können wir seine DNA identifizieren. Altpapier haben wir auch gefunden und Fraß im Kühlschrank, aber nichts Wichtiges, keinen Fetzen."

„Ein ordentlicher Mensch."

„Wieso das?"

„Nun, viel Zeit hatte er nicht. Er muss also alles Bedeutsame schön beieinander gehabt und rasch gepackt haben. Schon im Geschäft nachgefragt?"

„Er hat sich vorgestern abgemeldet, eine dringliche Angelegenheit, man hat ihn verlangt."

„Wird sich als fingiert erweisen. Er brauchte einfach einen Grund, um unauffällig verschwinden zu können. Ich denke, er ist gestern abgereist."

„Kloten! Wir werden bald mehr wissen, die Anfrage ist schon abgeschickt. Vielleicht sagt uns das Ziel etwas."

Reto schüttelt den Kopf: „Das können wir uns abschminken. Der hat doch irgendwohin gebucht, dann die Identität gewechselt und neu gebucht. Er hat potente Hilfe. Der ist weg, definitiv und für immer. Dabei ist er am Mord an der Ambach beteiligt und hat den Bärlocher abgeknallt. Wie gerne hätte ich ihn durch die Mangel gedreht." Für einen Moment packt ihn der Hass auf den Kerl. Er schüttelt das Gefühl ab.

In Thusis wartet bereits Bruno auf ihn. „Ein kräftiger Fremder mit einer klobigen Nase und schwarzen Haaren ist in Almens gesehen worden. Er ist schweigend durchs Dorf gegangen und dann Richtung Trans. Gesprochen hat er mit niemandem, eingekehrt ist er nicht, im Landgasthof kann sich das Personal zumindest nicht erinnern. Die Zeit, Nachmittag vor dem Überfall, kurz vor vier Uhr, die passt zur Idee des Rekognoszierens." Reto tippt die Informationen in den Computer, sie sind eine Bestätigung seiner Vorstellungen, aber sonst kärglich und helfen nicht weiter. Er fragt ihn noch, ob ihm jemand aufgefallen ist, bei seinen Patrouillen zwischen Wald und Almens. Aber Bruno schüttelt nur den Kopf, er habe nur unverdächtiges Wandervolk beobachtet.

Reto genehmigt sich noch einen Kaffee, dann beschließt er, René und Willy aufzusuchen, die noch draußen sind, sich ablösen im Moment. René kreuzt er gerade vor dem Kreisel, sie halten kurz an, blockieren für einen Moment die Straße, und er ruft ihm durch das Brummen der Motoren zu, er solle doch rasch zur Viamala-Raststätte kommen. Der Polizist grinst, als er neben ihm parkt: „Der Willy, der hat was für dich."

„Ja, was?"

„Wegen dieses Phantombilds, aber Details erzählt er dir besser selbst."

Willy Schamaun, er trifft ihn dann in Almens, fragt: „Also dieser Typ, wie heißt er?"

„Spiller."

„Ich war ja kurz aus familiären Gründen weg, wie du weißt, und das Bild habe ich heute mitgenommen. Ich habe gedacht, hier oben hätte ich sicher Zeit, es genau anzuschauen, und so war es auch."

„Gut, und du hast ihn gesehen?"

„Gestern vor einer Woche, als ich für dich gesucht habe. Zweimal sogar, zuerst ging er Richtung Scharans, dann kam er wieder zurück. Er ging gemütlich, ich hielt ihn für einen Spaziergänger und harmlos."

„Hat er die Gegend inspiziert?"

„Schwierig zu sagen, er hat die Pflanzen gemustert, Zweiglein in die Hand genommen und sogar die Blätter umgedreht bei einer Pflanze. Darum dachte ich, das interessiere ihn. Es gibt ja viele Hobbybotaniker."

„In den Wald drang er nicht ein?"

„Nicht, als ich ihm zugeschaut habe. Übrigens hat auch er mich entdeckt, auf dem Hinweg. Ich habe getan, als suchte ich nach Pilzen. Er hat mich nicht beachtet, und ich tat so, als ginge er mich nichts an."

„Ihr seid also schön säuberlich aneinander vorbeigetanzt. Um welche Zeit geschah das?"

„Noch vor elf Uhr."

„Hat er telefoniert, nachdem er dich gesehen hat, meine ich?"

„Ich habe nichts gesehen, aber jetzt fällt mir ein, dass ich seine Schritte plötzlich nicht mehr gehört habe. Sie waren ohnehin am Verklingen, aber es könnte sein, dass er stehen geblieben ist."

„Aha! Ist er bis Scharans gegangen? Ich meine, wenn du die Zeit berücksichtigst, bis er wiederkam."

„Unmöglich! Er müsste wie ein Tier gerannt sein, und das hätte ich mitbekommen."

Zurück im Büro, findet er den Bericht mit der Untersuchung der DNA aus Hanks Zimmer. Sie passt genau zu einem Satz aus Regulas Zimmer in Almens. Somit war er auch mit beim Einbruch in ihre Wohnung in Chur dabei und ist damit als Mörder identifiziert.

Auch das noch! Reto starrt zur Decke empor und brüllt aus Leibeskräften nach oben. In den umgebenden Räumen zucken die Mitarbeiter zusammen, verhalten sich ganz ruhig und schielen sich unauffällig an, soweit sie nicht allein sind. Er starrt weiter und schreit nur darum nicht nochmals, weil es nichts nützt. Er schämt sich plötzlich. Aber das hat es noch nie gegeben in seiner Laufbahn. Da kommen all die Informationen herein, hinter denen er verzweifelt her war, sind eigentlich alle drei Fälle gelöst, und er ist bloß total wütend und frustriert, weil das durch die Ereignisse völlig belanglos geworden ist.

Das Schlimmste aber: Von den verdammten Papieren, Unterlagen, oder was immer der Scheiß auch ist, hat er nicht die geringste Spur. Im schlimmsten Fall hat dieser Spiller sie inzwischen gefunden. Auch wenn es nicht so aussieht.

Vor seinem inneren Auge erscheint plötzlich das Bild des Esels, eingespannt vor dem schweren Karren, vor dessen Nase die unerreichbare Rübe schaukelt. Er fühlt sich ganz in der Mitte.

„Die Mörder habe ich identifiziert, im Fall."

Der Friederich nickt, antwortet aber nicht.

„Der eine, Marcus Spiller, er hat Bärlocher abgeknallt, wohnt in Chur, aber das ist nicht mehr relevant, denn er ist abgehauen. Ich denke, er kommt nicht mehr zurück."

„Heute Morgen bekam ich die Informationen über ihn. Was Sie sagen, trifft zu."

„Er war auch Hanks Gehilfe, der zweite Mann, der unsichtbare Mann."

„Und Hank hat somit diese Regula erschossen?"

„Richtig, seine Haare sind charakterisiert und seine DNA ist identifiziert. Wir müssen ihn nur noch verhaften, das verschafft uns die restlichen Beweise. Sollte reichen vor Gericht. Aber das passt Ihnen wohl nicht."

„So ist es nicht genau, man hat mich bloß damit beauftragt, Ihnen mitzuteilen, dass es weiter oben welche gibt, denen das nicht passt – und das wohl wiederum, weil andere, noch mächtigere, noch weiter weg, das genauso sehen."

„Kooperation in Reinkultur, so erfreulich wie hochgezüchtete Milzbranderreger."

„Wenn Sie die Verträge damit meinen, dann vielleicht noch schlimmer."

„Habe ich nicht gemeint, sondern Ihre Typen da oben und dort noch weiter weg", giftet Reto. „Aber wenn Sie mir einiges über diese Papiere sagen könnten, wäre das vielleicht ganz nützlich."

„Was zum Beispiel?"

„Nach was ich suchen soll, das vor allem!"

„Vierzig Seiten, schätze ich, mit an Sicherheit grenzender Wahrscheinlichkeit englisch, wohl einseitig bedruckt, vermutlich gar lose Blätter. In einer Plastikhülle, gute Qualität, und dann nochmals irgendwie verpackt, das eher unauffällig. Vielleicht ist das Ganze auch in einer Kartonröhre, so eine lässt sich gut verstecken. Einseitig unterschrieben, da bin ich fast sicher. Zur Botschaft in Bern sind sie durch einen Kurier gebracht worden, der hatte aber keine Röhre bei sich, ein Teil vielleicht auch von einem zweiten. Einige meiner Angaben gelten aber nur, falls sie das Zeugs nicht neu verpackt haben."

„Konnten Ihre Leute ihn schnappen?"

„Nein, nur ein paar Bilder von Überwachungskameras, und der Rest ist Rekonstruktion, sein Weg insbesondere, und das gibt uns einen guten Hinweis von seiner Herkunft und lässt auch auf unterschriebene Papiere schließen. Dann wird alles vage, und mehr dürfte ich ohnehin nicht sagen. Ich weiß, eine leuchtend rote Verpackung mit giftgrünen Rhomben verziert, das wäre ein besseres Suchbild, aber damit kann ich leider nicht dienen."

Reto verzieht sein Gesicht zu einem freudlosen Grinsen: „Nützt wenig, aber nicht nichts. Das Zeugs hätte ja auch mikroskopisch klein sein können, so etwa, dass es in einen knarrenden Schuhabsatz geht. So können wir wenigstens viele Stellen abhaken, wie etwa die Wohnung in Almens oder das Anwesen der Tschupps. Außer, der Plunder wäre nachträglich verschoben worden. Aber darauf deutet nichts hin."

„Ich kann nur bitten weiterzusuchen. Ich habe sogar veranlasst, dass Ihre Vorgesetzten einen Brief erhalten haben, der die Bedeutung davon betont. So legt man Ihnen wenigstens keine Steine in den Weg."

„Über den Inhalt wollen Sie mir nichts sagen?"

„Oh doch, und passen Sie gut auf! Wenn Sie die Ware in den Händen halten und auch nur glauben, es sei das, was wir suchen, dann lesen Sie nicht weiter. Informieren Sie niemanden und übergeben Sie alles so rasch wie möglich uns. An uns ist es dann, zu überleben, und Sie können weiterhin auf einen ruhigen und angenehmen Lebensabend hoffen."

37

Der Professor wetzt auf seinem Stuhl hin und her und fühlt sich offensichtlich unwohl. Reto hingegen fragt sich, warum er nach dem langen und mühseligen Tag auch noch dieses Gespräch führen muss. Aber der Bruderer hat nun mal plötzlich wieder giftig ausgesehen, beim Abschied. Er kann Hilfe brauchen. Doch so, wie sein Gegenüber sich aufführt, wagt er am Schluss kaum, zu sagen, was er wirklich denkt. Er entscheidet sich: „Ich bin hungrig, soll ich uns vom Pizzakurier etwas bringen lassen?"

Hugo kichert plötzlich: „Nicht gerade meine bevorzugte Kost, aber warum nicht. Wenigstens hört uns hier niemand zu."

Reto grinst zurück: „Sie merken aber auch alles."

Das gemeinsame Essen hilft tatsächlich: „Wissen Sie, eigentlich wollte ich gar nicht kommen, ich finde das fast ein wenig aufdringlich. Aber Maria Caflisch, die Freundin von Frau Lendi, hat mich überredet. Sie besuchte sie im Spital, hörte, was sie redete in ihrem Dämmerzustand, und wir haben beide den Fall verfolgt. Vielleicht kann ich Ihnen ein ganz klein wenig helfen. Und wenn nicht, so hocken wir halt zusammen."

„Auch etwas Positives. Zumal meine Frau heute verreist ist, sie besucht Verwandte und kommt erst in ein paar Tagen wieder."

„Ich denke, es kann stressig sein, einen so beschäftigten Polizisten zum Mann zu haben."

Reto lacht brüllend los: „Gut getroffen. Aber schießen Sie nun mal los mit Ihrer Analyse."

Zwischen den Bissen erzählt Hugo als Erstes, was Maria im Spital gehört hat und Reto notiert die Aussage interessiert. Dann erläutert er, was er und Maria sich überlegt haben, es dünkt ihn umso kärglicher, je mehr er sich dem Ende nähert.

„Stimmt nicht übel mit dem überein, was wir auch schon vermuten und dem wir nachgehen. Sie sagen da richtig, dass Ihnen

Informationen fehlen, ich würde meinen, für so wenig, wie Sie wissen, haben Sie sehr gut getippt."

„Ich weiß nicht, wie viel Sie mir sagen dürfen, aber damit ich das Material gemäß meiner Methodik analysieren kann, muss ich zumindest bestätigt bekommen, welche meiner Vermutungen grundsätzlich zutreffen und wo ich daneben liege. Die Struktur des Planes, also des wirkenden Gedankens, kann ich nur erkennen, wenn ich genug Informationen habe."

„Am besten stellen Sie mir Fragen, ich kann dann schon entscheiden, was ich Ihnen sagen darf und was nicht."

„Gut, also Frage eins: Es geht um viel Geld. Und mit viel meine ich Milliarden. Stimmt das?"

„Darüber habe ich keine konkreten Informationen. Aber darauf deuten unsere Indizien hin. Doch wissen tun wir es nicht."

„Also genauer: Macht es Sinn, wenn ich meine Überlegungen auf Milliarden aufbaue? Von zehn an aufwärts, schätze ich. Zumindest, um mal eine plausible Linie zu verfolgen."

„Da kann ich nur zustimmen."

„Dann würde ich tippen, die Täter haben dieser Regula Verträge abgenommen oder das doch versucht. Und aus Ihrer Antwort schließe ich, dass Sie die Dokumente nicht haben und auch keine Kenntnis ihres Inhalts."

„Das ist so."

„Und die zweite Untat scheint zu zeigen, dass mehrere hinter dem Zeugs her sind."

„Auch unsere Meinung."

„Vom zweiten Mord weiß ich nur, dass er dem ersten gleicht, das kam im Radio. Das verwirrt mich. Ich kann mir einfach nicht vorstellen, dass dieser Reporter in die Stapfen der Frau trat."

„Das glauben auch wir nicht. Aber einen Bezug zur Tat hat er schon."

„So passt es besser. Halten Sie ihn für ein Störelement?"

„Wie meinen Sie das?"

„Nun, von den Tätern aus gesehen. Er hat sich schon aus dem Fenster herausgelehnt mit seinen Artikeln. Maria hat sie gesammelt, und ich habe sie durchgelesen, bevor ich hierher kam."

„Ja, er hat sich exponiert. Aber vielleicht ist seine Vergangenheit wichtig."

„Meinen Sie? Das würde einiges erklären, er passt sonst nämlich schlecht hinein."

„Dürfte ich zur Abwechslung Sie einmal etwas fragen?"

„Oh! Ich weiß, ich bin unmöglich, aber eine solche Sache, die nimmt mich in Beschlag. Da kann ich nicht anders, da muss ich dem nach, in Gedanken, wenn Sie verstehen, was ich meine."

Reto lacht: „Ist schon gut. Aber was sagt all das Ihnen?"

„Zuerst noch etwas. Was die beteiligten Personen angeht, bin ich bloß über Frau Lendi informiert, Maria kennt sie gut. Könnten Sie mir von den anderen erzählen, natürlich nur, soweit Sie das verantworten können?"

Reto seufzt. Wie kommt es nur, dass faktisch er verhört wird? Für einen Moment packt ihn Ärger, aber da er verstehen kann, dass dieser Hügli die gewünschten Informationen braucht, liefert er sie. Es dauert, obwohl er heikle Punkte auslässt und sich kurz fasst. Dann wiederholt er seine Frage.

„Es hilf mir, die Linie der Gedanken hinter den Ereignissen zu sehen", erklärt sein Besucher.

„Ich sehe manchmal den Leuten an, was sie denken."

„Verständlich, für einen guten Ermittler wohl eine Voraussetzung, aber es ist mehr. Wissen Sie, lebende Gedanken sind nicht mehr an bestimmte Menschen gebunden. Sie bilden sich zwar irgendwann und irgendwo, sickern aber dann nach außen durch und infizieren weitere Gehirne. Nehmen wir diesen Fall. Ich vermute einen Plan, groß angelegt, ich nenne ihn den lebenden Gedanken. Das hat Auswirkungen auf viele Menschen. Gemäß dem Prinzip Actio und Reactio oder auch These und Antithese entstehen Gegenkräfte, ein Gegenplan, könnte man sagen. Vom Plan sehe ich die Wirkungen, verschiedene, auch die Gegenwirkungen. Die alle sind wie Spiegelsplitter, in denen sich etwas von der Idee widerspiegelt. Immer unvollständig, bruchstückhaft. Wenn ich mich darauf einstimme, wird das in mir eine Gedankenform annehmen, und ich beginne zu erkennen. Aber passen Sie auf: Es ist wie das Fohlen der gesuchten Stute, eine neu geborene

Version. Und als lebende Entitäten können Gedanken wachsen, sich verändern. Man darf sich nicht beherrschen lassen und muss verifizieren und die Kontrolle behalten. Den Kern sehe ich aber wie folgt: Das Ding ist gigantisch, größer, als ich gedacht habe. Und es ist brandgefährlich. Was meinen Sie nun, was könnte so groß und so gefährlich sein?"

Dann verstummt Hugo und sieht den Ermittler erwartungsvoll an, so als wolle er die Initiative übergeben.

Und Reto erlebt plötzlich sein eigenes Denken. Er sieht, wie die Bruchstücke herumwirbeln und sich nur widerwillig ordnen wollen, weil er sich dagegen stemmt, merkt er jetzt. Dann ist ihm, als sähe er sich beim eigenen Überlegen zu. So betrachtet, muss es ein Megadeal sein. Er sieht die ungeheuerliche Gesamtsumme, viele Milliarden, wie sie sich aufteilt unter alle, die da beteiligt sein müssen, eingebunden in diesem scheußlichen Netzwerk, sieht, wie die Flut strömt, sich verzweigt, in Rinnsale, und zuletzt ist da ein Tröpfchen, das bei Regula ankommt. Der Mord weist zudem auf Macht oder Kriminalität hin, Drogen, Menschenhandel. Doch dafür ist die Summe zu hoch. Also nur Macht. Achmed in Lohn! Ölgeld! Geheimdienste! Reto schwitzt plötzlich. Atomtechnologie, reicht auch nicht! Auch wenn dieser Artikel das anmerkte. Alles reicht nicht. Also bleibt nur: Technologie, die den Bau von Atomwaffen erlaubt!

Dann bricht es aus ihm heraus: „Wie ich all das hasse."

Hugo schüttelt schwer den Kopf, die Angelegenheit bedrückt ihn, dann holte er Luft: „Wir erleben nur die Vorstufe. Darum bin ich gefeuert worden an der Uni, weil ich auch politische Vorgänge mit lebenden Gedanken in Verbindung brachte, die als Parasiten bezeichnete, diese ganze Hysterie anprangerte, auch die in unserem Land."

„Ich verstehe Sie."

„Sie haben also eine Vorstellung?"

Reto nickt: „Schon, aber sie ist Fantasterei, sie ist zu fantastisch. Das ist schlechte Polizeiarbeit."

„Habe ich nicht versucht, meine eigenen Gedankengänge zu verifizieren, mich zu vergewissern? Das muss halt jeder, der so arbeiten will."

„Trotzdem führt es zu Fantasterei."

Hugo seufzt plötzlich: „Wissen Sie, Sie sind begabt. Sie sollten diese Gabe nicht ablehnen. Aber Sie haben recht, wenn Sie immer wieder überprüfen. Denken Sie an das Bild des Fohlens. Nehmen Sie die Idee, die jetzt in Ihnen entstanden ist, als eine Hypothese, als vorläufig, und überprüfen Sie sie an allem, was Sie wissen. Ich mache das auch so. Und ich bin sicher, am Ende führt das zu besserer Polizeiarbeit."

Reto erhebt sich plötzlich und geht im Raum auf und ab, während Hugo mit dem Finger die letzten Krümel vom Pappteller abtupft und zu Munde führt. Eine Weile sind nur die Schritte zu hören, der Professor verfällt der Reglosigkeit, als würde er einschlafen. Als Reto sich herumwirft und ihn ärgerlich anstarrt, erkennt er Konzentration und nichts von meditativer Versunkenheit. Dann ruft er aus: „Also, wenn Sie schon solche Pläne erkennen können, wo zum Teufel sind dann die verdammten Papiere?"

Hugo antwortet ernsthaft: „Ich bin kein Zauberer und auch kein Hellseher. Ich habe mir bloß eine Methode des Denkens beigebracht, die sehr wenige diszipliniert anwenden können. Ihre Frage kann ich leider nicht beantworten. Dazu ist mein Fohlen zu unausgereift, noch zu verschwommen."

„Also Sie können es nicht."

„Höchstens so, wie Sie es formuliert haben. Ich denke, ich bin nicht besser als Sie. Sie erkennen manchmal, merken, wie Sie es wohl nennen, was jemand denkt. Und das von Ihrer Polizeiarbeit her. Mir geht es genauso, nur kann ich das wegen meiner Studien. Zusammen sehen wir vielleicht mehr, gerade weil wir von ganz verschiedenen Seiten kommen. Und bei mir …"

Hugo sieht, dass der andere ihn unterbrechen will, und fährt weiter: „Da ist noch etwas Wichtiges, was ich Ihnen erklären muss. Mich hat immer die große Masse beschäftigt, also habe ich Ideologien wie Nationalsozialismus oder Kommunismus studiert, aber auch harmlosere Ausprägungen, wie diese krankhafte helvetische Selbstauffassung vor meiner Nase. Das ist etwas ganz anderes, als das Denken eines einzelnen Menschen zu erkennen. Nehmen Sie ein Bild. Wenn Sie tausendmal würfeln, dann können Sie verlässlich voraussagen, dass dabei etwa fünfzehn bis zwanzig Prozent Sechser sind. Wenn Sie einmal würfeln, dann ist es entweder null oder hundert Prozent, Sie können also nichts vorhersagen."

„So, und wann können Sie dann bei einem einzelnen Menschen erraten, was er denkt, mit Ihrer Methode da?"

„Gute Frage, ich würde sagen, wenn jemand unter dem Bann eines kollektiven Gedankens steht." Er kichert. „Hätte ich nur Studenten gehabt wie Sie. Also ein Beispiel, das Ihnen einleuchtet. Herr Blocher. Er hat sich völlig in den Bann einer nationalistischen Ideologie gestellt. Darum verläuft sein Denken, strategisch betrachtet, innerhalb sehr enger Leitplanken. Er ist, mal rein politisch gesehen, sehr eingeschränkt und damit schädlich für die Schweiz."

„Passen Sie aber auf, wem gegenüber Sie so etwas erwähnen."

„Halb so wild. Er ist ja nicht der Einzige. Es ist einfach eine historische Tatsache, dass diese eindimensionalen Ideologien, seien sie nun links oder rechts, religiös, materialistisch, nationalistisch oder was auch sonst, auf die Dauer immer Schaden anrichten. Das lässt sich über Jahrhunderte hinweg verfolgen."

„Das erlebe ich ja auch in der Polizeiarbeit, mit Dogmen komme ich da nicht durch."

„Aber zurück zu Blocher, er ist auch sehr intelligent, somit denkt er taktisch sehr variabel. Seine Strategie konnte ich tatsächlich gut vorhersagen, seine Taktik aber kaum."

„Und was soll uns das bei dieser Regula helfen?"

„Was hatte sie in den Händen?"

Reto schweigt.

„Was?", wiederholt Hugo drängend.

Schließlich zuckt der Polizist die Achseln: „Das sind alles nur Vermutungen."

„Es sind unsere Ängste."

„Ja!"

„Es gibt eine Strategie in solchen Fällen. Man nehme die schlimmste Befürchtung an, um Vorkehrungen zu treffen. Sagen Sie mir also diesen schlimmsten Fall."

„Atomwaffentechnologie, die Bombe letztlich. Und die käme dann in die falschen Hände. Aber das ist nur Vermutung."

„Mit einem Flächenbrand im Nahen Osten als Folge, es war ja genug vom Islam die Rede. Und das hatte sie, wenn unsere Vermutung stimmt, in den Händen."

„Ja."

„Und als sie ermordet wurde, da hatte sie es nicht mehr bei sich. Die Frage ist also: Was wollte sie mit dieser heißen Kartoffel?"

„Eine verdammt glühend heiße Kartoffel, würde ich mal sagen."

„Die wollte oder sollte sie weiterreichen, aber sie ist erschossen worden. Wer hat sie jetzt?"

„Schön, wenn ich das wüsste."

Hugo zeigt plötzlich mit dem Finger auf sein Gegenüber: „Sie glauben, dass noch niemand sie hat. Darum machen Sie weiter. Darum geben Sie nicht auf. Sehen Sie, das ist Ihre Strategie, und die erkenne ich."

„Ich kann mich irren."

„Ich weiß, aber solange Sie an eine Chance glauben, geben Sie nicht auf. Und diese Regula, denke ich, die hätte auch nicht aufgegeben."

„Hätte sie nicht, ich bin sicher."

„Also haben Sie Informationen!"

„Wissen über ihre Vergangenheit. Sie gehört wohl zu den Besessenen gemäß Ihrer Definition."

„Ich sehe sie immer noch zu wenig klar. Etwas fehlt mir, und ich kann ihren Gedankengang nicht fassen. Wissen Sie, ich müsste diesen Weg gehen, wie sie ihn gegangen ist. Denn da marschierte sie ganz auf ihr Ziel gerichtet. Diese Verträge müssen dort sein, und wenn ich dort liefe, verstünde ich vielleicht, was in ihrem Gehirn vor sich ging."

Reto sträuben sich die Haare. Er stimmt möglichst beiläufig zu: „Das machen wir morgen zusammen, ich hole Sie ab."

„Es müsste heute sein." Hugo blickt nach draußen. „Es dämmert bald. Ich müsste das eigentlich in der Nacht machen, aber Dämmerung reicht wohl auch."

„Das ist Wahnsinn!" Der Polizist verschweigt, dass seine Leute immer noch das Gebiet kontrollieren. Sie bieten ohnehin einen nur unzureichenden Schutz.

„Dann kann ich nichts sagen. Vielleicht kommt mir noch ein Einfall, aber ich habe wenig Hoffnung. Oder Sie können mir noch Bruchstücke liefern."

Plötzlich steigt in Reto eine solche Wut auf, dass er meinte, die halb verdaute Pizza käme ihm hoch: „Verdammt, ich brauche einen Espresso. Und noch verdammter, wir fahren hin. Und verdammt sind wir beide, also sag Reto zu mir."

Der ältliche Professor lächelt scheu: „Ich heiße Hugo."

„Okay, ich alarmiere noch René, er soll den Weg auf der Seite nach Scharans hin sichern." Er telefoniert kurz und lacht dann grimmig: „Klappt, wir können losfahren." Den Kaffee hat er schon wieder vergessen.

38

Draußen pustet ein gehässiger Höhenwind aus Westsüdwest Wolken über den Himmel, formt sie zu Bänken, zwischen denen nur vereinzelt Blau aufblinkt. Ein Ausläufer umwirbelt sie kurz, als sie auf das Auto zueilen, dann herrscht wieder Ruhe. Nicht ungewöhnlich in diesem Tal, über das die querenden Luftströmungen lieber hinwegblasen, als dass sie hineintauchen.

Während sie im Polizeiwagen nach Almens brausen, merken sie nicht, dass ihnen ein Wagen folgt. Denn dessen Fahrer hält weiten Abstand, so als wäre er nahezu sicher, wohin die beiden wollen – und als genüge ihm darum von Zeit zu Zeit ein Blick auf seine Opfer. Aber es reicht ihm nur knapp, um zu erkennen, dass sie nach dem Überqueren von Rhein und Autobahn nicht nach rechts, sondern nach links abbiegen. Wollen sie nach Almens? Ivan gibt Gas, um sie nicht gänzlich aus den Augen zu verlieren.

Und wie es der Zufall will, sieht auch Hank, der im Weiss Kreuz am Fenster zur Straße hin sitzt, Reto und Hugo im Polizeiauto. Das dünkt ihn so seltsam, dass er die Bedienung herbeiruft, bezahlt und abfährt, Richtung Scharans und dann hinauf gegen den Mordplatz. Langsam, denn er fühlt keine Eile, für eine Verfolgung ist er zu spät. Dafür bleibt ihm die Chance, rechtzeitig zuzuschlagen, nachdem andere gefunden haben.

Die Unruhe treibt Gian in die Nacht hinaus. Vielleicht findet er den Mörder. Er hat gehört, die kehren zurück, solche Schufte. Vor allem, wenn so einer etwas sucht, wie hier. Aber er wird nichts finden. Er erreicht die Stelle und horcht, doch das Tosen in den Wipfeln übertönt alle anderen Geräusche. Also geht er weiter, vorsichtshalber nicht mehr auf dem Pfad, sondern oberhalb davon. Der Sauhund würde den Weg benutzen, wenn er wiederkommt. Und er käme wohl von Almens. Gian sieht gut im Dunkeln, da hat er kein Problem. Eher mit dem Schießen, das kann er so schlecht. Plötzlich packt ihn Angst. Noch langsamer und noch leiser pirscht er nordwärts.

Reto knurrt: „Dass wir hier in der Finsternis herumlaufen, das ist einfach Wahnsinn. Bei Tag sähen wir mehr, und …" Er bricht ab.
„Du hast doch gesagt, alles sei abgesucht."
„Allerdings, und darum leuchtet mir die Nacht nicht ein."
Da kommt keine Antwort, sie gehen schweigend, Retos Nerven sind gespannt, er spürt Gefahr, obwohl jedes Anzeichen davon fehlt.

Plötzlich taucht ein Schatten vor ihnen auf, lautlos tritt er aus der tiefen Dämmerung, schon fast Nacht, hier unter den Bäumen. Hugo erschrickt so, dass er zittert, es läuft ihm plötzlich Schweiß den Rücken hinunter, sein eigener Einfall dünkt ihn nun hirnverbrannt. Der Polizist aber bleibt gelassen: „Bruno", redet er die Gestalt an.

„Reto", kommt die Antwort. „Was treibst du hier? Und wer zum Teufel ist das?"

Der Angesprochene zuckt die Achseln und lügt: „Ein Experiment, eine kleine Wanderung, nicht dienstlich; aber fein, dass du da bist, du deckst uns gerade den Rücken."

Der Angeredete steht einen Moment still da. Hugo denkt an einen Waldgott. Dann gibt er zurück: „Schaut nur zu, dass nicht jemand euch von vorn abknallt. Das geschah doch schon zweimal."

Vor sich hört Gian ein Knacken, glaubt das zumindest, und hält an. Nichts, nein, vielleicht doch etwas. Er huscht nach oben, weiter weg vom Weg, weiter. Er packt das Gewehr fest, doch er zittert, denn ihn ergreift die Angst. Seine Augen schnellen herum, dann fällt ihr Blick auf zwei Bäume. Sie geben ein Versteck ab. Er schleicht hinüber, verbirgt sich dahinter. Die Flinte hält er schussbereit.

Beim Wandern kommt Hugo die erste Idee und er erklärt: „Wie soll ich also etwas finden, wenn andere, die viel besser sind als ich, nichts gefunden haben? Höchstens, wenn ich meine besondere Stärke ausspiele. Und die besteht darin, dass ich mehr von Gedanken weiß als beinahe alle anderen. Und da gibt es dieses Anwesen, Waldgarten nenne ich es. Dort könnten sie sein, dünkt mich plötzlich. Ein typisches Frauenversteck."

„Ich weiß, was du meinst, aber auch da haben wir gesucht. Da finden wir nichts, schon gar nicht in dieser Nacht. Es müsste ja so gut versteckt sein, dass wir es am Tag nicht gefunden haben. Zudem, wieso soll es dort sein? Sie ist gar nicht bis dorthin gelangt, sie ist vorher getötet worden, sie ist doch von Almens her gekommen."

Hugo hält im Schritt inne: „Woher wissen wir, dass sie das Zeugs selbst versteckt hat?"

„Wem sollte sie es schon gegeben haben?"

„Diesem Gian, wenn ich die Geschichte richtig verstehe. Am Tag vorher oder noch früher, ich vermute, sie wollte es aus dem Haus haben, in ihrer Angst."

„Das wäre voll gaga. Der ist nun wirklich nicht der Klügste. Und so wichtige Papiere."

„Aber er ist zuverlässig, aus ihrer Sicht betrachtet! Wem hätte sie sonst getraut? Eigentlich genial! Jeder hält ihn für einen Trottel, niemand kommt auf die Idee, dass sie ihm das Zeugs geben könnte, das über Dutzende von Milliarden oder auch Krieg und Frieden entscheidet. Und er frisst ihr aus der Hand. Nur darf er die Ware nicht bei sich behalten, er würde sie irgendwo in einer Scheune oder in einem Stall verstecken, wo sie gefährdet ist, zu viele könnten sie dort finden. Er darf keinesfalls erfahren, was drinnen steht. Auch wenn der Text sicher Englisch ist, Atom schreibt sich ja gleich. Zumindest kann ich mir vorstellen, dass ihre Befürchtungen in diese Richtungen gingen. Zudem ist ihr sein Hof zu weit weg. Also bestimmt sie, wohin er das Zeugs bringen soll. Und da denke ich an diesen Waldgarten oder wie immer das Anwesen auch heißt."

„Ich sage dir, da haben wir nachgeschaut. Da ist nichts. Außer Spuren, wohl vom Besitzer."

„Ist jemand auf die Bäume geklettert?"

Reto verschlägt es den Atem: „Also, das wäre noch hirnverbrannter. Es hat immerhin geregnet. So lautete auch der Wetterbericht, wenn ich mich recht erinnere. Sie hätte doch nicht gewollt, dass diese Verträge auf Bäumen durchweicht werden!"

„Vielleicht nahm sie das als das noch Beste in Kauf. Vielleicht war es ein schlechter Platz und die Papiere sind weg. Und Gian, der ist doch irgendwie noch ein Bub. Dem würde das einfallen. Das hätte er dann vorgeschlagen, eifrig, um ihr zu gefallen."

„Sie hätte ihn zusammengestaucht."

„Nehmen wir einmal an, sie hätte das Paket wirklich Gian gegeben. Damit handelte sie riskant, kühn, darauf spekulierend, dass das niemand erwartet. Ihm zuzustimmen geschähe aus der gleichen Haltung. Natürlich vermute ich im Moment bloß. Aber warum sollen wir nicht einen Blick auf die Bäume werfen?"

Reto gibt nach. Aber halbwegs bis zum Ziel beginnt er erneut: „Warum hat sich dann kein Geheimdienst an ihn gemacht? Ich lasse ihn überwachen. Er hat selbst nie nach Papieren gesucht und niemand hat versucht, sich ihn zu schnappen, ja, auch nur, sich ihm zu nähern."

„Warum lässt du ihn überwachen?"

Der Polizist knurrt: „Ich habe Angst um ihn."

„Diese erfahrenen Agenten haben die Überwachung sicher bemerkt. Vielleicht haben sie darum nichts unternommen."

„Wir fantasieren. Unsere Bemühungen reichen nicht, um die ernstlich zu behindern."

„Vielleicht waren sie sich im Weg. Da sind doch mehrere, wenn ich richtig verstanden habe. Und wenn, dann wollen sie ihn befragen, ausquetschen. Nur wäre das bei ihm viel schwieriger als vorher bei Frau Lendi."

„Das schon." Reto fühlt sich plötzlich unbehaglich.

Sein Nebenan merkt das nicht: „Zudem: warum sollen Profis ihn verdächtigen, wenn du das nicht tust? In dieser Hinsicht denken die doch wie du!"

Der Ermittler wirft einen Blick um sich und versucht zu horchen. Aber dieser Hugo will unbedingt quasseln. Es ärgert ihn.

„Von deiner Überwachung her können die nämlich nicht schließen, dass Gian eine wichtige Rolle spielt. Wäre das so, dann hättest du ihn verhaftet und Haus und Hof auseinandergenommen. Das denken die. Also sieht es für sie aus, als hättest du ihn als Verdächtigen überwacht. Gezwungen gar, wegen dieses Presserummels, der ist ihnen sicher nicht entgangen."

„Ähnlich habe ich es auch der Staatsanwaltschaft gegenüber begründet und auch mehrfach anderen gegenüber erwähnt. Und herumgeschnüffelt haben wir auf ihrem Anwesen, auch wenn wir es nicht auseinandergenommen haben, wie du das bezeichnest."

Vor ihnen liegt der Platz. Sie bleiben stehen und blicken hinab. Er sieht zauberhaft aus: „Also du hast hier nachsuchen lassen?"

Reto antwortet knapp, ihn ärgert, was er als versteckte Kritik auffasst. Er schaut hinab, bevor er sich wiederholt: „Das ist einfach voll gaga. Ich denke, wir gehen hinunter, unter die Bäume, legen die Köpfe in den Nacken, stolzieren wie Störche herum und schauen aus allen Richtungen hinauf, ob wir etwas Helles, Verdächtiges schimmern sehen." Er friert plötzlich. In der Nacht haben sie tatsächlich eine Chance, trotz der Finsternis. Vielleicht sogar eine bessere als am Tag, je nach Lichteinfall. Zumal jetzt gerade der Mond zwischen den Wolken scheint.

Sie konzentrieren sich auf die Bäume, die Gian erklettert haben könnte. Beim Fünften wird Reto fündig. Ein winzig kleiner, kaum sichtbarer Fleck. Hugo sieht ihn nicht einmal, nachdem der Polizist ihn darauf aufmerksam gemacht hat und nun hin und her geht, um das Ding besser zu lokalisieren und sicher zu sein, dass ihn nicht ein verirrter Strahl täuscht. Die Stelle bleibt erkennbar, wenn sich nicht gerade ein Ast davor schiebt. Er schwingt sich hoch, der Hügli ist ja dafür nicht gebaut. Wenig später hat er den dicken Umschlag in der ausgestreckten Hand. Braunes Umweltschutzpapier, immer noch nicht völlig getrocknet, gewellt und mit Schmutzspuren.

Er klettert hinunter, öffnet den Umschlag, entnimmt ihm eine Plastikmappe, so eine stabile mit Druckknöpfen, zieht den Inhalt heraus, der kaum unter dem Wetter gelitten hat, und leuchtet hinein. Es sieht gut aus. Oder besser: verdammt schlecht, Atom sticht ihm in die Augen. Sonst sind da Firmennamen, große Zahlen und Unterschriften, schon auf der Frontseite. Er schwitzt:

„Wir müssen so schnell wie möglich weg. Nach Scharans, das ist näher und René wartet dort."

Sie marschieren zügig, und Reto heißt den anderen zu schweigen, als er laut darüber nachzudenken beginnt, warum die falsche Tasche nicht bei Regula war. Der Kriminalbeamte ist überzeugt, dass der Mörder sie mitgenommen hat, damit gegnerische Geheimdienstler denken, er habe die Beute schon. Er glaubt zu wissen, warum die Verträge unentdeckt blieben. Nicht nur er hat das Gelände absuchen lassen, Friederich hat zumindest einen Mann ausgeschickt. Also war insgesamt genug Betrieb, sodass alle, die suchten, sich behinderten.

Aber jetzt spürt er Gefahr und schlägt ein Tempo an, das Hugo keuchen lässt.

39

Retos Mobiltelefon vibriert. Er greift danach, nimmt ab und antwortet: „Ja, was ist?" Er stoppt im Schritt, Hugo ist dankbar dafür. Dann knurrt der Polizist zwischen den Zähnen: „Ein Auto ist vorbeigefahren? Himmel, René! Folge ihm sofort!"

Sie haben gerade den Bach passiert und eine etwas bessere Sicht. Reto blickt wild um sich, doch das hilft nicht viel, denn die Wolken sind dichter geworden, schieben sich vor den Mond. Dann packt er den Hügli am Arm und zischt: „Still!" Zu sehen ist nichts, aber schwach zu hören ist ein Motorengeräusch vor ihnen. Zu sehen ist nichts! Kein Licht der Scheinwerfer, nicht einmal Standlichter. Kein vernünftiger Mensch fährt in dunkler Nacht ohne Licht durch den Wald. Kein vernünftiger Mensch, wohl aber ein Profi auf Jagd, auf Jagd nach ihnen! Vielleicht gar mit einem Nachtsichtgerät!

Es ist kaum mehr als eine Sekunde vergangen. Er reißt Hugo mit sich und rennt die paar Schritte Richtung Trockenbach zurück. Die kleine Chance zu entkommen. Nicht im Bach selber, gerade vorher, im Wald. Das geht, in der Rinne käme nicht einmal er allein schnell vorwärts. Die ist ein übles Steinbett und taugt nur als Wegweiser. Wieder zischt er: „Das ist ein Mörder, hier hinauf, wir müssen uns verstecken." Er kann nicht wissen, dass sie damit in die tödlichere Falle rennen.

Gian stoppt. Von unten erreicht ihn ein neues Geräusch, ein einzelnes Klacken. Er braucht kaum zu warten, da kommt von Almens her ein schattenhafter Umriss, eilig und doch nahezu lautlos. Er trägt etwas in der Hand, es kann nur eine Waffe sein, so wie es aussieht, und seiner eigenen sicher weit überlegen. Er lässt den Mann vorüber, steigt zum Weg hinab und folgt mit Abstand, so gut und so rasch wie möglich, bemüht, sich nicht zu verraten. Da, plötzlich! Die Gestalt verschwindet. Nach rechts nach oben in den Wald? Beim Trockenbach? Er eilt ihr nach.

Rattern! Sehr nahe! Sein Herz hämmert, er sieht Mündungsfeuer weiter oben flackern. Er hat keine Chance, nicht einmal in dieser Dunkelheit. Er bleibt stocksteif stehen. Aber der hat Regula erschossen, er muss ihn töten. Nur so, spürt er, kommt seine Welt wieder in Ordnung. Zitternd setzt er einen Fuß vor den anderen, kleinste Schrittchen, auf sein Ziel zu.

Ivan flucht innerlich. Vor ihm sind zwei. Das Knacken von Ästen, eine kaum wahrnehmbare Bewegung, sicher beim Bach hinauf. Und, verdammt, da nähert sich ein Wagen ohne Licht! Dann verstummt das Geräusch des Motors. Scheiße! Er ist nicht allein. Die vor ihm, die sind zu schnell und haben wohl die Ware. Sie sind weg vom Weg, weil sie sie haben. Er hat Terrain gutgemacht, als sie suchten, sicher. Beinahe hätte er sie eingeholt. Hätte er nur nicht an diesem verdammten Polizisten vorbeischleichen müssen. Aber jetzt fliehen sie. Nach oben, was sonst. Er rennt. Er kann auf fast jedem Grund nahezu lautlos rennen. Selbst in diesem üblen Steinbett. Aber zu langsam, er klimmt links hinaus und spurtet im Wald weiter. Solches lernt man im Kaukasus, zumindest wenn man Aufgaben bekommt wie er. Man lernt es oder stirbt.

Jetzt, höher, sieht er in der Düsternis eine Bewegung und feuert. Nur so kann er sie festnageln und dann einholen. Er springt in Sätzen, bis ihm eine Kugel um die Ohren pfeift. Er wirft sich hin und deckt den Gegner erneut ein.

Reto hört etwas oder ahnt es auch nur. Mit letzter Kraft katapultiert er sich vorwärts hinter Bäume. Er will Hugo mitreißen, doch der stolpert, entgleitet seiner Hand, stürzt und kollert in den Einschnitt hinab. Er selbst erreicht die Deckung genau in dem Moment, als eine Schnellfeuerwaffe losrattert.

Er zittert. Von unten stinkt es. Hat der Professor in die Hosen geschissen oder haben ihm Schüsse die Eingeweide zerfetzt? Er weiß es nicht, es kommt ihm hoch, er presst alles hinunter und die Arschbacken zusammen. Und feuert mit der Dienstwaffe zurück, sie tief am Boden haltend, damit das Mündungsfeuer seinen Standort nicht verrät. Wildes Ballern antwortet. Die Verträge! Niemand darf sie bekommen.

Aber wie? Anzünden würde seine Stellung verraten und wäre tödlich. Da rumpelt es. Steinschlag, durchzuckt es Reto, obwohl dafür weder die Jahreszeit noch das Wetter ist. Aber Steinschlag kann es immer geben. Er zieht in tiefer Deckung das Feuerzeug, reißt die Plastikmappe auf, holt die Papiere heraus und brennt sie an. Der donnernde Lärm hält an, ein kalter Luftzug weht Staub durch den Wald. Mit einem Ast schiebt er das Bündel weg, zum benachbarten Baum. Vielleicht zielt der Kerl dorthin.

Gian schwitzt, sein Herz hämmert, seine Augen starren entsetzt auf die Feuerblitze vor ihm. Er will ja kämpfen, aber wie? Dann dieses plötzliche Gedröhne, aber auch das hilft ihm nicht. Er muss töten, aber wie? Seine Hände sind nass, das Gewehr fühlt sich glitschig an, es ist nicht seine Waffe. Obwohl das kaum eine Rolle spielt. Ob seine oder Vaters Waffe, er schießt ohnehin schlecht. Wie kommt er so gegen ein Schnellfeuergewehr an? Zudem ist der Mörder in Deckung wie auch Reto, sicher ist der auch da. Er muss näher heran. Er hat nur eine Chance, er trifft oder er ist tot. Dieser Feind gibt ihm keine zweite. So wie er Regula keine gegeben hat.

Er kriecht vorwärts. Da bricht eine dunkle Gestalt wild ballernd aus der Deckung hervor. Ein einziger Blitz antwortet und bringt sie zu Fall. Oder lässt sie sich fallen? Denn der Schuss reicht nicht. Mit einer neuen Salve deckt der Liegende alles ein. Und Gian drückt ab. Es sieht aus, als schlüge ein kleiner Hammer auf die Stelle des Körpers des Mörders, in die sich seine Kugel hineinbohrt. Er kann die Verformung sehen. Aber der Mann bewegt sich weiter. Er manipuliert, ja, er legt ein neues Magazin ein! Gian schießt seine zweite Kugel ab, daneben, dünkt es ihn, denn der Schurke feuert in seine Richtung. Zum Glück durchschlagen die Geschosse harmlos die Zweige über ihm.

Dann blitzt es von unten. Hat Reto so schnell die Stellung gewechselt? Gian ist verwirrt und vergisst, dass er laden will.

Der Schwarze krümmt sich. Langsam kommt der Lauf seiner Kalaschnikow hoch und sucht den Wald ab. Da ist eine Bewegung. Reto springt hervor, näher heran, und gibt den Fangschuss ab. Die Waffe kippt ab, dann fällt der Arm herunter. Von unten nähert sich eine massige Gestalt.

Der Ermittler tritt ein paar Schritte zurück, bückt sich, hebt die immer noch rauchenden Papiere hoch. Den verdammten Verträgen hat das bisschen Feuer wenig geschadet. Er greift nach dem Feuerzeug, dann ist die massige Gestalt da. Es ist Hank, den Revolver schussbereit.

Plötzlich durchflutet den Polizisten große Gelassenheit. Er fächert den Bund in seiner Hand auf, klickt das Flämmchen an und entzündet die Blätter erneut. Er schwenkt den Plunder hin und her, die Flammen lodern auf. Der Amerikaner bewegt sich nicht, sondern beginnt zu lachen. Reto legt den Packen nieder und wendet ihn mit einem Ast um und um, damit er möglichst gut verbrennt.

Gian lässt das Gewehr fallen, setzt über den Bach und ergreift einige Reiser. Feuer hat er immer geliebt. Er zerbricht, was er mit seinen Händen erwischt, in kleine Stückchen und legt sie sorgsam in die Flammen, die schon erlöschen wollen. Hank lacht wieder, bückt sich und gibt weiteres dürres Holz dazu. Caviezel fällt in das Crescendo des Chores ein und hilft mit. Am Ende grölen alle drei. Wie entschuldigend meint dann der Agent: „Vielleicht ist es so am besten."

„Das denke ich auch, wohl das einzige Exemplar?"

„Wohl schon."

„Ein Feuer ist immer schön", fällt ihnen Gian ins Wort.

„Und dieses ganz besonders."

„Sind unterschriebene Verträge verbrannt auch noch gültig? Du bist ja vom Fach, he!"

Die Antwort erfolgt mit Achselzucken: „Gültig schon, aber weder beweisbar noch einzufordern."

Hank gluckst: „Und kommen vor allem nicht in die falschen Hände."

Gian streckt seine der Wärme entgegen: „Ein Feuer ist immer schön, ich mag ein so kleines Feuer. Schade, dass ich nichts dabei habe zum Braten. Hunger habe ich nämlich."

Unweit jammert jemand, Reto fährt herum: „Verdammt, Hugo, ich habe ihn vergessen!"

„Ich hielt ihn für tot!"

Der Polizist springt ins Bachbett, greift nach dem Liegenden und fühlt Blut: „Nein, aber verletzt! Hörst du mich? Verstehst da mich?"

„Autsch, oh, Scheiße." Der Angeschossene versucht, sich aufzurappeln und hält wieder inne. „Ouah! Das tut weh! Plötzlich!"

„Du warst nicht bewusstlos?"

„Nein! Weiß nicht." Es schüttelt ihn, er sinkt in sich zusammen und beginnt rau und stoßweise zu schluchzen.

40

„Hock dich hin!", befiehlt Reto. Es ist Donnerstagnachmittag, denn der Beamte hat nach dem langen gestrigen Tag den Morgen freigenommen. Der Bursche gehorcht, sucht mit seinen Augen den Boden ab. Was er dort findet, kann niemand sagen. Er schweigt.
„Du hast mir das Leben verdammt schwer gemacht, das hast du inzwischen wohl begriffen?"
„Äh! Das wollte ich nicht."
„Aber getan hast du es! Du hast mir Dinge verschwiegen, die ich hätte wissen müssen."
„Äh! Ja, ich weiß."
„Dinge, die mir vielleicht gar geholfen hätten, Unheil zu verhindern."
„Das wollte ich nicht", würgt Gian hervor.
„Aber getan hast du das. Und tust es immer noch!"
Die ein bisschen vorstehenden Lippen im erschlafften Gesicht zittern, und um die Augenlieder herum sieht es verdächtig feucht aus. Reto wartet und starrt den anderen an, während sich die Stille drückend dehnt.

„Ich habe sie geliebt. Ich liebe sie." Gians Stimme ist rau. Aber der Damm ist gebrochen. „Sie ist eine wunderbare Frau. Und was auch die anderen denken, sie ist ein guter Mensch. Sie hat nur Gutes gewollt, ich weiß das. Alle haben immer auf mich herabgesehen, sie nicht."
„Kennst du sie schon seit Langem?", unterbricht ihn Reto.
„Seit diesem Sommer. Ich habe sie getroffen, als sie joggte. Sie hat mich angelächelt, und ich dann sie. Sie ist stehen geblieben und wir haben gesprochen, ich weiß nicht mehr was." Der Redefluss stoppt.
„Und wie ging es weiter?"
„Ich habe sie wieder getroffen. Ich habe sie eingeladen, zu uns, zu Kaffee und Kuchen. Und sie ist gekommen. Wir haben

Kaffee getrunken und Kuchen gegessen, zusammen. Ja, und dann haben wir gesprochen und ich habe ihr angeboten, die Wege zu zeigen, auch die, die nicht alle kennen. Sie hat gelacht und gesagt, das sei gut, sie könne Training brauchen. Und das haben wir dann getan zusammen."

„Und was war dann?"

„Äh! Dann …" Die Stimme verlor sich.

Reto versteht: „Darüber musst du nicht berichten. Hat sie dir auch Aufträge gegeben?"

„Ach das. Zweimal. Mit dem Töff bin ich für sie gefahren. Geld wollte sie mir dafür geben, es koste ja auch, der Töff, hat sie gemeint, aber das wollte ich nicht. Aber wir sind essen gegangen, zusammen. Und da hat sie bezahlt, das wollte sie so."

„Wie ging das, mit den Aufträgen, meine ich?"

„Sie gab mir ein Paket. Dann bin ich dorthin gefahren, wo sie mir gesagt hat, und habe es in den Briefkasten gesteckt. Es waren ja keine großen Pakete, die gingen hinein."

„Du hast sie nicht abgegeben? Nicht geläutet?"

„Nein, ich musste sie nur hineinstecken. Sie hat gesagt, die sind nicht so wichtig, nur eilig. Steck sie einfach hinein, ins Paketfach, das tun die Pöstler ja auch. Sie hat gesagt, sonst kämen sie zu spät an. Das dauert ja mit den Paketen."

„Und wohin musstest du sie bringen?"

„Nach St. Moritz und nach Davos."

„Wann?"

„Ich weiß nicht genau, nach St. Moritz Mitte Juni, nach Davos, ja, das war zwei Tage nach dem ersten August."

„Weißt du die Adresse noch?"

„Das waren Ferienhäuser, ich würde sie schon wiederfinden. Sie hat mir so Computerausdrucke gegeben, jedes Mal, darauf waren sie angekreuzt. Die musste ich verbrennen, nachher, aber ich würde sie finden."

Und drinnen, oder auch sonst versteckt, wartete wohl jemand, unangemeldet, vielleicht ohne dass der Besitzer etwas wusste, überlegt sich Reto. Zumindest würden die ihre Mittäterschaft abstreiten können. Und kämen durch damit, denn auch Zahlungen würden sich nicht nachweisen lassen. So blöde waren solche Typen nicht. Oder es galt überhaupt nur der Ort. Jeder konnte ja hingehen und die Ware holen, sobald die Luft rein war. Eine voll kalte Spur. Aber man würde nachforschen müssen.

„Das war alles?"

„Nein, da ist noch ... Musste sie deswegen sterben?"

„Ja, wegen dieses Umschlags."

„Ich habe ihn auf dem Baum versteckt dort. Sie hat gesagt, das ist aber kein gutes Versteck. Ich habe gesagt, das ist eine Tanne, da sieht man nichts. Und er wird weniger nass auf einer Tanne."

„Ich habe ihn zwar gesehen, du hast doch gut gewählt. Ohne Hilfe hätte ich ihn nicht gefunden."

„Und dann ..." Wieder versagt die Stimme. Diesmal rinnen dem Burschen tatsächlich Tränen über die Wangen. Er streift sie nicht ab, scheint sie nicht einmal zu merken. Reto bedrängt ihn nicht. Er beginnt zu begreifen, dass Regula ihn geliebt hat, auf die Weise, die ihr möglich war. Er wartet geduldig.

Bis der andere den Faden wieder aufnimmt: „Sie wollte nicht, dass ich komme, sie wollte ihn mir geben. Wenn es so weit ist, hat sie gesagt. Sie hat mich dann angerufen. Dann habe ich Angst gehabt um sie und bin gegangen, zum Versteck." Plötzlich schluchzt er und braucht Zeit, um fortzufahren. „Ich habe auf sie gewartet, und da war der Schuss. Ich bin davongerannt. Ich hätte ihr helfen sollen."

„Sie war praktisch sofort tot. Nach dem Schuss hat sie weniger als eine Minute gelebt. Sie war schneller tot, als du bei ihr hättest sein können. Der Mörder hätte bloß auch noch dich erschossen. Und das hätte sie nicht gewollt."

„Ja, das hätte sie nicht gewollt." Der Gedanke scheint ihn ein wenig zu trösten.

„Was solltest du mit dem Packen machen?"

„Ihn nach Tirano bringen. Mit dem Töff. Es hat dort ein Café, das ich kenne. Wenn ich dorthin fahre, kehre ich dort ein. Wir waren zusammen dort, mit dem Töff." Er schluckt, und wieder kullert ihm eine Träne über die Backe. „Dort würde einer zu mir kommen mit schwarzem Anzug und einem roten Taschentuch in der Brusttasche und mich fragen: Sie sind Gian? Auf Italienisch, das kann ich nämlich ein bisschen. Ich würde sagen: Ich bin Gian Tschupp. Und er würde fragen: Kennen Sie die Margerita? Das ist nämlich ihr zweiter Name. Dann hätte ich ihm das Zeug gegeben."

Reto staunt ob dieses kindlichen Plans. Doch gerade darum hätte er gelingen können. Es sei denn, der Abnehmer hätte sich bereits im Visier seiner Feinde befunden. Aber dann hätte ohnehin nichts geklappt. Er versucht zu trösten: „Zum Glück hast du nicht doch noch versucht, diese Papiere zu überreichen."

„Meinst du?", schnieft Gian.

„Ja! Jetzt sind sie verbrannt, und das ist das Beste, glaube mir. Wie bist du dann uns zu Hilfe gekommen? Das habe ich nicht richtig begriffen!"

„Ich dachte, vielleicht finde ich den Mörder. Die kommen ja zurück, habe ich gelesen. Ich bin zuerst zum Versteck gegangen, aber da war noch alles, wie es immer war."

„Uns hast du nicht gesehen?"

„Nein. Nachher lief ich etwas gegen Almens. Aber dann habe ich gedacht, wenn der Mörder von dort kommt, muss ich weg und bin nach oben. Dann kamen zwei Wanderer, und die redeten. Ich habe nicht verstanden was."

„Das müssen Hugo und ich gewesen sein."

„Ich dachte, ihr hättet nichts damit zu tun. Ich erkannte euch nicht. Ich habe mich versteckt und gewartet. Erst nachher kam dann der Mörder. Ich hörte das Klicken der Waffe von ihm."

„Aha! So war das. Dafür haben wir dir übrigens zu danken. Du hast uns wohl das Leben gerettet, in jener Nacht." Reto hält es für falsch, Gian darüber aufzuklären, dass nicht der Russe, sondern der Amerikaner Regula erschossen hatte. Das würde den armen Kerl nur plagen. Ihn selbst wurmt es immer noch, aber zu einer Anklage wird es nicht kommen.

Er übergibt das Aufnahmegerät der Sekretärin: „Schreibe bitte das Protokoll ins Reine, natürlich ohne die persönlichen Stellen. Na ja, sorry, das müsste ich dir wirklich nicht sagen. Aber es eilt, ich möchte es sobald wie möglich Bruderer mailen."

„Will er immer noch Gian einlochen?"

„Ich denke nicht, das haben wir wohl hinter uns. Aber da ist eine Spur in Tirano. Kalt, meine ich, doch möchte ich gerne wissen, was dahintersteckt. Bloß muss da die italienische Polizei nachforschen, und darum muss das über Bruderer gehen. Ich werde in der Mail den Antrag stellen und brauche das Protokoll als elektronischen Anhang."

Auf dem Weg zum Büro bleibt er einen Moment stehen. Diese Regula! Er hat das Gefühl, sie habe Gian geliebt. Trotz seiner Defizite ist er einfach zum Gernhaben. Aber ihre Liebe hat sie nicht daran gehindert, ihn als Werkzeug einzusetzen und in tödliche Gefahr zu bringen. Nur: Zum Opfer ist sie dann selbst geworden, denn auch sie war nichts als ein Werkzeug. In diesen Kreisen ist der Mensch Verbrauchsmaterial, denkt er bitter.

41

„Frau Brändli!"
„Ja, Herr Staatsanwalt!" Der Bruderer hält auf Form.
„Schreiben Sie:

Sehr geehrter Herr Caviezel
Trotz mehrfacher Ermahnung haben Sie wiederum wiederholt eigenmächtig und ohne rechtzeitige Rücksprache, obwohl das Ihnen durchaus möglich gewesen wäre, und unter Missachtung des auch für Sie Gültigkeit habenden Reglements gehandelt.

Haben Sie das?"
„Ja, Herr Staatsanwalt."
Er schaut sie an. Sieht er da nicht ein leises Aufbegehren in ihrem Gesicht? Er geht besser nicht darauf ein: „Gut, fahren Sie fort:

Angesichts der beiden vorliegenden Ermahnungen vom ... und den Aktennotizen vom ...

Setzen Sie hier die jeweiligen Daten sowie die korrekten Verweise ein. Das alles haben Sie doch?"
„Ja, Herr Staatsanwalt."
„Fahren Sie weiter:

müssen wir leider feststellen, dass das für die Zusammenarbeit so notwendige gegenseitige Vertrauen nachhaltig gestört ist. Wir können daher nicht umhin, Ihnen die Kündigung auszusprechen, wobei die reguläre Frist selbstredend eingehalten wird. Sie werden darum ab sofort, bei gleichbleibendem Lohn, in den Innendienst versetzt, den Sie hier in Chur anzutreten haben. Arbeit und Arbeitsplatz werden Ihnen ..."

Die Tür öffnet sich, und eine Hilfskraft tritt linkisch ein. In der rechten Hand hat sie einen Briefumschlag, den sie wie einen Schild vor sich hinhält. „Äh, ein Express, der ist sicher sehr dringlich!"

Die Brändli dreht ihren Oberkörper mit tänzerischer Eleganz halb ab und streckt den Arm fordernd nach hinten. Die Eingetretene lässt sich nicht zweimal bitten, übergibt ihr hastig das Schreiben und verlässt fluchtartig den Raum, wobei sie zugleich ein kaum verständliches „Entschuldigung" murmelt. Bruderer läuft inzwischen rot an.

„Lassen Sie das", faucht er, „es gibt Wichtigeres!"

Die Sekretärin schaut ruhig auf das Couvert und meint dann: „Es ist aus Bern, eingeschrieben, und es steht dringlich darauf. Ich halte es für besser, kurz nachzusehen, was es enthält." Und fügt nach einer kleinen Pause hinzu: „Wahrscheinlich für uns alle besser."

Ohne eine Antwort abzuwarten, reißt sie den Umschlag auf, entnimmt ihm den Brief, schlägt ihn auf und überfliegt ihn. Dann reicht sie ihn Bruderer mit der Bemerkung: „Großes Lob für Caviezel und Dank an uns alle. Geht übrigens als Kopie an diesen und an Erich Arpagaus als seinem direkten Vorgesetzten."

Hätte es das können, wäre des Staatsanwaltes Gesicht noch röter angelaufen, doch dagegen sprechen wohl medizinische Gründe. So starrt er bloß mit gleichbleibender Gesichtsfarbe auf das Papier.

„Vielleicht", meint sie schließlich, „schreibe ich das Diktat doch besser nicht ins Reine."

Er blickt sie böse an und antwortet nicht. Nachdem sie verschwunden ist, zieht er die Schublade seines Schreibtisches auf und greift nach einem Flachmann. Es hat Röteli drin. Er öffnet, setzt an, nimmt einen tüchtigen Schluck. Wenigstens das, denkt er, wenn er schon diesen eigenmächtigen Kerl, diese wandelnde Insubordination, der ihm immer auf der Nase herumtanzt, nicht loswerden kann.

42

Er marschiert. Es ist still. Die Bäume sind zerschossen. Sie müssen Bombentrichtern ausweichen. Er wundert sich, weshalb er plötzlich nicht mehr allein ist. Aber keiner sagt ein Wort. Plötzlich knattert es von rechts. Der Mann vor ihm explodiert. Fleischfetzen fliegen durch die Luft. Er schreit. Und stürzt. Und schreit.

Er erwacht. Sein Herz schlägt schnell und hart. Sein Pyjama ist schweißnass. Er erhebt sich. Steht in der Küche. Nimmt eine Flasche Bier aus dem Kühlschrank. Daraus heraus ballert ein Maschinengewehr.

Er schnellt auf und die Wunde schmerzt scheußlich. Er muss sich herumgeworfen haben. Er weiß, er kann nicht einschlafen, nicht so. Er braucht eine Schmerztablette.

Ja, und dann? Maschinengewehre schießen nur im Albtraum aus Kühlschränken. Er kann dort also ruhig ein Bier holen.

Und das tut Hugo auch.

Nur schlafen kann er nicht mehr. Er legt sich hin nach dem Bier und kriecht eine Viertelstunde später wieder aus dem Bett. Er holt einen Krimi hervor, greift nach rot, diesmal, und erwischt „Die Kleptomanin". Von Agatha Christie. Er steuert auf den Lehnstuhl zu, überlegt es sich anders, setzt sich an den Tisch. Da kann er die Ellbogen abstützen und der Rücken ist frei, denn anlehnen, das geht nicht. Doch es vergeht gerade mal eine Seite, bis ihm kühl wird. Murrend rappelt er sich auf, holt den Morgenmantel und hängt ihn sorgsam um die Schultern. So drückt er nur ein bisschen, gerade noch zum Aushalten. Pech nur, dass er die Geschichte schon kennt. Seine Gedanken irren ab, zum Traum, zum Erlebnis.

Nach einem Dutzend Seiten wirft er das Taschenbuch hin. Die Küchenuhr zeigt wenige Minuten nach fünf. Ihn überfällt plötzlich der Drang, Maria anzurufen. So sehr, dass er sich mit den Händen an der Tischkante festhält, nur um nicht aufzustehen, zum Telefon zu gehen und nach dem Hörer zu greifen. Sie hat schließlich ein Anrecht auf den Schlaf.

Er geht zur Küchenkombination, macht Wasser heiß und findet einen Einschlaftee. Hat Kamille und Fenchel drin und biologisch sind obendrein alle Zutaten. Er liest den Text auf der Packung, damit die Zeit vergeht. Dann wallt das Wasser auf und er gießt an. Während der Tee zieht, schneidet er sich eine Scheibe Brot ab, beschmiert sie mit Butter und einer Schicht Sandwichcreme aus der Tube. Etwas im Bauch hilft ihm manchmal einzuschlafen.

Nach dem Bier und dem Tee meldet sich der Harndrang. Also erledigt er auch noch dieses Geschäft, überlegt oben, während es unten rinnt, ob er eine Schlaftablette nehmen sollte, ist aber nicht sicher, nach dem Schmerzmittel, und überhaupt, es ist halb sechs, wohl zu spät dafür.

Er gähnt, müde ist er eigentlich, also schlüpft er unter die Decke. Aber wie er sich auch dreht, mal auf die linke, mal auf die rechte Seite, mal das obere Bein ausgestreckt, mal zusammengerollt wie ein Embryo: Schlaf findet er nicht mehr. Sogar die Bauchlage probiert er aus, ein Kissen als Stütze unter einer Achsel, aber das hilft nichts, immer spannt sich dabei die Wundnaht oder stoßen die Ränder des Fleisches gegeneinander.

Mit trüben Augen erhebt er sich, sechs Uhr ist nun vorbei, wie er sieht. Mit schlechtem Gewissen telefoniert er doch. Und sagt sich bereits, er solle wieder auflegen, als sie sich schlaftrunken meldet. Wie er antworten soll in dieser idiotischen Situation, weiß er nicht, und darum hätte er beinahe geschwiegen. Aber dann sagt er: „Maria, ich brauche dich!"

Da kommt kein Vorwurf, sie rät ihm nur, die Tür aufzuschließen, damit sie sicher hineinkomme, und fügt hinzu, es könne schon ein paar Minuten dauern.

Als sie die Wohnung betritt, sitzt er am Tisch, sein Oberkörper liegt leicht abgedreht quer über der Platte. Sie eilt hin, sieht dann aber, gerade als sie sich bückt, die Bewegung seines Brustkorbes. Ganz sachte küsst sie ihn auf die Wange. Sein Atem stockt kurz und er produziert einen kleinen Schnarcher.

Sie lächelt, als sie das Frühstück zubereitet.

43

„Bevor ich heimreise, wollte ich bei Ihnen hineinschauen."
Reto nickt: „Alles klar!"
„Sie verdienen auf einige Fragen eine Antwort. Aber was ich Ihnen sage, muss geheim bleiben."
„Verstehe, auch wenn es zu weiteren Gesprächen kommen sollte."
„Insbesondere dann, aber gut, der Reihe nach", beginnt Friederich. „Sie haben die Dokumente gesehen."
Reto nickt: „Atomwaffentechnologie und wohl auch waffentaugliches Uran in den arabischen Raum, vielleicht auch als Gegengewicht zum Iran."
„Aha, daher Ihre Annahme wegen der Israeli."
„Es ist offensichtlich. Die verteidigen ihr lokales Monopol mit allen Mitteln. Jeder kann das der Presse entnehmen."
„Sie wissen natürlich, dass ich solche Vermutungen nicht bestätige, das gar nicht darf. Aber tatsächlich hing diese Ambach schon seit Jahren drin, doch lange war sie nicht mehr als ein Rädchen, willkommen für gewisse Finanzierungen, die unverfänglich aussahen und nicht ganz so harmlos waren. Auch als Botin wurde sie eingesetzt, aber nie mit irgendwelchen wichtigen Aufgaben betreut."
„Doch für treu befunden."
„Schön formuliert und zutreffend. Als dann diese Verträge unterzeichnet waren, merkten die Drahtzieher gerade noch rechtzeitig, dass sie sich im Fadenkreuz ihrer Gegner befanden. Sie griffen auf einen untergeordneten Angestellten zurück, der, so vermuten wir zumindest, ein bisschen in Regula verguckt war. Er brachte ihr die Papiere nach Chur und sie nahm sie ins Domleschg mit. Dort organisierte sie den Transport nach Tirano, wobei sie auf Gian Tschupp zurückgriff. Aber weil der Auftrag für sie völlig überraschend kam und sie wohl niemand über die Brisanz informierte, zögerte sie zu lange, handelte zu umständlich. Dieser Hank konnte sie rechtzeitig abfangen und liquidieren."

„Mithilfe des unsichtbaren Mannes, dieses Spillers."

„Mit dessen Hilfe, ja. Doch auch die standen unter Zeitdruck, und so entging ihnen, dass Gian schon im Besitz der Ware war. Dass der sie im Geäst einer Tanne versteckt hatte, das hat alle überrascht. Hut ab vor Ihrem Freund, der auf diese Idee gekommen ist. Aber eigentlich merkwürdig, am besten hätte sie diesen Gian auf die Reise nach Tirano geschickt, von ihr aus gesehen, natürlich. Aber vielleicht musste der Abnehmer erst anreisen."

„Sie telefonierte mit ihm, das hat er mir erzählt, ich nehme an, von Marthas Anschluss, der wurde ja zuerst nicht abgehört. Vielleicht zögerte sie auch, weil sie um ihn fürchtete."

„Sie muss Ängste ausgestanden haben, um sich und um ihn. Und er hatte keine gute Chance durchzukommen. Aus den Daten, die Sie gesammelt haben, lässt sich schließen, dass noch ein Kommando lauerte. Ich denke, die hätten ihn abgeknallt. Und auch der Empfänger in Italien hätte noch erwischt werden können. Aber darüber weiß ich fast nichts. Ich konnte nur mithelfen, das Gebiet zu blockieren."

„Aha, dieser gefälschte Jäger."

„Einer von dreien, sie wechselten sich ab. Aber ich denke, unsere und Ihre Überwachung hat das Schlimmste verhindert. Sonst hätten die Falschen die Verträge gefunden und der Teufel wäre los gewesen."

„Eines verstehe ich immer noch nicht. Wie konnten die, welche auch immer es waren, überhaupt auf einen solchen Handel eingehen?"

„Einige wenige brauchten Milliarden, um nicht abzustürzen. Dazu kamen Erpressung, Finanzkriminalität und wohl auch Weiber. Doch wir müssen uns nicht um die kümmern. Ihre Identität bleibt nach all dem nicht unbekannt. Und dann …" Friederich zieht seine Hand rasch über seine Kehle.

„Sie werden auch ermordet."

„Nicht alle, ein paar, die, auf die man verzichten kann. Andere wird man nach dieser Warnung weiterhin benutzen. Sie werden in Angst und Schrecken leben."

„Ein scheußliches Geschäft."

„Sie sagen es. Ich mag sie nicht, diese Israelis und Araber. Sie stehen sich in Fanatismus und Skrupellosigkeit in nichts nach. Doch bin ich nicht sicher, ob wir viel besser sind."

„Mit dem ‚Wir' meinen Sie den Westen."

„Ja, das, was man darunter versteht."

„Die Russen mischten aber auch mit."

„Die sind spät aufgesprungen. Dieser Ivan, der Ihnen ein Feuergefecht geliefert hat, das war ihr Mann. In Tschetschenien als Folterknecht eingesetzt, dann später überall, wo es einen besonders schmutzigen oder gefährlichen Auftrag gab." Friederich zuckt die Achseln. „Tot gibt er keine Geheimnisse mehr preis, das Einzige, was die Russen wirklich gestört hätte. Zudem hat er neben vielen anderen die Lendi auf dem Gewissen, das wissen Sie ja auch. Es ist nicht schade um ihn. Erschossen ist er ein viel besserer Mensch."

„Und zuletzt hat dieser Spiller den Reporter umgelegt."

„Ja, Bärlocher muss im Nahen Osten seinen Weg gekreuzt haben. Sie trafen sich im Spital, wie Sie schön herausgearbeitet haben. Aber nur Spiller erkannte, an wem er vorbeiging. Doch der Artikel klang, als habe der andere die Wahrheit herausgefunden, das war das Todesurteil. Und dann ist der Israeli abgehauen und verschwunden, löst für uns eines der Probleme. Was hätten wir auch mit ihm anfangen sollen?"

„Und so bleibt Hank, und den soll ich ja auch nicht verhaften."

„Würde uns die unangenehme Aufgabe stellen, einen Weg zu finden, ihn geräuschlos dorthin abzuschieben, wo er hingehört. Aber Sie können ihm mitteilen, dass er in zwei Tagen enttarnt sein wird und daher am besten verschwindet."

„Also ihn sozusagen als Privatperson des Landes zu verweisen."

„Ich hoffe, es ist Ihnen eine Genugtuung."

„Es geht mir wider den Strich", murrt Reto, „meine Plicht ist, Verbrecher zu verhaften und vor Gericht zu bringen. Und weil unser Land diese Spiele mitspielt, dünkt es mich schmutzig. Aber das ist es vielleicht ohnehin."

„Ich verstehe Sie, aber mein Auftrag war, mit minimalem Aufwand und möglichst unter Vermeiden von Kollateralschäden größere Probleme aus dem Weg zu räumen. Was glauben Sie? Wie oft bin ich wie ein Hampelmann dagestanden? Doch diesmal konnten wir dank Ihnen die verdammte Ware vernichten und eine Katastrophe vermeiden, die all das, was geschehen ist, tausendfach überstiegen hätte."

Retos Schultern sinken. Er fühlt sich schlaff. Es ist nicht recht, dass es so ist in der Welt, denkt er. Aber er weiß, dass er daran nichts ändern kann.

44

Sie prallen beinahe ineinander, auf der Neudorfstraße, weil ihnen zuvor eine Gruppe Passanten die Sicht versperrt hat. Keiner ergreift das Wort, und Reto muss absurderweise an ein Revolverduell im Wilden Westen denken. Zuletzt deutet Hank aufwärts, und wortlos dislozieren sie ins nächste Lokal, in dem jeder ein Bier bestellt, das sie langsam trinken.

Schließlich meint Hank: „Wenn wir sprechen wollen, sollten wir das im Freien tun, wo uns niemand zuhören kann."

„Die Compognastrasse dürfte reichen."

Unterwegs ergreift Hank wiederum als Erster das Wort: „Du scheinst verärgert zu sein?"

„Wundert dich das?"

„Nein, ich kann dich verstehen. Als Polizist willst du all die Schuldigen vor den Richter bringen."

Reto gibt keine Antwort, sie schlendern weiter, an der Tankstelle vorbei. Schließlich ergreift Hank das Wort: „Höre mal, ich mag dich, und das ist nicht gelogen. Das hat aber nichts mit meinem Beruf zu tun, sondern damit, wie du gekämpft hast, für das, was du für richtig hältst. Kannst du dir vielleicht vorstellen, dass auch ich das tue?"

„Schon, aber ich habe auch ein Problem damit."

Hank schnellt herum und packt ihn an der Jacke: „Jetzt hör zu, du Klotzkopf. Diese verdammte Sache musste bereinigt werden, und nicht das erste Mal bin ich es, der den Scheiß aufräumen muss. Weißt du überhaupt, um was es wirklich ging?"

„Atomtechnologie!"

„Bist du naiv!"

„So! Und nun habe ich den Auftrag, dir etwas zu sagen. Man hat mir großherzig den Auftrag dazu erteilt und gemeint, es wäre für mich eine Befriedigung. Trifft nicht zu, aber wenigstens hast du es mir einfacher gemacht. Du hast das Land innert zwei

Tagen zu verlassen, nachher wird ein Haftbefehl gegen dich ausgestellt. Deine DNA haben wir auch, auf Vorrat sozusagen, bisher nicht verwendet." Retos Klumpen in der Brust fühlt sich plötzlich leichter an.

„Du bestätigst bloß, was mir ohnehin klar ist. Ich fliege morgen. Und sage den Typen da über dir, sie sollen sich das mit dem Haftbefehl besser noch einmal überlegen. Aber vielleicht lassen sie es sowieso bleiben und haben dich ganz einfach angelogen in dieser Sache."

Einige Zeit marschieren sie schweigend, dann beginnt Hank erneut: „Die Technik ist nur das Mittel, was zählt, ist das Überleben. Und da wackeln in Europa einige Stühle, in der arabischen Welt aber die Gesellschaftsordnung. Darum versuchten wohl einige, sich zumindest die Option Atomwaffen als Absicherung zu kaufen. So reime ich es mir zusammen. Die finanziellen Nöte der atomnahen Industrie waren nur der Hebel im Spiel. Ich sollte dir ja gar nichts erzählen, aber dein heller Partner da, dieser Hugo, der dürfte das alles schon vermuten. Diese Industrien, die da Milliarden bekommen sollten, die können Reaktoren bauen, haben aber nicht das Know-how, um Bomben herzustellen. Deren Wissensstand liegt diesbezüglich nur unwesentlich über dem des Internets. Die wirklichen Lieferanten stecken weiter hinten. Wo und wer, das weiß ich nicht."

„Du vermutest also Regierungskreise oder Militärs in europäischen Atommächten?"

„Es genügen ganz wenige, es müssen nicht einmal die Chefs sein, eher sogar nicht, hasszerfressene Fanatiker vielleicht. Und sie übergeben den Müll ihren unheimlichen Freunden in der Industrie, die es dann gegen Geld weiterleiten."

Reto hält im Schritt inne: „Dann könnten sogar die Russen anders mit im Spiel sein, sie wollen euch sicher nicht das Terrain überlassen."

„Alles ist möglich."

„Und dafür musste Regula sterben!"

„Sieh es so: Wenn du eine Pipeline lahmlegen willst, nehmen wir mal an, um euer Land zu schädigen, dann schlägst du an einer schwachen Stelle zu und jagst nicht eine Hafenstadt wie Marseille oder ein ganzes Förderfeld in die Luft. Wir haben auf den schwächsten Punkt gezielt, und als die Gegner den Ablauf änderten, war das Regula." Er zuckt die Achseln. „Mit ihrem Fanatismus hat sie ihr Schicksal herausgefordert."

Sie wandern schweigend weiter, dann streckt Reto die Hand aus und kommt sich mächtig blöd vor: „Falls du mich mal brauchst, kontaktiere mich."

Hank greift zu und antwortet: „Mir ist schon viel Seltsames passiert, und ihr beide seid ein verdammt gutes Team."

Er schaut dem Amerikaner nach, wie er in der Bahnhofsunterführung verschwindet, wohl ins Hotel hinauf, um zu verreisen, und wundert sich, warum er so viel erfahren hat. Dann wird ihm blitzartig klar, dass der andere ein schlechtes Gewissen hat. Also ist er doch nicht die gefühllose Tötungsmaschine.

Maria öffnet die Tür, fühlt Retos Verwirrung und fragt: „Die Sache stört Sie?"

„Ja! Nein! Ach, es ist so kompliziert!"

„Vielleicht hilft es, wenn Sie darüber reden."

„Es ist …" Er sucht nach Worten. „Es ist unmenschlich, obwohl das auch nicht das richtige Wort ist."

„Ich würde schon meinen, diese Folterung."

„Die auch, aber sie habe ich nicht im Sinn gehabt, ich habe an die Regula gedacht. Er hat sie getötet, nur weil es Gründe dafür gab. Ich verstehe ihn ja, aber es geht doch nicht, wenn man nur aus irgendwelchen Gründen tötet, aber eigentlich meine ich, den Befehl dazu erteilt. Denn er tat, wozu er beauftragt wurde. Wissen Sie, als Polizeibeamter erlebe ich ja immer wieder Ungeheuerliches, Gewalttaten in Beziehungen vor allem. Das begreift man ja irgendwie, sogar bei Psychopathen. Das alles sind doch Leute, die werden von ihrer Not über die Grenzen hinausgetrieben oder die sind krank. Und viele von ihnen sind nicht so herzlos, dass sie keine Schuld verspüren. Da kann ich ermitteln, dann können die Gerichte zu einem Schuldspruch kommen, alles unvollkommen, manchmal sehr. Aber das hier, was ich da erlebt habe, das ist viel schlimmer. Als gäbe es eine Welt der Herrenmenschen, die völlig ohne Moral sind. Die alles machen, wenn es sein muss, was nichts anderes heißt, als dass es für sie von Vorteil ist. Und dann wird einer vorgeschickt und muss töten und ist noch der Beste von allen und doch einer von ihnen."

Maria spürt, dass ihre Hände zittern. Dann antwortet sie: „Ich glaube nicht, dass es keine Moral gibt. Denn letzlich ist Moral doch, dass man anderen nicht etwas antut, von dem man nicht will, dass jemand es einem antut. Dass man im Voraus erlebt, wie schlimm es für das Opfer ist, und es deshalb unterlässt. Ich glaube, auch diese Leute da haben Moral, aber sie sind …" Sie bricht ab und sucht nach Worten. „Ich kann mich nicht richtig ausdrücken, aber manchmal sind diese Menschen wie verblendet von ihren Vorstellungen und Wünschen. Und dabei haben wir ganz andere Lebensaufgaben, nur glauben so wenige daran."

An diesem Punkt taucht Hugo auf, und Reto verspürt das Bedürfnis, das Thema zu verlassen: „Wie geht es?"

„Ich habe diese Nacht geschlafen, mit kleinen Unterbrüchen."

„Unterbrüche?"

„Wundschmerzen, bei jeder falschen Bewegung."

„Tut mir leid."

Hugo versteht ihn: „Kein Grund für Schuldgefühle."

„Ich hätte dich nicht mitnehmen dürfen."

Maria öffnet den Mund, aber er ist schneller: „Ob du mir glaubst oder nicht, ich bin dir dankbar."

„Dankbar?" Sie rufen das einstimmig.

„Ja, ich habe den Menschen begriffen."

„Ich meinte, das hast du doch schon vorher", fragt sie erstaunt.

„Glaubte ich auch, doch so war es nicht."

„Und was ist dann der Mensch?", erkundigt sich der Polizist.

„Ich weiß nicht, ob ich das sagen soll."

„Sei nicht hochnäsig, auch wenn ich das verdient habe."

„Das hat damit nichts zu tun. Wisst ihr, was begreifen ist?"

„Ja!"

Hugo fällt auf, dass Marias Antwort etwas zögerlicher erfolgt, geht aber nicht darauf ein, sondern fährt weiter: „Ja, ihr habt schon begriffen, immer wieder in eurem Leben. Es ist ein innerer Vorgang. Wer etwas begreifen will, muss das in sich tun."

„Also, so wie ich lebende Gedanken begriffen habe", warf sie ein.

„Das ist ein gutes Beispiel. Auch was mich betrifft. Ich habe davon gelesen, aber es brauchte dann eben doch diese innere Arbeit. Aber das mit dem, was der Mensch ist, das geht noch weiter, oder viel tiefer. Ich kann es euch sagen und ihr werdet es dann gehört, aber nicht begriffen haben."

„Müsste man zuerst versuchen!"

„Quatsch. Du kannst es hundertmal lesen oder hören und es nützt dir nichts."

„Und wieso hast du es dann verstanden?"

„Ich weiß nicht, vielleicht wegen der Albträume. Die haben etwas aufgerissen in mir. Ich rannte davon, es wurde auf mich geschossen. Ich hatte Angst zu schlafen, am Ende. Und da bin ich in mein Innerstes gestürzt, zuletzt. Ich weiß nicht, ob ich döste dabei. Wenn aber, dann bin ich in etwas wie in einen Traumzustand gefallen. Und da habe ich begriffen."

Reto nickt: „Verstehe! Äh, vielleicht nicht oder nur ein wenig."

Hugo lacht, aber sorgsam: „Gut, also, ich erzähle euch davon. Aber ich warne euch. Wer nur einfach zuhört, annimmt, glaubt sogar, der macht sich ein inneres Bild, und das hält er dann für begreifen. Tatsächlich hat er gerade damit ein meterdickes Brett vor dem Kopf."

Maria runzelt die Stirn: „Willst du sagen, wir sind besser dran, wenn du uns nichts erzählst?"

„Wohl nicht! Also, das mit den Gedanken, das kennt ihr. Die Frage stellt sich dann: was bleibt vom Menschen, wenn man ihm alle ihm zugeflogenen Gedanken und Gefühle, alles was aus der Umgebung kommt, alles, was also Kultur ist, wegnimmt? Das habe ich erfahren bei meinem Sturz in mein Innerstes."

Maria ist schneller als Reto, der eigentlich fragen will, ob da keine Täuschung dabei sei: „Und das ist nun so schwierig zu erklären?"

„Schwierig? Nein, einfach! Man könnte sagen, ein Feld mit zwei Polen. Der eine, wir erleben ihn positiv, ist die Lust. Bitte, nicht einfach die Sexualität, die auch, aber nicht nur. Es ist die endlose Suche nach Freude, die uns unaufhörlich antreibt, zu immer wieder neuem Wünschen. Den anderen, wir erleben ihn meist negativ, nennen wir den Überlebenstrieb, mitsamt Angst und Furcht, auch Aggression gehört als Form dazu, der Stress. Es ist die Angst vor Tod, Verlust, Krankheit und Schmerz. Und hier beginnt schon die erste Verwirrung. Wir werten das Überleben als positiv, als entscheidendes Ziel, erfahren es aber meist als Leiden. Lust sehen wir mit scheelen Augen an, als Risiko, und doch ist da der Quell der Freude.

Aber das sah ich, in diesem Zustand, wortlos, begriffslos, abstrakt, unbenannt. Ich dachte es nicht, ich erlebte es als Kräfte und Wirksamkeiten. Oder wie als Möbiusband, dessen zwei Seiten je zwei Richtungen kennen und das doch nur eine Oberfläche und eine Kante hat."

Marias Augen leuchten auf: „Ist das nicht das Bild von Escher, das ich so liebe?"

„Ja, er hat das als Bild dargestellt. Der Sachverhalt ist auf hundert Arten schon beschrieben worden, von modern dialektisch bis uralt als dem Baum der Erkenntnis von Gut und Böse."

„Also ist es gar nichts Neues."

„Du begreifst nicht, sonst würdest du nicht so reden. Wie kann eine grundlegende Erkenntnis des Menschen über sich neu sein, wenn es sie schon so lange gibt? Neu ist sie immer nur im Moment für den, der das in sich selbst vollzieht."

Er hält inne. Und wird gewahr, dass sie ihn nicht wirklich verstehen, Reto noch weniger als Maria. Es tut ihm etwas weh, aber dann ist da auch Trost. Als wäre sein Schauen entwertet, wenn er die Einsicht mitteilen könnte. Darum wohl, weiß er plötzlich, lehren Zen-Meister mit Paradoxien durch das Verweigern der Antworten. Damit die Schüler aus sich heraus zur Erkenntnis gelangen und nichts vom Meister übernehmen. Sie werfen Perlen nicht vor die Säue noch Rosen vor die Esel. Innerlich zuckt er die Achseln, äußerlich unterlässt er das, wegen des zu erwartenden Schmerzes der noch kaum verheilten Wunde. Er ist nun mal nicht so zurückhaltend wie die östlichen Lehrer, und das ist wohl besser, für ihn angebracht. Damit Menschen Menschen werden, denkt er ironisch. Nur wie er das Möbiusband wirklich wahrgenommen hat, in dieser Abstraktheit, das ist für ihn bereits bloß noch eine Vorstellung, also schweigt er darüber. Worüber man nicht reden kann, darüber soll man schweigen. Der berühmte Satz von Wittgenstein fällt ihm ein. Hatte der auch gewusst? Eher nicht! Er selbst? Er wagt keine Antwort.

45

Der Rand der Sonne blitzt hinter dem Gebirgskamm auf, sie schließen unwillkürlich die Augen. Dann senken sie den Blick und öffnen sie wieder. Sie frösteln, obwohl sie erst seit wenigen Minuten von der Anstrengung des Aufstiegs ausruhen, und genießen die aufblühende Wärme auf ihren Körpern.

Wie es so ist, wenn man von einem Gipfel in Richtung der aufgehenden Sonne schaut, liegt nahezu das ganze Panorama noch im Schatten, und in den Tälern nistet Dunkelheit, klammert sich an den Klüften fest, um nicht weichen zu müssen. Aber da, dort und dann an immer mehr exponierten Stellen, leuchtet Helle auf, und sachte, aber vielstimmig erhebt sich die Polyphonie des Lichtes, während zu ihren Füßen der Tau im Gras bereits in allen Farben funkelt und prangt. Ein erster Duft der Blumen erreicht sie. Viel später am Tag würde er sich zur betäubenden Fülle entwickeln, charakteristisch für den Frühsommer.

Eigentlich sollte er Hunger haben, denkt Hugo, aber ob all der Schönheit verweht das körperliche Bedürfnis wieder. Stattdessen überkommt ihn Schwere; die frühe Tagwache, die Fahrt bis zum Glasspass und der Aufstieg in der Dämmerung, sie machen sich nun bemerkbar, da die Wärme der Sonne die Kühle von seinen Gliedern wegnimmt.

Dann, er wird es plötzlich gewahr, sitzt noch jemand neben ihnen, erfreut sich wie sie am Moment, ein zierlicher Herr. Die Gestalt des Meisters Hora aus Endes „Momo" fällt ihm ein, doch nein, das ist wohl eher Peter Steinmann, denkt er. Und es dünkt ihm, der wolle ihm etwas Wichtiges sagen. Doch er kann nicht verstehen was.

Es schüttelt ihn, Hunger packt ihn, und er blickt zu Maria hinüber, sein Blick fällt auf ihre Oberarme, er liebt nun mal Oberarme, und ihre sind trotz ihrer Jahre noch wohlgeformt, haben sich noch kein bisschen zu den Fleischlappen des Alters entwickelt. Nur kleine Flecken zeigen, dass die Haut nicht mehr die jüngste ist. In der Frische des Morgens, nachdem die Hitze des Aufstiegs abgestrahlt ist, hat sich eine Hühnerhaut gebildet.

Er dreht den Kopf nach links, spürt das Ziehen in seinem verspannten Schultergürtel, diese Härte des Alters, verstärkt durch die Narbe, die ihm geblieben ist. Die Figur von vorher ist nicht mehr da. Er angelt nach dem Rucksack, packt die belegten Brote aus, ihr zweites Frühstück, oder auch der zweite Teil des ersten, wie immer man das ansehen will. Seine Frau, durch das Rascheln aus ihrer Versunkenheit geweckt, wendet sich ihm zu und streckt eine Hand aus. Er reicht ihr ein Brot. „Komisch", beginnt er, „Da habe ich doch wahrlich gemeint, jemand säße da neben mir."

„Warum soll das nicht so sein?", fragt sie zurück.

Er nickt und fährt weiter: „Er versuchte, mir etwas mitzuteilen, aber ich habe nicht verstanden was."

„Ich schon!"

„Du hast gehört, was er mir sagte?"

„Nein, das nicht, aber mir trug er etwas auf."

„Aha!"

Sie essen schweigend, doch nach einer Weile erkundigte er sich: „Darf ich fragen, um was es sich handelt?"

„Sicher! Weißt du, Retos Frau, die Irma. Sie ist verbittert. Ich muss mich ein bisschen um sie kümmern – oder vielleicht sollten auch wir beide das tun."

Anmerkung des Autors

Alle Figuren dieser Geschichte habe ich frei erfunden und beziehe mich in keiner Weise auf real existierende Menschen (abgesehen meiner selbst). Das Gleiche gilt für Ereignisse, sie sind, obwohl nicht ohne allgemeinen Bezug zur Weltgeschichte, literarische Installationen. Ebenso sind die Vorgänge in Gremien, auch wenn diese real existieren, reine Dichtung. Muss es noch gesagt werden? Aus juristischen Gründen wahrscheinlich schon. Auch was über Unternehmen von Beiz bis Bank da geschrieben steht, entstammt der Fantasie.

Aber dann ist etwas sehr Ungewöhnliches passiert, so ungewöhnlich, dass ich manchmal denke, der Steinmann habe seine Hand im Spiele gehabt. Mindestens ein Jahr nachdem ich diesen wichtigen Charakter, Hank Miller, entworfen habe, ist mir ein Zeitungsartikel mit einem Interview mit dem Ex-CIA-Mann Michael Scheuer in die Finger geraten, der Bin Laden jagte. Er glich, soweit das von diesem Brustbild zu beurteilen war, meiner Vorstellung von der Figur. Es ähneln sich die Gesichtszüge, sogar der Bart stimmt. Nur sieht der Hank meiner Fantasie etwas weniger onkelhaft aus und ist auch jünger. Aber auch er hat schon graue Haare, wenn auch weniger ausgeprägt, als das bei Herrn Scheuer der Fall ist. Nicht nötig, zu betonen, aber ich sage es trotzdem. Ich habe Hank entworfen, ohne auch nur die geringste Ahnung von seinem Doppelgänger zu haben. Doch abgesehen vom Aussehen und der Zugehörigkeit zum Dunstkreis der Geheimdienste haben auch da Figur und Person nichts gemeinsam.

Ein Wort verdient auch die Gestalt Hugo Hügli. Sein Werdegang hat, abgesehen davon, dass auch ich mal eine akademische Ausbildung durchlief, mit meinem nichts gemein, auch sieht er anders aus als ich, dennoch ist er ein Stück weit mein Alter Ego.

So ist zum Beispiel sein Sturz in sein Innerstes, den er dann im Gespräch schildert, tatsächlich mein persönliches Nachterlebnis, das ich dann am nächsten Morgen niedergeschrieben und inhaltlich eins zu eins in diese Geschichte eingefügt habe.

Tief greifender: Seine Auffassung des Immateriellen (manchmal ziehe ich das Wort Nichtstofflichen vor) ist die meine. Ich habe diese, ausgehend von den Ideen Richard Dawkins' und Susan Blackmores, weiterentwickelt und bin zur Überzeugung gelangt, dass physikalische Systeme, die mit einer Informationsverarbeitung verkoppelt sind (Leben gehört grundsätzlich dazu), völlig andere Eigenschaften ausweisen als jene gleicher stofflicher Zusammensetzung, ja, sogar des gleichen strukturellen Aufbaus. Mein Paradebeispiel Nummer eins ist die Erde, bei der das Leben Atmosphäre, Ozeane und die obersten Schichten der Erdkruste umgestaltet hat. Im System Sonne/Erde hängen somit die Eigenschaften der Erde nicht bloß von Masse, Zusammensetzung und Alter dieser beiden Körper, sondern ganz wesentlich auch davon ab, ob der Planet Leben trägt.

Ein anderes eindrücklich erlebtes Beispiel war ein Computer mit unbrauchbar gewordener Festplatte. Ich musste diese neu formatieren und hatte dann eine Maschine ohne Software vor mir (also ohne den nichtstofflichen Anteil). Ich kann versichern, es war vom Verhalten her ein völlig anderes Gerät. Um die Vorstellung einer zweischichtigen Realität (stoffliche Schicht kombiniert mit einer nichtstofflichen, bestehend aus Speicherung und Handhabung von Informationen) abzusichern und mit noch viel mehr Beispielen abzurunden, habe ich an die zweihundert Seiten Notizen verfasst, ein solides Fundament der Figur Hugo.

Den Steinman habe ich übrigens das erste Mal von Rodels aus entdeckt. Das Gesicht zeichnet sich von dort her deutlicher ab als von der Bank unter dem Kirschbaum, von dem aus Maria es sieht. Natürlich hat er bei mir nicht geblinzelt. Wie der Waldgarten tatsächlich heißt, weiß ich nicht, ich habe ihm diesen Namen gegeben, als ich zum ersten Mal daran vorbeiging, und möchte einen anderen gar nicht wissen.

Was die internen Strukturen der Polizei angeht, habe ich mir etliche literarische Freiheiten herausgenommen, um Reto in Thusis verankern zu können.

Die Geschichte habe ich im Frühherbst 2014 angesiedelt und deswegen sogar den Standort Hanks bei der Erschießung der Regula geändert. Ich musste das tun, weil kurz nach dem ersten Entwurf der Baum, hinter dem ich ihn sich verstecken ließ, gefällt worden war.

Thusis, November 2015.

Der Autor

Remy Gubler wurde 1945 in Horgen (Schweiz) geboren und wuchs anschließend in Wädenswil auf. Nach seiner Ausbildung zum Chemiker und einem akademischen Abschluss an der ETH Zürich arbeitete er im Bereich Forschung, Entwicklung und Prüfung im Straßenbau und bereiste im Rahmen der europäischen Normierung große Teile dieses Kontinentes. Literarisch interessiert er sich für alles, was spannend, ungewöhnlich und überraschend ist, wobei ihn insbesondere das Spielen mit und das Mischen von Genres fasziniert. Als Hintergrund für sein Schreiben dient ihm sein breit gefächertes Wissen über menschliche Geschichte, Biologie und Psychologie. Er lebt im Kanton Graubünden und bewegt sich dort gerne in der freien Natur.

novum VERLAG FÜR NEUAUTOREN

Der Verlag

*Wer aufhört
besser zu werden,
hat aufgehört
gut zu sein!*

Basierend auf diesem Motto ist es dem novum Verlag ein Anliegen neue Manuskripte aufzuspüren, zu veröffentlichen und deren Autoren langfristig zu fördern. Mittlerweile gilt der 1997 gegründete und mehrfach prämierte Verlag als Spezialist für Neuautoren in Deutschland, Österreich und der Schweiz.

Für jedes neue Manuskript wird innerhalb weniger Wochen eine kostenfreie, unverbindliche Lektorats-Prüfung erstellt.

Weitere Informationen zum Verlag und seinen Büchern finden Sie im Internet unter:

www.novumverlag.com

Bewerten Sie dieses Buch auf unserer Homepage!

www.novumverlag.com

Vom Autor erscheint im Herbst 2016 ein weiterer Roman mit der Figur des Ermittlers Reto Caviezel. Er trägt den Titel:

Das Tigermotiv

Missbräuchliche Forschung
an Patienten/Kriminalroman

ISBN 978-3-99048-643-6
ca. 180 Seiten

Rätselhafte Ereignisse bedrohen den Ruf der Klinik Waldheim. Ihnen folgt ein grauenerregender Mord, der das Domleschg erschüttert. Können der Ermittler Reto Caviezel und sein Freund Hugo Hügli die verworrenen Umstände aufklären, zur Wahrheit durchdringen und rechtzeitig den Schuldigen stellen?